I0459973

Memorias de Eriberto

(Libro 1)

La carta de
Míster Woodson

V. M. Ortega

Memorias de Eriberto
Libro Uno: La Carta de Míster Woodson
V. M. Ortega

Depósito legal 1f05120138002583

ISBN 978 980 12 6829-1

Producción y edición: Editorial La Ciénaga, Barquisimeto
Diseño de portada: B. Carolyn Payne
Impresión: Editorial Horizonte, Barquisimeto, Venezuela

Primera impresión, Octubre 2013.

Todos los derechos reservados, incluyendo
el derecho a la reproducción,
sea del libro completo o de alguna
de sus partes, por cualquier medio.

Los personajes y eventos de esta obra son ficticios,
producto de la creación literaria del autor.
Cualquier parecido con la realidad,
pasada o presente, es mera casualidad.

A mi tía María del Pilar, centenaria
cuyos recuerdos, una y otra vez,
soplaron vida a tantas historias

(1)

Un barrendero anciano y maltrecho me despierta de un sopor que no se rinde. El viejo empuja una escoba con aire cansado, como si el palo fuese un remo y remara en las aguas cenagosas empozadas en la calle. Se detiene parsimoniosamente y me señala una y otra vez el camión estacionado en la esquina. Como si ese fuese mi destino. Las borrosas facciones del diminuto hombre me parecen conocidas pero no logro precisarlas.

Mientras tanto, sueño con placeres extraños. Acariciar el metal inerte de un arma de fuego, escuchar la risa inocente de un recién nacido, palpar el rostro de mi madre al despertar, sentir su beso en la mejilla. Sueño con ese gozo indescriptible que en un instante irradia su calor por todo el cuerpo y me lleva a disfrutar de las delicias de un eterno embeleso. Luego sueño que el hambre despiadada invade mis entrañas, que me araña las tripas casi suavemente, sin apuro; despacio, como para asegurarse de no dejar ningún resquicio que no clame por alimentos. Sueño que las cicatrices que corroen mi piel y que aún no sanan parecen cobrar vida y rogar ellas también por un mendrugo de pan.

Sueño que el tiempo se escurre con su implacable paso entre las horas, y que envejezco sin haber vivido. Sueño que soy como un fantasma, vagando, temeroso e ignorante, nadie se fija en mí y que está bien que así sea. Sueño que vivo en un mundo de espejos distorsionados donde mi reflejo partido en cien pedazos se hunde en el pozo vidriado, se esconde en sus rincones y jamás regresa, un mundo donde no quiero ser visto ni oído, un mundo invisible; y sueño que la neurosis que me embarga es como un pulpo maloliente que embalsama mis sentidos con sus tintas de locura. Sueño que escucho mil lenguas extrañas, voces que imploran desde el abismo por ser oídas y que intuyo dicen mi nombre, que no logro entender.

Ha sido un dormitar como de siglos y estoy exhausto y confundido. No recuerdo haber llegado, pero aquí siento mi presencia. No sé dónde estoy ni a donde voy, ni logro discernir de dónde vengo, ni quién soy. Sólo sé que mi cuerpo yace encogido sobre el suelo de una acera rota, donde los hedores de orines, excremento, lodo, hortaliza y fruta fresca se confunden con los de la humedad nocturna. Noto sorprendido que mis ropas están muy sucias y roídas, con manchas oscuras que no me atrevo a reconocer, y noto también que yo mismo huelo a perro callejero y que una barba de pelos enhiestos por el mugre acumulado cubre mi rostro.

—Jovencito… Apúrese que va a perder el viaje —dice el anciano con su voz endeble y medio silbante que no obstante retumba en mi cabeza. Luego añade en el mismo tono —. Ya se van… Ya se van.

—Sí señor, los serreros de San Juan…que se van…piden queso y piden pan…—creo oír canturrear al viejo mientras se aleja entre la bruma como ánima en pena.

Me levanto con los ojos entrecerrados y a tropezones cruzo la calle hasta acercarme al vehículo, con mis reflejos estropeados y todo. Aparte del viejo de la escoba nadie me ha invitado a ninguna parte, pero iré. No tengo la menor idea de algún camión que espere por mí especialmente, pero qué más da. Tengo que moverme, estirar los músculos, confundir las pasiones de mi sangre. Quizás así consiga algo de comer. O que mi juicio se aclare.

Una neblina espesa se apodera de la madrugada e impide ver con claridad los rostros soñolientos de las otras gentes que por allí merodean. Se mueven inquietas, como animales hambrientos, quizás como yo, esperando en la oscuridad por las sobras que han de venir. Cuando subo y cansado me asomo a la parte trasera del camión de estacas alguien me empuja y me desplomo sobre lo que deduzco por el olor y el tacto son montones de cambures verdes. Me acomodo a un lado sobre unos toldos arrumados, sopesando los riesgos de comer plátano crudo. Aún no amanece y trato de dormir de nuevo, temeroso de pensar sobre mi incomprensible situación.

Esta vez no recuerdo haber soñado nada. Alguien comienza a gritar y despierto.

— ¡Todo mundo abajo! ¡Betijoque! ¡Betijoque! ¡Al que no se baje le cae!

Estaba confundido pero comprendí. Betijoque era el lugar adonde habíamos arribado. De inmediato lo asocié con su vecino Isnotú, el pueblo natal del doctor José Gregorio Hernández, y con Valera, pueblos donde jamás creo haber estado pero cuyos nombres surgieron de mi memoria sin mayor esfuerzo. Algo recordaba después de todo y eso me alentó un poco. Quizás recién sufrí algún tipo de trauma que me impedía visualizar ciertas cosas pero no otras. Quizás eso explicara el dolor que sentía en la sien izquierda y la sangre reseca que allí había. Me dolía todo el cuerpo, como si me hubieran dado una golpiza o algo similar, en circunstancias que sin embargo no podía recordar. Ni siquiera podía recordar cómo lucía yo o qué edad tenía. Si seguía así tendría que buscar ayuda, y un espejo. Bueno, el viejo de la escoba me había llamado jovencito, lo que me indicaba que al menos no era un anciano como él. También tenía que buscar un periódico para ver qué fecha era hoy.

El grupo de personas que viajaba conmigo era numeroso. No pude contarlas pero el camión iba repleto. Todos bajamos en tropel y resbalé un par de veces antes de sentirme seguro y en pie. Estaba bien despierto ahora. A pesar de mi peculiar situación de minusvalía memorística y debilidad física me sentía en pleno dominio del resto de mis facultades mentales, y eso me animó.

El sol se asomaba detrás de las lomas, calentando a paso rápido la mañana. En la encrucijada de piso de tierra mezclada con alquitrán donde nos había dejado el camión una anciana menuda de rostro arrugado y ropas remendadas se paseaba alrededor con varios termos de café, que colgaban de su hombro en una especie de mostrador portátil de madera. Ella miraba a todos con ojos prestos y brillantes, y a cada quien ofrecía su mercancía por un medio real. El líquido humeaba saliendo de uno de los descoloridos recipientes que alguna vez fue verde, llenando los pocillos de peltre que la vieja liberaba de una tira de cuero amarrada alrededor de su cintura. Yo también quería uno pero ya había constatado que mis bolsillos estaban totalmente descarnados de dinero. Ni siquiera una miserable puya…. Al rebuscar me di cuenta de que me quedaban tres cigarros en un paquete estrujado, muy deteriorados pero aún fumables. A ver si conseguía un fósforo.

El sitio, que me imaginé sería una de las entradas del pueblo, parecía estar conmocionado por algún acontecimiento que estaría por ocurrir. Se veía gente por todas partes, unas que salían por las puertas de las casas y de algunos comercios que ya estaban abiertos, y otras que se bajaban de autobuses y de otros vehículos que paraban y luego seguían su rumbo o daban la vuelta allí mismo para regresar. Me extrañó ver a grupos de personas vestidas con atuendos muy estrafalarios, algunas con sombreros de cogollo adornados de todo tipo de prendas. Se respiraba un olor a pintura fresca, a yeso y a cemento recién mezclado. Un carnaval de banderines de papel de todos los colores se mecían a todo lo ancho de las cornisas de las altas fachadas, de un lado a otro de las calles. Los banderines, ayudados por el viento, parecían azuzar continuamente con su suave textura los cables ennegrecidos que se entrecruzaban desde los postes de electricidad, tapizados a su vez con propaganda de alguna pasada campaña electoral. Extrañamente, también se veían por todas partes cables atiborrados de bombillos eléctricos que atravesaban las vías, seguramente restos olvidados de la decoración callejera de alguna feria pueblerina.

En la calle había algunos carros estacionados. Vi un camión grande que tenía un espejo retrovisor enorme y enseguida fui hasta allá a verme. Me angustiaba no recordar ni siquiera cómo era mi rostro y allí pude mirarme detalladamente. Vi una cara muy sucia, la frente con sangre reseca y señales de contusión con la piel raspada, unos ojos achinados de color pardo y el resto de la cara morena cubierto por una barba también sucia, llena de sangre reseca y de rastros de tierra y hojas que parecían de lechuga. La nariz aguileña y quemada por el sol, los dientes blancos pero igualmente ennegrecidos por restos de sangre y los labios secos y quebradizos. El cabello largo despeinado y también sucio al igual que la barba. No me veía arrugado y la edad no debería pasar de unos 30 años, como máximo. En la cabeza tenía una herida que aún no había cerrado totalmente al igual que en la sien izquierda y los raspones de la cara se correspondían con los de los brazos. Así que probablemente había sufrido alguna caída y por lo visto mis capacidades de razonamiento estaban en perfecto funcionamiento. Sólo que no recordaba nada de mi vida personal. Bueno, seguiría andando a ver si en el camino se enderezaban las cargas.

Al rato un tipo, que sostenía en una mano un café que seguramente la vieja del termo le había vendido, y en la otra un cigarro prendido, casi tropieza conmigo y me empapa con su bebida.

— ¿Me puede dar un fósforo, por favor? —le pregunté después de recibir sus disculpas.

—Seguro Arturo…. ¡Si cómo no!

El hombre se puso el cigarrillo en la boca, luego sacó una caja de un bolsillo y me la ofreció con manos temblorosas. El olor a alcohol en su aliento delataba una larga noche de farra.

—Este va a ser un día movío... ¿No cree? —me dijo.

Medio asentí y siguió: — ¿Ustés de por aquí?

—No, de paso nada más —dije al intentar regresarle los cerillos.

—N'ombre…. Quédeselos…. Hay que prepararse pa' los bailes… Quién sabe, con tantos bochincheros… El año pasado mataron al hermano del doctor Pírela, en el botiquín del mulato González… De esos condenaos pleitos no se saca nada… Yo por eso soy un tipo pacifico… si…Me tomó mis palitos pero sin molestar a nadie.

El tipo no parecía estar muy interesado en conversar conmigo y realmente hablaba como para si, para convencerse de algo, al tiempo que soplaba el café caliente y luego chupaba de su Lido. Le di las gracias por los fósforos pero no me oyó. Me encaminé calle abajo inhalando la nicotina quemada y

4

llevándola con fruición hasta mis pulmones. Quizás con el humo pudiera engañar al hambre pérfida que de repente me entumecía las vísceras.

Betijoque parecía ser un pueblo grande. La ancha calle principal estaba dividida en dos por una fila de árboles de todos los tamaños, como si fuese un bulevar. Había propaganda electoral por todos lados, en las paredes, en los muros de la calle, y hasta en los troncos de los árboles, afiches y pintas muy breves más que todo, algunas hechas con esténcil. Después de haber caminado por algunos minutos llegué a una pequeña explanada de forma triangular en cuyo centro se vislumbraban las figuras de cartón piedra de un nacimiento cristiano, sin duda dejadas allí después de las últimas navidades. Las figuras tenían en sus contornos, engrapados a ellos, pequeñas candilejas multicolores, que seguramente encendían en la noche para darle mayor vistosidad al remedo de pesebre. Uno de los pastores estaba tirado sobre la escasa grama, en tanto que San José, la Virgen María, el niño, la burra, el buey, el ángel y los otros pastores se erguían impasibles en su mudez de pulpa de papel cartón, sostenidos por soportes de madera afincados en la tierra. En uno de los lados del escuálido jardín, detrás de tres frondosos árboles se veía una iglesia de regular tamaño, probablemente de construcción reciente aun cuando su estructura ya lucía decrépita. Una pequeña cruz de cemento se erguía en el vértice de la fachada triangular que escondía un techo, seguramente de asbesto.

Varios niños vestidos de blanco acompañados por sus mayores ingresaban en pares por la entrada abierta del templo. Todos llevaban velas encendidas en pequeños recipientes rojos semejantes a unos candelabros, hechos a mano por lo que se veía. El marco del portón estaba adornado con palmeras y flores diversas que parecían de plástico. A un lado, un monaguillo de bigote fino y rostro aindiado recibía limosnas y daba las gracias con extrema monotonía, como si estuviera castigado por alguna cruel maestra, obligado a repetir el dios se lo pague por horas y horas.

En una esquina una dama que sostenía una vela en una mano, agarraba con su brazo libre a un muchacho, quien aparentemente se negaba a participar en el rito de la candelita. Ella parecía gritar en voz baja y él lloraba. Finalmente ella se impuso y el jovencito muy descontento regresó con el resto de los niños.

Observé el espectáculo por un rato, luego seguí mi incierto rumbo, trastabillando un poco, asomándome en cada esquina hasta convencerme de que el pueblo contaba sólo con tres calles. Las vías corrían paralelas unas a otras y se comunicaban por cortas callejuelas en las que desde los patios de las residencias se podían ver limoneros, naranjeros, y alguna que otra mata de lechosa y granada. Para mi desazón no distinguí ninguna fruta que estuviera madura y al alcance de mis brazos. De vez en cuando en la entrada al zaguán de alguna casa se veían unas mesitas con imágenes que supuse serían de santos, casi tapadas por las flores que desbordaban los pequeños altares. En el bulevar también había muchos árboles de mango, pero toda la carga se veía verde. En el suelo había restos de fruta, pero podrida y llena de hormigas. Por un instante imaginé a los empeñosos insectos en mi estómago, peleándose con los ácidos por las conchas consumidas.

Un grupo de jóvenes bajaban a pie por la calle con gran algarabía. Parecían turistas citadinos por sus vestimentas, con suéteres y chaquetas para protegerse del supuesto frío mañanero, y se turnaban tomando sorbos de una botella. Yo me hice a un lado para dejarlos pasar y uno de ellos grito, señalándome:

— ¡Dale un trago al vago que está ahí pa'que desayune y se ponga a valer! ¡Mira cómo ve la botella de ron! ¡Casi se la come con los ojos!

Ellos siguieron y yo también. Al rato me detuve en una esquina. El aviso que colgaba de un tubo que salía de la pared de una casona de amplios ventanales, en el cual se leía "Expendio de Medicinas Santa Inés", estaba torcido y amenazaba con caerse. Pensé en arreglarlo, quizás con un trozo de alambre que pudiera estar tirado por ahí, pero luego desistí de la idea al darme cuenta de que necesitaría una escalera. La farmacia estaba cerrada, aun cuando tenía una ventanilla en la puerta principal con un timbre al lado, que supuse sería para los clientes de emergencia nocturna o de días festivos. No obstante, el olor de productos químicos y medicamentos casi quemaba el aire, alentado por la brisa. Destacaba el intenso olor a amoníaco. Sentí que ese olor me causaba taquicardia. Estaba consciente de que sabía la causa del aumento súbito de mis pulsaciones pero no lograba identificarla y eso me mortificaba, porque no conseguía extraerla de ese fondo inmensurable que es la memoria. Igual que cuando uno en esos trances engañosos de la conciencia cree haber hallado el significado de la vida o de la felicidad pero este se escapa en ese mismo instante sin que hayamos podido discernirlo plenamente.

Uno de los ventanales de la casona estaba abierto y en la parte interior, en una especie de umbral elevado que servía de asiento, estaba acomodado un joven de alrededor de 15 años. El muchacho leía un libro y absorto en su lectura no se había percatado de mi cercanía. De repente me vio, pero no pareció asustarse por mi presencia. Cerró el libro por un momento y me miró de arriba abajo, sin duda notando lo desaliñada de mi apariencia, pero no dijo nada y prosiguió su lectura. En ese instante previo pude ver la portada; se trataba de una historia de Víctor Hugo, *Los Miserables*, la cual debo haber leído alguna vez porque de inmediato comencé a recordar todos los hechos relacionados con las aventuras de Jean Valjean y de su hija de crianza, de la revolución francesa y de toda una serie de datos inconexos. Me alejé de la ventana pensando que ciertamente yo debía ser una persona instruida, al menos amante de la literatura, y él continuó leyendo.

Mi cabeza bullía, saltando de un pensamiento a otro sin ningún orden. Crucé la calle y me dirigí a lo que parecía ser un parquecito al final de la callejuela. En una esquina había un botiquín en él que distinguí dos parroquianos tempraneros que ya empinaban el codo. El parquecito era más bien una especie de plaza, con estatua de bronce y todo, aunque descuidada. De inmediato noté una fuente de agua, muy tosca, de cemento, con un tubo y su grifo. Traté de abrirla pero estaba rota. Sólo logré desprender polvo y oxido al intentarlo.

Me senté en el solitario banco de la placita a tratar de meditar sobre las consecuencias del ayuno. Sin saber porque misterioso mecanismo del cerebro recordé haber leído en la literatura esotérica sobre los ascéticos hindúes y los maestros de otras latitudes del oriente que pasaban mucho tiempo sin comer buscando purificar sus espíritus y alcanzar estados superiores de consciencia, pero ciertamente ese no era mi caso. Lo único que quería era recordar mis actos recientes, y otros no tan recientes, que parecían haberse escondido en un hueco sellado con una lápida de concreto. Los dos o tres quioscos que podrían ser de venta de periódicos que había visto en el bulevar extrañamente estaban cerrados. Me molestaba más que nada no recordar mi nombre ni quiénes eran mis padres, si tenía hermanos o hermanas, en fin, familia o amigos. La estatua en el medio representaba a Rafael Rangel, quien como allí se indicaba en una placa muy desgastada por los elementos, había nacido en Betijoque. Como si la información saliera de un archivo paralelo recordé al prócer de las clases de Biología en bachillerato, pero por más que lo intenté no pude recordar ni siquiera la cara del profesor, o profesora si acaso era mujer. Me pregunté por qué, no obstante ser orgullo de los lugareños, y seguramente uno de los destacados hombres de ciencia del país, lo tenían allí detrás de una callejuela tal, al lado de un botiquín de mala muerte, y no a la entrada del pueblo o en otro sitio más adecuado.

Detrás de la estatua descubrí un caminito entre algunos arbustos mal crecidos, y más allá, lo que parecía una gallera. Sin duda alguna lo era ya que desde el banco podía distinguir claramente las empalizadas cubiertas de zinc y palma. Miré más de cerca, notando las estradas de madera que rodeaban el pequeño ruedo. Dos hombres de torso desnudo pintaban la parte trasera del pequeño coso y al rato me vieron.

—Buenos días —me gritaron casi al unísono.

—Buenos días —dije en el mismo tono amigable que ellos habían empleado, alargando las últimas sílabas.

Siguieron en su tarea sin que pareciera molestarles él que los mirara. A los pocos minutos una señora llegó con una vianda y un termo. Sin duda alguna era el desayuno… No creí propicio seguir observando ya que empezaron a comer. No era hombre de velar limosnas, de eso estaba seguro. Y más cuando la señora ya había dicho algo sobre mí a los hombres, y no parecía nada bueno.

Me alejé y volví a la calle. Entré al remedo de bar pensando que quizás pudiera calmar la sed que igualmente me agobiaba. El hombre regordete detrás del mostrador me miró despectivamente cuando le pedí agua para beber. Luego de dudar un instante dejó el vaso de vidrio que había tomado y me pasó un vaso de papel lleno del líquido. Un vaso en forma de cono *Dixie Cup* patente F—6759, con ribetes de diminutos diamantes azules. *Made in USA*. El gordo sin duda pensaría por mi harapienta indumentaria y mi barba de varios días que sería un pordiosero loco, posiblemente portador de alguna enfermedad contagiosa. Con todo y percibir sus gestos desdeñosos le di las gracias después que me llenó el recipiente de nuevo. Por lo menos ya no sentía el ardor en la garganta ni la sequía en la boca del estómago.

No obstante cuando alcancé la calle mayor me sentí muy cansado, agobiado por un calor insoportable. Permanecía tenso aún después de haber encendido mi segundo cigarro. Por momentos quise dormir pero no pensé que fuese una buena idea ya que el sol reverberaba en el cielo y el pueblo se animaba cada vez más. En una callejuela próxima varios mozuelos con faldas de pedazos de coraza y cabuya corrían frenéticos tras un puerco de negro y grasoso pelaje.

— ¡Por allá! ¡Por allá! —gritaban al unísono con voces desaforadas.

Recordé haber visto tales escenas cuando muchacho, en alguna vecindad, en los días de fiestas, pero nada que recordaba el nombre del barrio ni las caras de la gente. Por lógico encadenamiento visualicé mentalmente las riñas y discusiones que se producían después de que la piñata había sido desmembrada y en la que él que la había partido en dos poca cosa obtenía aparte de haber proveído algún placer a sus compañeros de rebatiña.

Recordaba a los que reñían, pero no reconocía sus rostros ni mucho menos atinaba sus nombres… Y qué decir de los palos ensebados y su botija premiada al tope… El pobre animal corría enloquecido por todos lados en que veía libre vía para luego tropezar con algunos de sus perseguidores y soltar chillidos que en vez de dar lástima más bien parecían acrecentar el sadismo de los cazadores. Tarde o temprano lo capturarían y serviría de cena a alguna familia venturosa. Ya me imaginaba las costillitas del gruñente, doradas y olorosas a manteca, y que decir de los chicharrones que servirían de aperitivo. Mis visiones culinarias me llevaban demasiado lejos, casi los podía oler del deseo de comerlos ahora.

El alboroto se veía por todos lados y el tráfico de vehículos se incrementaba cada vez más. Tan temprano y ya las rockolas emitían un torrente de ruido en el que las rancheras mexicanas, Lila Morillo, Víctor Piñero, la gaita zuliana y la Billo's Caracas se turnaban para ensordecer. Me percaté de haber reconocido a estos cantantes y a los grupos musicales y eso me causó extrañeza… ¿por qué ellos y los demás no? Un expendio de licor cada dos o tres esquinas. No estaba mal tanto progreso para un pueblo como Betijoque, aunque los dueños de alambiques artesanales tendrían también mucho que ver con el surtido de miche claro de la zona y los borrachitos que se notaban por doquier, carterita en mano, zigzagueando por el medio de la calle.

Llegué eventualmente a lo que supuse sería la plaza mayor. Mi mente se mantenía en completa faena por otro carril, preguntándose sobre cosas que habrían sucedido mucho antes. Me senté en un banco de madera recién pintado, protegido del sol por árboles rebosados de más mangos verdes en sus copas. En la sombra el sudor pegajoso que me cubría todo el cuerpo ya no era tan molesto. Traté una vez más de recordar la secuencia de mis pasados días pero todo era difuso. Por instantes no creía ser yo quien pensaba y monologaba, sino alguien que se había metido dentro de mí y decía palabras y frases sin sentido que revoloteaban por mi cabeza.

El pueblo tomaba más vida a cada momento. El tipo que me regaló los fósforos me había dicho que era día de fiesta y debía de serlo ya que las campanas de la iglesia cercana empezaron a repicar, lentamente al principio y luego más rápido, como si alguien las estuviera apurando. Calculé que serían como las nueve.

Por el tiempo presente decidí observar a la gente que iba y venía alrededor o que cruzaba la plaza, rumbo a la iglesia catedral, que se divisaba a un lado de la calle, a la izquierda. La estatua de Bolívar a caballo sobresalía como siempre entre los árboles y sobre la multitud A mi lado pasaron un par de reservistas del ejército y volví a sentir esa taquicardia insolente que me angustiaba de tanto en tanto. También pasaban por allí muchos hombres y mujeres de porte humilde vestidos en ropas domingueras; los varones, algunos con paltó casi todos azules, no sé porque de ese color, no muy bien confeccionados ya que se les notaban los ruedos mal hechos, irregulares, y camisas blancas almidonadas al extremo. Otros con liquiliques de tela barata y zapatos de puntas maltratadas y hasta llenas de barro. Los pantalones alargados hasta los tobillos dejaban ver las medias que en general poco combinaban con el resto de los atuendos. Las damas andaban vestidas mayormente de telas floreadas, con faldas anchas y presuntuosas, olorosas a café, papa y pacholí. No faltaba la gente de alpargata ni la de sombrero de pelo de guama de imitación. Concluí que esa multitud mañanera era un gentío campesino, seguramente de las haciendas y granjas vecinas, sin duda lleno de fe y tratando de cumplir con los preceptos de su religión en un domingo cualquiera. Sin embargo no supe explicarme qué hacía allí un grupo de hombres vestidos como saltimbanquis, con trajes coloridos, sayas y capas rojas, sus rostros ennegrecidos con pintura. No parecían ser días de carnaval.

— ¡Vámonos que ya viene por Las Trincheras! ¡Ya viene por Las Trincheras! —gritaban algunos del grupo.

Me preguntaba quién vendría, aun cuando ya creía saberlo. Ciertamente no era ningún candidato de partido.

Un vendedor de café se paseaba con varios termos e invitaba a todos a comprarle su humeante brebaje: — ¡Café caliente, negrito o con leche! — gritaba a cada rato.

El sol se escondió detrás de las nubes y de pronto me pareció que me dormía. Cuando abrí los ojos de nuevo el astro luminoso estaba alto y las sombras de los árboles se habían estrechado casi hasta desaparecer. La plaza estaba ahora repleta de gente por todas partes y a mi lado, en el banco de madera, estaban dos niñas acompañadas por una señora que me supuse sería su madre. Ambas muchachitas estaban vestidas en trajes de tafetán blanco y unas alas hechas de papel crepé pegadas a sus espaldas, como si fueran serafines de pesebre. Tenían también aros de alambre grueso revestido de papel alrededor de la cabeza y a la altura de la frente, con estrellas de cartón y brillantina pegadas a los aros. Noté que no llevaban calzado alguno y eso me pareció muy extraño. La mamá de las niñas se veía cansada. Dormitaba y a cada rato despertaba para asegurarse de que sus hijas seguían a su lado.

Frente a nosotros pasó un grupo de personas con violines en ristre, rumbo a la iglesia. Me gustaba esa música, quizás debería ir a escucharlos tocar. En un momento en que la mujer tardó en cerrar los ojos decidí preguntarle qué fiesta se estaba celebrando ese día, aunque ya creía saberlo. Me miró como si no hubiese oído mi pregunta o más bien como si me estuviera burlando de ella. Solamente cuando repetí mi inquisición me respondió.

— ¿Que qué fiesta es hoy? —repitió mi pregunta, como para asegurarse.

—Ajá…. No soy de por aquí y nada más me encuentro de paso.

—San Benito… El santo negro…San Benito de Palermo —contestó con evidente fervor no exento de ironía. No me sorprendió la respuesta, pero guardé silencio. La dama me miraba de reojo una y otra vez y de súbito se levantó, tomando a las niñas por los brazos.

— ¡Vamos, mijas, ya es hora de pagar la promesa!

La promesa. Sonreí a las niñas que me miraban un poco asustadas y me pregunté qué clase de promesa irían a pagar. Quizás una de las niñas, o las dos, estuvo a punto de morir, no haría mucho de alguna de esas fiebres traicioneras, o por cualquier enfermedad. No era muy difícil adivinar, ya que males le sobran a los pobres y en los campos las fiebres son cosa común… Nada más el recurso de la oración a falta de dinero para el médico. La fe salva y los santos nunca cobran un céntimo, aunque por lo que he oído, si no les pagas la promesa hecha pueden ser muy crueles y cobrarse con creces la falsedad de un compromiso. Cosas del antropomorfismo religioso, me dije.

En la esquina se escuchaba el tuntún de unos tambores. El pensamiento de que ese día era el veinticinco de diciembre me llegó de repente. Reí sin mayores deseos al darme cuenta de lo extremadamente patético de mí estado ausente. Lo primero que me vino a la mente fue que había pasado la noche de Navidad tirado en la acera de una calle, como un mendigo cualquiera. No es que me importara después de todo, tomando en cuenta lo que también intuía como mis circunstancias, pero ello no dejaba de impresionarme un poco, aparte de que entendí por qué no había visto la prensa del día, seguramente no había salido por ser día de fiesta.

Ya serían como las once de la mañana. En ese momento por la calle pasaba un tropel de hombres a caballo, casi todos con sombrero. Al observar con más cuidado pude incluso ver que en la cabalgata había dos o tres mujeres. Ciertamente los jinetes se veían soberbios, altivos, como si se sintieran dueños del mundo, controlando con las riendas a las nerviosas bestias que relinchaban y respiraban afanosamente al sentir la cercanía de los carros que había por todas partes, y que no cesaban de tocar corneta. No serían más de una veintena pero a su trote vibraba el asfalto y los niños se asustaban.

Caminé hacia la calle a fuerza de empujones. El suelo retumbaba al paso de la multitud, que se había multiplicado grandemente mientras dormía. Cientos, miles de personas, que sé yo, subían por las vía principal en frenética procesión. No eran campesinos sino gente de todo tipo, quienes bailaban y saltaban al exasperante golpe de los cueros. A cada rato se escuchaba el fragor de fuegos artificiales, los zumbidos que luego explotaban dejando su estela blancuzca en el cielo. El olor a pólvora de los trabucos caseros cercanos me asfixiaba y volvía a darle cuerda a la

11

taquicardia angustiosa que sentía de vez en cuando. En las manos sudorosas de muchos de los caminantes y danzarines emergían como batutas acrisoladas las botellas de ron y de anís, de las que chupaban constantemente. Estos no parecían ser muy religiosos, sino más bien gente que buscaba emociones fuertes, la ocasión de divertirse que estos actos proporcionaban. En cambio en otros, muchos de ellos descalzos, quizás más enfocados en lo tradicional, se notaban las expresiones de fervor cristiano corroboradas por las velas encendidas que llevaban en una mano. Las llevaban encasilladas en recipientes protectores de todo tipo, vasos de vidrio más que todo, que impedían que el viento apagara su flama.

La multitud parecía agitarse cada vez más al ritmo de los tambores y de los cánticos que casi todos coreaban. De tiempo en tiempo alguien rodaba por el suelo poseído de un extraño ímpetu por contorsionarse sin importarle el ser atropellado o arrollado por los que lo rodeaban. Otros caían, empujados o ya demasiados ebrios para sostener sus piernas y allí quedaban, inermes, con la mirada extraviada. Por todos lados caras sudorosas reflejadas en los espejitos que muchos llevaban pegados a sus ropas. El frenesí crecía excitado por los movimientos de los bailarines y de los giros de los chimbangeles. El sol esparcía el reflejo de sus rayos en los espejos de los vehículos estacionados a los lados de la calle, y en los inmensos lentes de los supuestos negritos que acompañaban al santo. Las notas de las flautas, el tantán de las campanas y los gritos desaforados de los bebedores servían como música de fondo del gran alboroto.

Al frente de la alocada romería flameaba la bandera azul y blanca del milagroso, marcando el compás del ir y venir de su portador, sin duda poseído de una fuerza indoblegable, seguido a su vez de guarureros y tamboreros. Los vasallos del cuero clamaban al aire decembrino su salvaje júbilo, con el San Benito en su pequeña carroza de vidrio y madera bamboleándose de un lado a otro. A través de las placas de vidrio de la carroza apenas se entreveía la efigie vestida de seda, casi cubierta toda de flores, montada sobre los hombros de frenéticos hombres que se empujaban unos a otros, alternándose en la carga de la imagen de yeso santificada.

No obstante que yo había visto y vivido tales acontecimientos antes, y que sin duda conocía de alguna manera detalles del espectáculo, y que los nombres de los diversos integrantes e instrumentos me venían a la mente sin ningún esfuerzo, todo me pareció ahora extraño y lejano. De un mundo al que ya no pertenecía. Más atrás, en la parte posterior de la larga procesión de caminantes los ritmos y los gritos eran más calmados, más lentos los movimientos y los ritos quizás de un carácter mucho más religioso o de mayor fanatismo. Gente que incluso intentaba desplazarse sobre sus rodillas, sin importarle la sangre que brotaba de la piel desgarrada por la fricción con el suelo de cemento o asfalto, o con las piedrecillas que no faltaban, por doquier. Gente en rudimentarias sillas de ruedas o cargados por otros. Gente que caminaba con muletas. Gente llevada en camilla. Ciegos ayudados por algún amigo o familiar. Gente con coronas de espinas alrededor de la cabeza. Bebés en los brazos de algún progenitor. Infantes de todas las edades, ancianos, jóvenes en ropajes extraños, y un hombre que arrastraba una pesada cruz de madera. Había una tensión diferente en la muchedumbre de la retaguardia. El sutil clamor de una esperanza silenciosa parecía brotar de los corazones y llenar el aire.

Recordé a los violinistas que se dirigían a la catedral y regresé. Como pude atravesé la plaza para tratar de entrar a la iglesia, pero ni siquiera pude llegar a los escalones. La multitud era tan densa que los niños pequeños tenían que ser levantados por encima de las cabezas para que pudiesen respirar y más de una anciana encorvada gemía angustiada ante el temor de verse totalmente arrollada y sin ayuda.

Iba a devolverme cuando sentí que el suelo realmente se movía bajo mis pies. Los tambores dejaron de sonar casi al unísono, como si alguien los hubiese apagado, como si alguien hubiera bajado el conmutador y cortado la corriente que los alimentaba. Después de unos eternos instantes en que se escuchó un ronquido sordo que salía de las entrañas de la tierra la multitud empezó a gritar llena de pánico. Temblaba el piso y desde donde yo estaba, en la escalinata, pude ver como la cruz que coronaba la cúpula mayor de la iglesia se partía y se desplomaba hacia un lado. Escuché una serie de ruidos nunca antes oídos sino en el cine, como de alud, acompañados de un trueno que parecía producido por un látigo gigantesco. Presentí que la iglesia se derrumbaba por dentro. La gente en la calle corría de un lado a otro sin saber dónde ir. Pude ver como las personas que cargaban la imagen del San Benito, después de tratar de mantenerse de pie sin soltar los postes del carruaje, finalmente no aguantaron y dejaron que el caballete con todo y santo cayera al piso, rompiéndose en mil pedazos. Habían transcurrido apenas unos segundos y se escuchaban gemidos de dolor por todos lados en tanto que ya se veían escombros por doquier, no sólo de la iglesia sino que también de las casas y de dos o tres pequeños edificios que rodeaban la plaza. No sabía que hacer pero al ver y oír a una señora que lloraba y gritaba que su hijo estaba dentro del templo colapsado, como pude entré al recinto.

La visión allí era horrenda. Como si una bomba de gran potencia hubiera explotado y arrasado con todo. El altar mayor ya no existía, y las imágenes tanto veneradas por los feligreses yacían en el suelo convertidas en polvo o rotas en pedazos. Por todos lados había gente tirada, unos acallados para siempre y otros sollozando de miedo y dolor. Unos buscando a sus familiares o amigos debajo de las placas de cemento que habían caído del techo, o escarbando debajo de las paredes dobladas, y aun otros rezando, clamando al cielo por ayuda. Escuché a alguien quejarse a mis pies. Con gran esfuerzo pude levantar la estructura de madera que cubría a esta persona. Era una de las niñas vestidas como ángel a quien le sangraba la cabeza y se sostenía un brazo, a lo mejor fracturado. A su lado yacía su madre, sin signos vitales. Llevé la niña afuera, la dejé en la grama de la plaza y volví al templo a buscar a su hermana. No la encontré, pero había tantos otros que gemían y sollozaban que muy pronto me olvidé de ella y me dediqué a los que sí estaban allí, entrando y saliendo una y otra vez con heridos, o parroquianos simplemente en shock. Dios ten piedad. Dios perdona nuestros pecados. Dios ¿Por qué nos castigas así? San Benito, nos olvidaste, Cristo, sálvanos… Tantas plegarias y tantos reclamos. Me parecía estar presente en la declamación de un rosario macabro donde cada uno de los asistentes se turnaba para decir la plegaria que los demás debían repetir. Sólo que esa repetición era de quejidos y sollozos de dolor.

No sé cuanta gente pude sacar de los escombros. Perdí la cuenta en las primeras horas. Otras personas hacían lo mismo que yo y al final de la tarde, luego del caótico esfuerzo, la plaza, que no había sufrido mayores daños, estaba llena de gente herida y también de cadáveres que habían sido sacados de la catedral y de los edificios adyacentes, acomodados o apilados en los espacios disponibles. Hombres y mujeres desechos, despedazados. Niños y niñas mutilados, lacerados, fracturados. Habían sido creados, según se nos había inculcado en las clases de catecismo, a imagen y semejanza de un Dios que por lo visto los había abandonado a su suerte. ¿Si somos a su imagen y semejanza, me pregunté en un instante sacrílego, Dios también tendrá necesidad de comer y beber? ¿Sentirá hambre y sed, como yo? ¿Qué comerá? ¿Qué beberá? Si es un hombre y tiene genitales, ¿con quién hará el amor? ¿Sería en verdad su santa voluntad que hoy hubiera un terremoto devastador en el día de San Benito de Palermo en el pueblo de Betijoque y sus alrededores? ¿O sería acaso un dios imperturbable y lejano, sólo esencia, que no tenía nada que ver con los asuntos cotidianos del hombre? En la oscuridad poco se podía hacer. Los organismos del estado habían llegado con su maquinaria, sus médicos y sus ambulancias. Por todos lados se respiraba tragedia y catástrofe. Los fotógrafos de los periódicos tomaban fotos por doquier. La Guardia Nacional trataba de establecer el orden.

Alguien decía "gracias a Dios que la mayoría de la gente estaba fuera de sus casas…en la procesión. Si no, los muertos hubieran sido miles…Es un milagro de San Benito".

Me tiré al suelo al lado de los heridos, cansado como nunca lo había estado en mi vida. Allí, echado como un animal, casi anestesiado por lo que había vivido, de repente recordé todo lo que había olvidado. Ese abrumador flujo de recuerdos reprimidos que ahora brotaban como cascada de mi cerebro me conmocionó y me dejó aún más inerme. Sentí un enorme deseo de llorar pero ninguna lágrima salió de mis ojos. Quise gritar y ningún sonido se produjo en mi garganta. No sé si me dormí o si perdí el conocimiento al percatarme de los nuevos horrores que ahora me atribulaban.

Cuando nací en 1944, pocos meses después de que los aliados desembarcaran en Normandía para darle el golpe final a Hitler, no hubo ninguna fiesta en mi casa. Nadie regaló cigarros ni repartió ron entre las visitas, que no las hubo. En realidad, para ser franco, más bien el evento fue un poco como en secreto, y si los vecinos llegaron a enterarse de mi subrepticia llegada a este mundo fue porque ni mi madre ni mi abuela pudieron apagar mi desconsolado llanto de medianoche pidiendo el alimento materno.

—Mi abuela, que atendió a tu mamá en el parto, decía que vos habíais nacido con una cuenta por cobrar, que teníais una marca como de cruz en la frente con las venas que te brotaban como si quisieran explotar o salirse por algún lado. Ella decía que vos ibais a ser o un santo o un demonio, Eriberto. Vos no sabéis como era mi nona. Siempre buscándole cinco patas al gato—. Eso había dicho Sambito Williams de mi venida al mundo, y yo, que todo lo guardo en la cabeza como si tuviera una de esas máquinas grabadoras de sonido en mi cerebro, de vez en cuando me lo repito, para ver si eso me anima a sacudirme un poco la desazón de mi hasta ahora aburrida existencia.

Supongo que por esos días, cuando aún no había desarrollado a plenitud el grado máximo de introversión que ahora he logrado alcanzar, no me daba pena chillar a pleno pulmón y no me importaba que nadie en el vecindario pudiera dormir por mi desconsuelo. Años más tarde, cuando me lo recordaban todavía con cierta bien disimulada hostilidad, sentía un pequeño placer que creo se derivaba del hecho de haber podido hacer entonces lo que quería sin que nadie pudiera impedírmelo o echármelo en cara, y sin que me importaran para nada las consecuencias de mis acciones, cosa que me es tan difícil hacer ahora. Pero mi mamá y mi abuela me deben haber mandado a callar tantas veces, que eventualmente les hice caso y ya desde pequeño comencé a ser un niño muy silencioso.

De vez en cuando me viene a la mente un episodio que creo me llevó en gran parte a ser como soy, aunque no podría asegurarlo, ya que debe haber ocurrido cuando tenía como cuatro años. Mi madre estaba de visita en casa

16

de una vecina que tenía una pequeña bebé en una cuna y como me quedé dormido en sus brazos me pusieron desnudo en esa cuna porque el calor era insoportable. Cuando desperté pude darme cuenta de que me habían puesto unos blúmers de niña. La tela de la pantaleta me causaba una agradable sensación erótica que aún ahora recuerdo. Una de esas sensaciones placenteras que duran toda la vida, como si se quedaran pegadas en tu cerebro.

Al rato el padre de la niña se acercó a la cuna y se dio cuenta de que mi pequeño pene estaba erecto. Comenzó a reírse a carcajadas, llamando a todos para que me vieran.

— ¡Mírenle el pipicito! ¡Mírenle el pipicito! —repetía, como si yo fuera un fenómeno que había que poner en un circo.

— ¡Vai miren! Se puso él mismo las pantaleticas de la nena —exclamó la mamá de la niñita. Qué infamia. Y mi madre no dijo nada para desmentirla. Sólo me sacó de la cuna y después de quitarme la prenda de vestir me llevó a un chorro de agua para que "se me enfriara la sangre". A pesar de mis pocos años me sentí terriblemente apenado y ya desde entonces creo que estuve muy confundido sin saber qué hacer con mis emociones. Y creo que quizás a ello se deba el que incluso hoy en día me sienta tan avergonzado de desnudarme ante otras personas y de que mis órganos genitales se encojan, como asustados, en la presencia de otros.

—Eriberto es un niño demasiado callado —le había dicho la maestra Evangelina a mi madre—. Es muy inteligente y con muy buenos sentimientos pero casi no habla. Usted debería motivarlo a que hable más—. Pero mi mamá realmente no sabía cómo hacerlo, ya que aparte de que no hablaba bien el castellano, también era muy introvertida.

Después también escuché a la maestra decirle que yo era el niño del barrio que más rápido había aprendido a leer y a escribir, que tenía mucho potencial artístico, pero ella no dijo nada al respecto, y desde entonces no supe qué cosas la hacían feliz o la satisfacían. Pero a raíz de eso me pusieron en segundo grado sin tener que cursar primero, por lo que durante toda mi vida de estudiante siempre me tocó estar en la escuela con niños de mayor edad que yo, generalmente más desarrollados físicamente, más altos y más fuertes. Nunca pude ganar una pelea ni en segundo ni en tercero, por lo que desde cuarto grado dejé de intentarlo, lo que de por si contribuyó a hacerme más retraído y a que fuera creándome un mundo fantasioso donde sólo yo y mis fantasías vivíamos. Mi madre y mi abuela siempre parecían estar muy ocupadas en sus labores domésticas, hablando en voz baja en esa jerigonza de ellas que jamás pude entender, y fui creciendo casi por mi cuenta. Y supongo ahora que esa debe ser la cuenta que debo cobrar, a la que se refería la abuela de Sambito.

—Anda comé, Eriberto. Anda hacé tarea, Eriberto. Anda bañá, Eriberto. Anda acostá, Eriberto. Eriberto, pará. Anda comprá leche, Eriberto. Cepilla los dientes. Anda hacé esto, Eriberto. Anda hacé aquello, Eriberto—. Esas parecían ser las únicas palabras que mi madre me dirigía. Y como yo siempre obedecía y no evidenciaba querer nada del mundo exterior, pues nunca hubo otra causa para seguir conversando.

— ¡Sí, mamá! ¡Allá voy! ¡Ya lo hice, mamá! ¡Bueno, mamá!

Mi madre tenía tanto miedo de que algo me pasara, y quizás por eso, aparte de las paperas, nunca me enfermé de nada. Ella siempre estaba pendiente de evitarme cualquier riesgo físico, o de que yo pudiera lastimar a alguien. Me encantaba la manera como el Pelón Montiel bailaba su trompo de madera, y en poco tiempo, creo que tenía como siete años entonces, aprendí a soltarlo igual que él para que bailara por varios minutos; y a ponérmelo en la palma de la mano para hacer todo tipo de piruetas, pero ella me vio y pensó que si el trompo se me salía hacia un lado cuando lo latigueaba al piso desde atrás de la cabeza, podría golpear a alguien y causarle alguna herida con su punta de metal. Así que me prohibió jugar con el Pelón, y por supuesto nunca tuve mi propio "torbellino rojo", ni nunca participé en las corridas que terminaban en la torre del oleoducto con el castigo colectivo del vergonzoso trompo perdedor, que después de la paliza quedaba más agujereado, sino vuelto astillas, que la cara del bodeguero Martín Bohórquez, quien sufría de acné y por eso cruelmente le decían "Cara de Luna".

Por esos mismos días también me prohibió jugar gurrufio o a los runches, como los decía Sambito, con los chicos del barrio, porque dizque podían cortarme, o peor, yo a ellos. Me la pasaba por esos días recogiendo tapas de *Green Spot* para machacarlas y hacer la rueda giradora con los bordes más filosos a fuerza de golpes de martillo, pero ella no me dejaba salir a comprobarlo. Así que a medianoche, cuando ella y mi abuela dormían, yo sacaba mi chapa voladora con su cuerda reforzada con cera y simplemente, como si fuera un acordeón, lo dirigía con los brazos, escuchando en la oscuridad la cadencia de su zumbido, hasta que me daba sueño y lo guardaba debajo de la almohada. Nunca pude poner a prueba mi chapita súper especial en algún duelo con los muchachos del Monorriel.

También intenté por esa época ser *boy scout*, aunque la intención me duró poco, no pasó del primer año, aunque en ese año aprendí bastante sobre supervivencia en parajes naturales boscosos o desérticos, que no sé para qué me iría a servir. Creo que me molesté por algo que me preguntaron con respecto a mis padres y ya desde ese día comencé a dudar, a pesar de que me atraía bastante el ponerme el uniforme y salir al campo en las excursiones que programaba la Compañía. Me gustaba tanto sentir mi cuchillo al cinto y mi mochila en la espalda. Pero además una vez el Señor Woodson, quien era el responsable de nuestro grupo y quien tenía conmigo ciertas consideraciones, ya que mi mamá y mi abuela habían trabajado en su casa, ayudando a criar a sus cuatro hijos cuando estaban pequeños, me acarició los cabellos con su mano y los demás muchachos comenzaron a decir ciertas cosas que no me gustaron. Preferí no volver más, ya que Yeici, como le decían, parecía tenerme cierto cariño y los compañeros iban a seguir molestándome por ello. Se mofaban hasta de que me dijera Eri en vez de mi nombre completo, y como me miraba con mucho detenimiento, más que a los demás, pues eso les parecía raro. Y por qué no decirlo, a mí también me intrigaba que quisiera hablar conmigo a solas por cualquier motivo. Los muchachos decían que los gringos eran muy extraños, pero a pesar de todo a mí no me lo parecían.

—Vai, Eriberto ¿por qué no volvisteis a los guayascaos? —me preguntaban los muchachos del barrio que sí habían seguido—. Yo nada más les respondía que ya no me gustaba, cuando era todo lo contrario.

—Míster Woodson pregunta mucho por vos —me informaban, y yo simplemente me quedaba callado.

Como nací en agosto, me corresponde ser del signo de Leo, por lo que se supone que debo ser una persona muy dinámica y emprendedora, lo que en verdad no he logrado, a pesar de que de vez en cuando he tratado de realizar algunas cosas si se quiere un poco extravagantes, como cuando tenía nueve años y traté de vender kerosén por el barrio con el burro y la carreta que me prestó Sambito. Después de todo, quizás no hubiera sido un fracaso tan rotundo como vendedor sabatino a domicilio de combustible si el burro no comiera tanto. El mañoso animal se cansaba a cada rato y la verdad a lo mejor no se acostumbraba a arrastrar el carruaje con el tonel lleno del "aguardiente", que así lo llamaba Sambito por que el puro olor lo emborrachaba. Tenía que alimentarlo cuatro o cinco veces al día para que renovara sus fuerzas y me pasaba más tiempo buscándole pasto que vendiendo, más que todo llevándolo hasta la torre del oleoducto al final de la calle, ya que allí había grama y a veces monte alto.

Bueno eso duró como tres meses. A pesar de lo tanto que comía, el asnote perdió mucho peso y Sambito me lo quitó porque dizque se lo iba a consumir. Después me costó mucho cobrar lo que había vendido a crédito. Menos mal que el kerosén me lo regalaba el señor Woodson, supervisor de la Compañía, quien había autorizado para que me llenaran la pipa cada quince días en la estación cercana al ferry. Pero como no pude venderlo a domicilio, monté el tonel en el porchecito de mi casa, entre las matas, por el lado de mi cuarto y al lado del limonero; y como todo era ganancia, pues rebajé el precio para que los vecinos vinieran a comprarme por litros. Todo iba muy bien y el gas líquido se vendía como pan caliente. Pero al mes de comenzar el negocio noté que alguien me estaba robando el combustible durante la noche. Se lo comenté a Sambito y él me dijo, —Hermano, lo mejor pa' eso es una perra brava que te cuide el suministro…Te presto la mía por la noche y verás cómo se acaban los robos.

Así que se trajo la perra de su casa del otro lado de la calle para que durmiera amarrada debajo del tonel y me alertara si alguien trataba de llevarse el combustible sin pagarlo. Y en efecto, unas noches después se armó un alboroto de madrugada y cuando salí soñoliento a ver, alguien había abierto el tubo del tonel y se estaba botando el kerosén, inundando el suelo por todas partes. Al lado había cuatro latas mantequeras de esas grandotas, con agarraderas y todo, a las que por lo menos les cabían 15 litros a cada una, tiradas en el suelo. Aparentemente la perra se les fue encima a los ladrones y estos salieron corriendo asustados.

Pero resultó que la cosa fue más grave. La perra había mordido a mi vecino Melvis Beltrán, quien con un primo suyo eran los que se metían por el patio de su casa, contiguo al patio de la mía, y por allí se llevaban el kerosén que me robaban, pasándolo por encima de la pared. Melvis dizque estaba furioso porque tuvo que ir al dispensario a curarse, y lo que es peor, a vacunarse, cosa que le horrorizaba. Total que dos días después, la perra de Sambito amaneció muerta; había sido envenenada y todos sabíamos quién lo había hecho. A raíz de esto mi mamá me mandó a cerrar el negocio y hasta ese día vendí el gas a mis vecinos. Aparte de que me prohibió expresamente denunciar al catire a la policía. Desde entonces Melvis me agarró un "cariño entrañable", que me demostraba cada vez que podía. Tanto a mí como a Sambito, porque el negro no se le quedó callado y cuando tuvo oportunidad se lo manifestó claro y pelao.

—Mirái, catire —le dijo delante de mí—, sé que fuisteis vos el que envenenó a mi perra…No lo olvidaré y algún día me la cobraré.

—Uyy sí, ¡qué miedo, negro mojino palurdo! —le respondió Melvis con su acostumbrada retahíla de insultos—. ¡Anda cogéte a Chita la mona de Tarzán, negro marico!

—Vos sábeis que a esa perra yo le tenía mucho cariño —me confesó después Sambito, medio triste; — entre otras cosas porque hace unos años había salvado a mi abuela de una hemiplejia. Mi viejita estaba sentada en la sala sola y le dio un ataque, vai, Capitana empezó a ladrar y me fue a buscar al solar, me mordió el pantalón y todo y corría p'allá y p'acá como loca. Yo pensé que era algún ladroncito ya que había escuchado de un loquito que se estaba metiendo a las casas a llevarse los radios, y me fui pa' la sala con el machete listo… y lo que encontré fue a mi nona con la cara desfigurada y toda pálida, imagináte, una guajira boboreña como ella. La llevamos al hospital y afortunadamente la pudieron parapetear, aunque el habla le quedó toda recortada. Le conté al doctor lo de la perra y me dijo que si no la hubiéramos llevado tan rápido a lo mejor hubiera quedado totalmente inválida…Ya Capitana estaba vieja, pero igual Melvis Beltrán me la debe.

Años después, el 23 de enero del 58, el joven Beltrán volvió a demostrarnos ampliamente sus aptitudes para adueñarse de lo ajeno cuando con un grupo de compinches se dedicó meticulosamente a meterse en las casas de los perejimenistas más ricos y connotados de la zona, muchos de los cuales habían huido del país, para dizque confiscarles en nombre del pueblo sus enseres. Desde el techo de mi casa se podía constatar como el patio de su vivienda se llenó por esos días de muebles, consolas de radio, lámparas, costosos utensilios de cocina y un montón de corotos que después dizque se los vendió al dueño de una tienda. Su papá no le reprochó para nada su conducta y más bien le dio el ejemplo, ya que él mismo, con un grupo de gente de su partido, se había dedicado a cazar funcionarios de la Seguridad Nacional, y luego de encontrarlos en sus escondites, molerlos a palos y robarles su dinero y sus prendas personales antes de entregarlos a las nuevas autoridades. Después él andaba por ahí muy ufano con un Rolex en la muñeca, como si se lo hubiera ganado en una rifa.

—Sí, ¡qué me demande el dueño! —solía decir, sabiendo que este, un compadre y socio del antiguo Director de la Seguridad Nacional de la región, a quien le habían confiscado todos sus bienes, había escapado a la República Dominicana con su familia y ahora dizque lo protegía Chapita Trujillo.

En verdad de todos esos años no sé realmente que decir de bueno aparte del béisbol, de las competencias de atletismo en la Compañía y de las carreras de bicicleta que iba a ver algunos domingos a Bachaquero, Lagunillas o al mismo Cabimas. Traté de jugar varios deportes, pero siempre me pasaba algo que me desanimaba. Cuando tenía diez por ejemplo, yo era el guardameta en una partida callejera de balompié y en una de esas me dieron un golazo por la cara que de no haber metido el brazo a tiempo me hubieran llamado el chingo Eriberto de por vida. Mi mamá por supuesto me prohibió expresamente ese deporte, especialmente después que pasé como 15 días con los ojos hinchados y un dolor de cabeza más fuerte que los de mi abuela, que ya es decir algo.

Tampoco supe cómo jugar baloncesto, a pesar de que tenía buena estatura, y en el liceo en clase de Educación Física, Melvis casi me deja sin una oreja con un supuesto pase hecho con toda la mala intención, dizque para que me avispara.

Ajá, y de los días de San Benito, cuando se hacía la procesión en la Costa Oriental y todo, que yo me disfrazaba, con los tintes, los volantes, el sombrero y los lentes gigantes; o simplemente iba como chimbangele con los vasallos de Sambito, y lo hacía tan bien en esos papeles que nadie me reconocía, ni él mismo. Como nadie se imaginaba que era yo, pues no sé, como que me liberaba de las inhibiciones y realmente disfrutaba brincando y haciendo morisquetas, o tocando el tambor como un loco. Sambito realmente se asombró cuando al final descubrió que ese desvergonzado participante de tantos años era el quieto y recatado Eriberto, que hasta se le paraba en frente o a un lado, remedándolo. Pero así era yo. Libre ese solo día del año, lamentablemente.

Tampoco fue muy afortunada la idea de mi abuela de ponerme a modelar los trajes de muchacho que ella cosía, lo que de por si no era nada malo y me permitía ayudarla a ganarse los reales. Como lo hacía tan bien como costurera, al poco tiempo le comenzaron a encargar vestidos de niña y allí fue donde se inició mi calvario. Ella no era muy diestra en esa especialidad y para evitar cometer errores de confección, no le quedó más remedio que usarme también a mí para entallar algunos de esos vestidos, que para mi desgracia parecían ser todos de mi medida.

—No preocupe, Berto…nadie va sabé…te doy cobres por ayuda —decía mi nona en su español cortado, al ver mi rostro compungido por la preocupación. Con todo y mi aprehensión, sentía que valía la pena la vergüenza que pasaba para ganarme la plata que me permitía ver tantas buenas películas los domingos en los cines de Bachaquero o en los de

Cabimas. Pero maldita mi suerte que lo supo todo el vecindario porque un chicuelo que me vio por la ventana una noche se lo contó nada menos que a Melvis, quien no perdía oportunidad para humillarme.

—Eriberta, Eriberta ¡Qué linda te veis! ¡Eriberta! ¿Cuándo es que te lo ponéis? —me gritaban los chicos de la cuadra para enfurecerme. Y como ciertamente me enojaba muchísimo, tenía como diez años entonces, y corría tras ellos con un palo o con lo que encontrara, pues la rutina pronto se convirtió en toda una nueva "tradición" en El Mono y sus alrededores. Tradición que duró meses, hasta que supongo nos cansamos de la corredera. Y claro, como había dejado de modelar los vestidos de niña para mi abuela, sólo me molestaban con eso cuando se presentaba alguna otra pelea o discusión y ya no había más argumentos o insultos que espetarme.

Sin embargo mi abuela siguió insistiendo y diciendo no haga caso, Eriberto, hombría no se saca por vestido. Pero yo seguí negándome hasta que se convenció. Ni las veladas amenazas de mi madre de darme una cueriza, claro, ella siempre buscaba no incomodar a su maíta. Ni siquiera el que ya no me daban dinero para ir al cine, doblegó mi voluntad de no volver a ser el maniquí de las niñas. Había aprendido después de tantas desventuras que en cuestiones de muchachos las apariencias eran tan o mucho más importantes que la realidad. No le daría más motivos para desprestigiarme a la lengua viperina del catire. ¿Acaso no fue Melvis quien había corrido la especie de que a mí no me gustaban las mujeres y de que yo dizque no tenía órgano? Incluso lo dijo delante de mí, en una de las tantas reuniones nocturnas informales de los muchachos del vecindario.

—Nunca te lo he visto. ¿Ustedes se lo han visto? ¡Que nos lo muestre y me callo! —dijo desafiante esa vez. Pude haberle contestado como se suele hacer en esos casos ¿por qué no te ponéis en cuatro patas y te bajáis los pantalones para mostrarte?, pero el que yo u otro hombre pudiera hacer tal cosa me parecía tan bestial, que el sólo pensarlo me indisponía.

—Yo le doy sus coñazos si dice eso de mí —dijo el Pelón Montiel aparte, para que yo lo oyera. Quise decirle al Pelón que yo también se los daría si me dejara llevar por la sangre que me hervía por dentro, pero no. De tal manera había venido cultivando una aversión total por la violencia, que ya a esas alturas de mi insulsa vida me parecía impropio de mí lidiarme a golpes con alguien por un simple palabrerío. O así parecía racionalizar mi falta de reacciones violentas ante tales situaciones. Seguramente ello debe tener mucho que ver con la manera como mi madre me crió. Sacándole el cuerpo a los problemas, a los conflictos, tratando quizás de pasar desapercibidos ella y yo. Mucho más después que mi abuela murió. Yo ya cursaba primer año de bachillerato, y eso acabo por hacerme aún más retraído y más indiferente, ya que a pesar de todo amaba a mí vieja más que a nada, creo que incluso más que a mi madre.

Bueno, eso pasó y la vida siguió. Por lo demás, como la mayoría de los muchachos del barrio, también lavé y pinté tumbas los días de Todos los Santos en el cementerio del pueblo, y muchos sábados los pasé vendiendo diarios o recogiendo botellas vacías de refrescos y de cerveza, para después venderlas a las embotelladoras; y lo hacía en un carrito de madera con ruedas de municioneras que Sambito me había ayudado a construir. También por un tiempo me puse a recoger conchas de semillas de los árboles de jabillo que en San Genaro abundan, para elaborar llaveros y zarcillos pulidos, y hasta les incrustaba supuestos "diamantes", vai, trozos de vidrio de colores; pero en eso no me fue muy bien y no sé si al final fue que perdí la bolsa con la artesanía o me la robaron; total poco o nada vendía porque resulta que todo el mundo hacía los fulanos picos de gallito y los había como arroz.

Igual traté una vez, ya un adolescente y en mi época de converso al protestantismo, de vender ejemplares de la Biblia de casa en casa. Pensé que si había podido vender periódicos a los ocho años, como en efecto lo hice por varios meses los sábados, domingos y fiestas de guardar, pues no me sería difícil vender libros a los quince. Pero no me fue muy bien. El cura de la parroquia, un español franquista que dizque según las malas lenguas no me había querido bautizar por mi supuesta bastardía, le decía a todo el mundo que yo era un discípulo del diablo que lo único que buscaba era pervertir a la feligresía, cosa que yo no entendía cómo, puesto que ambas religiones se guiaban por el mismo dogma.

—Os vais a quemar en el infierno, hijo de Satanás —me maldijo una vez que me encontró en casa de una familia pobre objeto de su muy dudosa caridad cristiana, y a la cual yo trataba de convencer para que me compraran la santa palabra en cómodas cuotas mensuales.

—No debí bautizarte. No sé porque le hice caso a los ruegos de vuestra abuela y a los del padre Suárez —seguía refunfuñando desde la puerta de la morada, después que me echara de allí.

Claro, me bautizó y ni siquiera sé quiénes fueron mi padrino o mi madrina, porque según me dijeron, los escogió él mismo entre quienes estaban allí en ese momento, cuando me llevaron mamá y mi abuela; a lo mejor algún sacristán y alguna de esas hijas de María que se la pasan en la casa parroquial día y noche ganando indulgencias. Afortunadamente para mí, cuando supuestamente me tocaba hacer la primera comunión, fue cuando me enfermé con paperas, lo que me eximió de tener que enfrentar su mirada de reproche, ya que yo ciertamente no había estudiado el catecismo con el ahínco y el fervor que él hubiera demandado, y seguro hubiera reprobado ante sus preguntas necias sobre la santísima trinidad o el Místerio de la concepción, o más seguro le hubiera dado una respuesta que él a lo mejor hubiera considerado sacrílega. Me hubiera sacado a empujones de la iglesia para vergüenza de mi abuela y de mi madre.

Bueno, dejé el negocio, no tanto por la maldición del sacerdote, la cual en verdad en aquel momento me impresionó un poco, sino porque Zoraida, la mujer de Sambito, una de esas católicas, apostólicas, copeyanas y zulianas furibundas, me sacó de la sala de su casa a escobazos y me dijo que no se me ocurriera más nunca volver a entrar por esa puerta con esas porquerías porque me sacaría no con agua bendita, sino con agua hirviente. Más hirviente que la de las pailas del infierno, me dijo la gorda. Ni que hubiera estado vendiendo novelas de Vargas Vila, vai.

— ¡Mirái, mijito —me recalcó para rematar esa vez que se me ocurrió mostrarle la biblia —cuidao y me tratáis de convertir a mi negro con esas vainas porque te mato…!

En fin que no duré mucho como protestante y en verdad quedé lo que se llama bien abollado con los libros, porque no vendí ni uno. Me gustaba visitar a Sambito en su casa, por lo que era conveniente estar en buenos términos con su esposa, con todo y que ella le hacía mucho caso al cura franquista. Había además que tomar en cuenta que ella hacía unos huevos chimbos exquisitos, sin olvidar el mojito en coco, los bollos pelones y las paledonias con canela molida, vai, yo simplemente soy uno de esos que disfrutan un buen plato y Zoraida era toda una chef en eso de preparar ricos almuerzos. Por otra parte ya estaba cansado de que los muchachos del barrio se burlaran de mi cuando me veían con mi Nuevo Testamento bajo el brazo, camino del templo evangélico. Quedaba al otro lado del puente del río Mamón; un trecho bastante considerable, como de veinte cuadras por lo menos. No me molestaba tanto cuando tenía mi bicicleta, pero después que se dañó ya la cosa no era tan cómoda.

— ¡Dale, Eriberto, que te faltan diez! —me gritaba burlón el mismo Wilson Leal, el mayor de la pandilla del barrio, cuando pasaba con su papá en el autobús de la compañía, camino a los campos petroleros. Claro, yo tenía que ir de casa en casa, y no me quedaba más remedio que caminar las veinte cuadras.

En verdad era demasiado para una alma tan susceptible a la crítica como la mía; y para ser totalmente francos, a mí me gustaba fumarme mis cigarros

Lido de vez en cuando, cosa que el dogma que quería practicar, supongo que más por confusión que por otra cosa, me prohibía expresamente.

¡Y qué decir de las cervezas que dejé de tomarme con Sambito durante toda esa pasantía de cánticos y de hermandad! Lo único que de verdad extrañé después de abandonar la fe, fueron las reuniones de estudio bíblico, no tanto por lo que pudiera aprender, que era muy poco por mi mente tan escéptica y tan dada a cuestionarlo todo, sino por las dos o tres jovencitas que también asistían y que en cierta forma me entusiasmaban a no perderme esas sesiones. Ah, y por los viajes que hacíamos de vez en cuando a Maracaibo y a otras ciudades. La verdad era que el Pastor Melquíades Araujo, que así se llamaba nuestro instructor, era una persona aburrida, con decir que mucho más aburrida que yo, que ya es bastante; quien sólo pensaba en ganar la gloria del cielo a fuerza de recitar parábolas y de cantar himnos, aparte de vender biblias, por supuesto. Qué clase de vida tendría que soportar su esposa, que a mí me parecía que no era tan devota como él, y de quien los compañeros de clase decían que hasta tenía su amorío con un joven carpintero de la vecindad.

El pastor era tan crédulo que el mismo Melvis Beltrán, a quien muchos le decíamos "mentirita" desde pequeño, estuvo a punto de engañarlo cuando quiso acompañarnos a Maracaibo la vez que el predicador Billy Graham visitó el país. Melvis de repente se había convertido, dizque por una visión o un sueño, no estoy muy seguro de que fue lo que le dijo al Pastor; pero su mujer, que no comía cuentos y conocía muy bien al catire, le echó a perder el plan. Melvis prometió vengarse de ella diciendo que la acusaría de sus encuentros con el carpintero, pero éste en mi presencia lo amenazó con darle unos golpes y allí terminó todo. No estuvo mal ver al catire salir con el rabo entre las piernas después que el ebanista lo zarandeó.

— ¡A la jaiva primo! ¡Así que volvisteis al mundo de la carne y del pecado! —dijo Sambito jocosamente cuando supo de mi abdicación—. ¡Vamos a celebrarlo con unas Zulias bien frías!

Mi horóscopo también decía que poseía don de mando, elegancia, y que me destacaría por ser el centro de la atención, cosas que nunca he podido averiguar cómo lograr. No sé cuándo fue que me cansé de tratar de ser como decían los astros que debía de ser. Ni siquiera me di cuenta, porque a lo mejor fue algo que hice gradualmente, aunque de vez en cuando leía los pronósticos astrales en el diario Panorama, simplemente por curiosidad supongo.

Soy tan impredecible para tantas cosas. Hace poco perdí el control y golpeé a un muchacho y le hice sangrar. Estaba en el cine del pueblo, donde había ido solo, como solía hacerlo. Me había sentado al frente, en la sección más barata, la galería, a la cual sólo asistían hombres. Allí veía con fruición una película de Burt Lancaster, mi actor favorito, cuando alguien se sentó a mi lado. No le puse mucha atención, absorto como estaba en la trama del filme, pero al rato me di cuenta de que esa persona no dejaba de mirarme. De reojo pude ver que se trataba de un adolescente de ojos y nariz muy grandes que ciertamente no parecía interesado en las escenas de la pantalla.

Traté de no darle importancia y seguí viendo la película, pero al poco tiempo sentí como una de sus manos se deslizaba por entre mis piernas en la oscuridad. Por instinto supongo, en una acción refleja que no pude controlar, le lancé un codazo al rostro que de inmediato le hizo aullar de dolor. Me levanté enseguida y el muchacho, temeroso de que lo volviera a golpear, se paró como pudo y sangrando tan profusamente por la nariz que incluso me salpicó a mí un poco en la camisa, salió corriendo por el pasillo central. Yo estaba muy exaltado y a medida que fui calmándome comencé a culparme por haber sido tan impulsivo con el pobre joven, a quien no debí haber golpeado. Pero por otra parte también sentía una vaga satisfacción por haberme atrevido a reaccionar de esa manera, después de todo. Recuerdo que al salir del cine lo hice con el temor de que el muchacho quisiera vengarse de mí, que estuviera esperándome agazapado en algún lugar y me atacara con alguna arma o en compañía de algún amigo suyo. Hice el recorrido de vuelta a casa buscando siempre caminar al lado de alguna otra persona o por el medio de la calle, no dejando de preguntarme qué habría impulsado a ese muchacho a pensar que yo podría aceptar su burda conducta. Quizás el catire Melvis lo habría hecho, y sin duda hasta le habría sacado algún provecho, que no sería nada nuevo porque él mismo confesaba sin ningún pudor sus aventuras con cierto abogado y profesor muy conocido al que le quitaba dinero. Pero yo no.

Sentía temor de exteriorizar mis pensamientos a otras personas aunque a menudo me hablaba a mí mismo, a veces por horas y horas, especialmente cuando no podía dormir y me quedaba tirado en la cama hasta el amanecer. Pero yo quería ser sociable y tener muchas amistades, y por ese gran deseo a veces lograba ser parte de algún grupo del barrio. Y siempre ocurría algo que me decepcionaba y me forzaba a alejarme de nuevo, a esconderme en mi mundo solitario. Una vez por Navidad, poco después de haber dejado a los evangélicos, me invitaron a tocar en un grupo de gaitas y me entusiasmé mucho en participar. Pero sinceramente fui un verdadero fracaso ya que no podía llevar el ritmo con ninguno de los instrumentos más sencillos. Como no pude ni con el tambor ni con el furruco, me dieron la charrasca.

—Vai, Eriberto ¡vos lo único que le sacáis a esa vieja charrasca es chispas! —decía Sambito entre las risas de los miembros del conjunto cuando me veía tratando de llevar el paso infructuosamente con el tubo de metal estriado. Y mi voz a esa edad me parecía tan horrible que sólo fingía que cantaba, aunque creo que a nadie engañaba realmente con mi disimulo. Es decir que ni tocaba ni cantaba, por lo que muy pronto perdí el poco entusiasmo y dejé de participar en el grupo.

—Bueno, en verdad no se perdió nada —dizque decía Eddy León con respecto a mi abandono del grupo—. Total, ni lavaba ni prestaba la batea.

De bailar ni se diga. Sambito repetía a cada rato quién ha visto un zuliano que no sepa bailar gaitas. Pero así soy. Ni gaitas ni ninguna otra cosa, por lo que no asistía a las pocas fiestas a las que me invitaban. A los bailarines los miraba desde lejos, no fuese a ocurrir que alguna jovencita o alguna de esas damas ya pasadita de años y sin acompañante, me pidiera sacarla a guarachar. No me gustaba hacer el ridículo y si bailaba seguro se reirían de mí. Para colmo, por esos días Melvis Beltrán, quien se escondía para espiarme desde el techo de su casa, me vio una vez que yo creía que estaba solo en la cocina y escuchaba por la radio ese nuevo ritmo, el *twist,* con la canción que cantaba Chubby Checker. Me contoneaba y me hacía la idea de que realmente estaba bailando, pero el catire le dijo a todo el mundo que me había vuelto loco ya que dizque peleaba solo.

—Al guajirito le dan ataques de epilepsia cuando escucha música moderna —decía el catire entre los muchachos del barrio, quienes se reían de sus ocurrencias y después se burlaban de mi preguntándome cómo era ese baile nuevo que yo dizque bailaba, "el epiléptico".

(3)

Lo que en verdad hacía por esa época con cierto fervor era escuchar los juegos de pelota que se transmitían por la radio. Me deleitaba no sólo con las trasmisiones de Grandes Ligas de Buck Canel los sábados por la Cabalgata Gillette, sino las de Arturo Celestino Álvarez, "el premier", para así seguir con especial convicción las temporadas de Alfonso Carrasquel con los Indios y de Luis Aparicio con los Medias Blancas, y del Duque Snyder, de los *Dodgers*. Me emocionaba tanto cuando alguno de ellos hacía algo espectacular o daba algún batazo importante. Casi era como si yo mismo lo hubiera hecho. Y más que nada, disfrutaba jugar al béisbol en las partidas callejeras que nunca faltaban, y si no, pues agarraba un pedazo de palo de escoba y me ponía a batear piedritas o tapas de refresco, chapitas, en el patio baldío detrás de la torre del oleoducto, si encontraba alguien que me las lanzara. En las partidas quería ser *pitcher,* pero siempre había otro que se me adelantaba, por lo que generalmente terminaba jugando la posición que nadie más quería jugar. Pero no me importaba por que en cualquier posición yo lo disfrutaba igual, y como no lo hacía mal, aparte de que tenía una mascota de lona que me había confeccionado mi abuela, pues los muchachos del barrio me invitaban a jugar con frecuencia. Pero nunca me invitaron a jugar en los torneos organizados con pelota de verdad, más que todo porque el papá de Melvis, no sé por qué, siempre terminaba siendo el *manager* y siempre me dejaba afuera porque dizque esa pelota pegaba muy duro y me podían lesionar.

—Despúes hay que pagarle a su mamá con dos o tres docenas de chivos pa' que los guajiros no vengan a querer cóbraselas con uno.

Así decía para justificar su aversión por mi familia, y claro, cobrarse la mordida de la perra cuando Melvis me robaba el kerosén. De todas maneras, creo que de no haber sido por esas partidas de pelota que jugué cientos de veces, mi infancia habría sido pura pérdida. Tal como mi adolescencia, llena de malos recuerdos. Como el día que conocí a Aparicio, en 1958. Lo llamaban "el junior de Maracaibo", pero era el ídolo de todos los zulianos habidos y por haber.

Ese día Sambito Williams estaba tan excitado como niño en un parque de diversiones, y lo digo no porque yo haya estado en ningún parque de diversiones, a malaya, sino que así lo he visto en películas. El departamento de relaciones públicas de la Creole había invitado al ya famoso pelotero que en el 56 se había convertido en el novato del año en la Liga Americana, a pasar por nuestro pueblo y a recibir un homenaje de parte de la Compañía, y Sambito, que era un fanático de Aparicio, estaba organizando a los muchachos del barrio para llevarnos al campo donde se realizaría el evento.

—Lo vi jugar en Nueva York, contra los Yanquis —repetía Sambito a quien quisiera escucharlo—. Fue en su año de novato. Yo todavía estaba en la Marina Mercante y un agregado militar del cónsul nos consiguió entradas para el *Yankee Stadium*. Fue un 25 de agosto, sábado por la tarde, y ganaron los Medias Blancas 4 a 2, y recuerdo que pichaba Dick Donovan contra Whitey Ford, y Luis fue primer bate y dio 2 *hits* en 5 turnos, y hasta empujo una carrera. Había un gentío, creo que más de cincuenta mil. Fuimos varios, y antes del juego Aparicio habló con nosotros un rato y nos regaló unas pelotas. La mía la tengo guardada. Uno de los compañeros —contaba Sambito—, le dijo que él había querido ser jinete y no pelotero y Luisito le confesó que igual él se escapaba de madrugada para el Hipódromo El Paraíso a ver los traqueos y a aprender a montar, hasta que su tía lo descubrió y lo acusó con su papá, quien de inmediato le dijo que se olvidara de eso-. El catire Melvis nos decía que negro tan embustero, eso nunca sucedió, pero yo le creí.

Sambito había conseguido que le prestaran una destartalada camioneta donde nos transportaría al Club de la Creole en Los Jabillos. Los chicos de la cuadra, entre ellos Melvis, Wilson Leal, Eddy León, el Pelón Montiel y yo, nos acomodamos verdaderamente como sardinas en lata en la batea. Todos respirábamos alborozo ya que nunca habíamos tenido la oportunidad de conocer o ver a un pelotero de Grandes Ligas tan de cerca. Ni siquiera por televisión, por lo menos yo, que no tenía acceso a ninguno de esos aparatos recién llegados al país. Melvis como siempre, tratando de impresionarnos con sus historietas de que él sí que conocía a varios peloteros profesionales, que había ido a muchos juegos del Cabimas, que en el 55 dizque había visto cuando Russel Rac dio sus 4 jonrones en un mismo encuentro, que había estado en juegos contra el Rapiños, Centauros y Pastora, y que Pompeyo Davalillo, "el galgo" Dario Rubinstein y "el ovejo" Dalmiro Finol eran amigos de su papá y que dizque habían jugado juntos en el amateur para el equipo del MOP. Pero todo el mundo sabía que era más embustero que Roñoquero y Mamblea juntos.

— ¡Ajá! —le preguntaba Wilson burlonamente—, ¿Y por qué si son sus amigos nunca los visitan? ¿Será que los galgos y los ovejos salieron trasquilados?

Estoy seguro de que Melvis no entendió el sarcasmo de Wilson, quien se refería a que el papá de Melvis tenía fama de pedirle prestado dinero a todo el mundo y de no pagar, pero se le fue encima al verme reír en voz baja porque ni a él ni a su papá nadie los ofendía así. Los dos se dieron un par de trancazos antes de que Sambito los calmara amenazando con no llevarlos.

Llegamos como a las dos de la tarde. En Los Jabillos había una muchedumbre, hombres y muchachos más que todo, y el sol estaba pegando como si tuviera fiebre y rechinara. El espectáculo no sólo incluía la visita del pelotero sino que se había organizado un evento para supuestamente romper el récord mundial de atrapar una pelota lanzada desde un aeroplano. No me enteré de si se había logrado el cometido en este particular, sólo supe que el receptor profesional que supuestamente atraparía la pelota dizque se había arrepentido y hubo que buscar a un reemplazo de última hora, quien sólo aceptó participar si se cambiaba la bola por una naranja. De cualquier manera, allí estaban los jerarcas de la Compañía en la zona, entre ellos el señor Woodson que también era muy aficionado al béisbol, y todos esperamos como dos horas antes de que por fin se apareciera el automóvil donde supuestamente venía Luisito: un Ford azul descapotable último modelo que llegó tocando corneta estruendosamente, para que lo dejaran pasar entre la multitud

El grandeliga no era tan pequeño como yo pensaba y me emocioné bastante cuando pasó por nuestro lado y nos saludó a todos. Yo en un arranque impulsivo le quise dar la mano y como por milagro sentí su fuerte apretón, algo que me pareció tan increíble que por muchos días no me atreví a lavarme la derecha, no fuera a ser que perdiera la estrechada.

Si todo hubiera terminado allí consideraría la fecha como digna de recordar, pero como siempre el muy maldito de Melvis se interpuso para que todo saliera al revés. Después del acto protocolar estaba previsto que se repartieran no sé cuántas pelotas con la firma autografiada del pelotero, pero como había tanta gente presente, se decidió hacerlo lanzándolas al aire hacia diversos sectores para que cada grupo de espectadores tuviera oportunidad de capturar una de las pelotas. Nosotros nos aprestamos a fildear la que nos lanzaran y cuando la vimos venir impoluta hacia nosotros, venciendo la brisa y centellante como si fuese un batazo cualquiera a nuestros predios del campo derecho, el corazón nos latió más fuerte. Una verdadera pelota de "paldin", como las llamábamos.

Cualquiera que la tuviera podría considerarse como un privilegiado. Una auténtica bola de Liga Grande, y firmada por Luis Aparicio.

— ¡Allá viene! —gritamos todos con un grito ahogado por la emoción. Todos saltamos y de repente la sentí golpear mi mano, la misma mano que Aparicio había estrechado hacía tan poco. La misma mano afortunada que ahora también estaba a punto de apoderarse del trofeo y que ya se sentía segura del *out* realizado. Pero alguien me empujó y trastabillé, al tiempo que sentí que me sacaban la pelota de la mano. Caí de bruces, como tantas veces lo había hecho en las peleas callejeras, estrellando mi rostro contra el suelo de escasa grama. Degusté el sabor ocre y pastoso de la tierra. Sentí como la sangre que brotaba de mis labios y de mi nariz se mezclaba con el polvo, y como quería escupirla una y otra vez sin poder hacerlo, pegada como estaba a mis encías y a mis dientes, debajo de mi lengua.

— ¡La agarré! ¡La agarré! —escuché gritar desaforadamente al catire Melvis. El muy desgraciado, había sido él sin duda quien me había empujado, pensé, atontado por el guapazo y tratando de levantarme entre las piernas de los demás, para írmele encima.

Sambito me vio en el piso y acudió a ayudarme. Me prestó su pañuelo para que me limpiara y trató de calmarme diciéndome con sus largos brazos abiertos: —Ya habrá otra oportunidad, Eriberto, ya habrá otra oportunidad.

Entretanto, los muchachos de la cuadra ni cuenta se dieron de mi caída. Estaban todos agrupados alrededor de Melvis, quien sólo dejaba que vieran la pelota, sin tocarla, sin duda temeroso de que alguien más alebrestado que él se la arrebatara. Como él me la había arrebatado a mí. Después me enteré de lo que había dicho entre sus compañeros de farra, que él no iba a dejar que un tonto como yo se quedara con esa pelota. No si él estaba allí para impedirlo.

Soy tan pesimista para todo. Me llena de pavor que a estas alturas de mi vida no haya podido aun averiguar todavía cómo es que debo ser. Siento una gran angustia que a veces no me deja ni respirar y que no hace mucho, cuando leía Hamlet por encargo de la profesora de castellano, sin duda sugestionado por su famoso soliloquio, hasta había llegado a entretener pensamientos muy negativos en relación a la posibilidad de mi prematura partida voluntaria de este mundo. Pero yo no podría, como sugiere el príncipe de Shakespeare en Elsinore, tener el valor de suicidarme, ya que con todo lo malo valoraba en demasía mi presencia en este mundo. El teatro de la vida debe seguir su curso, y yo la marioneta número uno, me dejaré llevar, siempre acuciado por esta perplejidad, este sentimiento incómodo que no logro quitarme, que pareciera tenerme amarrado todo el tiempo, y siempre soñando la misma pesadilla, metido en un laberinto de donde no puedo salir. Las cosas que me pasan a veces las veo como si no me pasaran a mí, sino a algún reflejo de mí mismo. Mi conciencia, mis actos, mis pensamientos, todo adquiere una existencia de reacción mecánica, tan inútil. Ni creencias, ni tradiciones, ni sentimientos, ni recuerdos parecieran servirme de nada. ¿Qué debo hacer? ¿Podré sobreponerme a mis propios espejismos?

A pesar de mis quejumbres, logré graduarme hace poco de Bachiller de la República. No es que sea una gran cosota pero para mí, con todos los malos ratos y humillaciones que pasé en el liceo, de verdad que ha sido una vaga satisfacción, aun cuando mi promedio ni siquiera llega a doce. Es frustrante y si se quiere quizás sea más que todo por mi culpa, o por mi evidente fobia hacia ellas, pero no recuerdo haber pasado ningún momento grato en las aulas de la secundaria. Mis profesores por lo general nunca se preocuparon por mí, ni tampoco me dieron mayores muestras de haberse dado por enterados de mi existencia como persona. Para ellos creo que sólo fui un nombre en una lista que de vez en cuando decía presente. Falté mucho a clase, debo reconocerlo.

Si he logrado aprender algo en todos estos años, palabra de hombre invisible que no sé qué habrá podido ser, aparte de saberme las capitales de la mayoría de los países del mundo, los nombres de muchos escritores importantes y de sus obras, saber el significado de miles de palabras que otros muchachos de mi edad ni saben que existen; y sacar cuentas mentalmente, lo que realmente le parece extraordinario a mi amigo Sambito. Leo mucho la prensa, más que todo el diario Panorama, y cuando me la prestan, la revista Elite, por lo que generalmente me entero de lo que está pasando en el país y en el mundo, especialmente en cuestiones de política. También entiendo bastante el inglés y no hace mucho, una noche, pude comprender lo que unos gringos que estaban perdidos en el barrio preguntaban con respecto a la dirección de un conocido prostíbulo, por lo que pude indicarles el camino. Mis vecinos estaban asombrados y no lo podían creer.

— ¿Dónde aprendiste inglés? —me increpaban, mirándome como bicho raro.

De allí en adelante a algunos les dio por llamarme "el gringuito", no sin una cierta entonación de desdén. Me imagino porque no toleraban que alguien pudiera ser mejor o diferente a ellos, y menos yo. Pero en verdad no habían entendido que yo había pasado tiempo con los hijos del Sr. Woodson, con quienes jugué bastante cuando mi mamá los cuidaba, y que en nuestros juegos sólo se hablaba inglés… También soy buen dibujante y si algo he aprendido, fue a pintar, en los talleres que nos daban en la iglesia evangélica. Lo demás son un montón de cosas imprecisas, que si Bolívar que si Urdaneta, que si los realistas, que si la trigonometría y la psicología, y tantas otras cosas que terminan en *ía*. Bueno, sé leer y escribir más o menos bien y supongo que eso es ya algo. Pero eso, como les relaté, me lo enseñó la maestra Evangelina Pérez, quien tenía la escuelita cerca de la casa, cuando yo tenía seis años. Después sólo fue copiar y copiar lo que dictaban los profesores, que sólo eso hacíamos la mayor parte del tiempo. Ellos dictaban y nosotros copiábamos. Para ser totalmente francos me siento muy ignorante e incapaz de todo. El negro Sambito me reclama constantemente mi torpeza para hacer las cosas.

— ¡Primo, qué es lo que te enseñan en ese liceo —me recrimina—, que no sabéis ni cambiar un pobre foco! ¡Cuidado y te come!

Bueno, francamente supongo que sé algunas cosas, Sambito, pero no estoy seguro de que me sirvan para nada en particular. Lo que si siento es un gran alivio, al igual que la mayoría de mis compañeros de promoción, supongo, por haber salido de ese suplicio que debe ser chino, aunque realmente no tengo idea de lo que sea un suplicio chino. Nunca pude sobresalir en nada, con todo y lo mucho que me atraía la matemática en primero y segundo año, cuando el Álgebra de Baldor era mi libro preferido. Y últimamente lo único que me gustaba era escribir y escribir, que de poco me servía, ya que lo que escribía me lo guardaba y de broma si no lo botaba a la basura, como pensé hacer muchas veces con estas notas que ahora escribo y que van sacándome de adentro un poco de ese peso que tengo aquí en mi pecho desde que mi madre murió. Las guardo en una caja y quizás alguien alguna vez las lea; y si puede descifrar mis garabatos, hasta las publique si piensa que valen la pena, aunque no lo creo. ¿Quién sabe? Quizás hasta yo mismo las revise cuando esté más viejo y decida qué hacer con ellas.

Pasé por tantas vergüenzas en secundaria. Creo que empezaron en primer año, el día que por culpa de Melvis Beltrán, ¿de quién más?, me quedé dormido en la clase de laboratorio de biología. La profesora había traído una rana grande de color marrón para que la disecáramos, y el catire me engañó con una de sus tretas y me hizo oler el éter que deberíamos darle al batracio. Me sentí mareado y para no caerme busqué donde sentarme. Perdí el sentido del tiempo hasta que la profesora me sacudió por los hombros, muy enojada. Ella pensó que yo no era más que un flojo y un dormilón y ni Melvis ni ningún otro le contó lo que había pasado realmente. Mis compañeros de clase sólo se rieron de mi a más no poder y ya desde entonces comenzaron a verlo a él como un consumado y audaz líder, digno de su admiración y de su respeto. Y a mí como a un tonto, sin duda alguna.

—Melvis dice que vos sois hermafrodita —me señaló poco después uno de mis compañeros de clase—. ¿Me podéis mostrar para ver cómo es eso? —Yo no sabía qué era eso de hermafrodita, pero no me sonaba como algo bueno.

—Hermafrodita será él —le respondí sin mucha convicción. Más tarde cuando pude averiguarlo en un diccionario, puse ese nuevo enojo que sentí en la cuenta del catire. Que ya estaba bastante larga. Y que con los años incluso se tornaría trágica.

¿Y qué de segundo año?, la vez que entusiasmado por las furtivas miradas y las invitadoras sonrisas de una de mis condiscípulas, le escribí un fogoso poema de amor, que sin duda nunca le entregaría. Melvis, que lo revisaba todo como si fuera de su propiedad, lo encontró en uno de mis libros, aún sin terminar. Y se lo dio a conocer a todo el mundo. Cada vez que me acercaba a alguno de mis compañeros de clase ineludiblemente le escuchaba recitar en emotiva voz "es tu mirada misteriosa dulce golosina que empalaga oh diosa", una de las estúpidas estrofas de mi estúpido verso. No asistí a clase por una semana para que me dejaran en paz. Y lo que más me dolió fue que la jovencita no me miró más y pareció decirme con su actitud que me mantuviera tan alejado de ella como fuera posible.

—Mira, volvió el poeta azucarado —me espetaron cuando regresé a clases. Pero ya la cosa había pasado de moda y no sufrí más burlas.

Pero con todo y eso, mi recuerdo más inolvidable de mi experiencia como estudiante es la voz casi cruenta de mi profesor de matemática pidiéndome delante de todos los compañeros de clase que hablara "como un hombre" cuando yo pasaba por un prolongado y humillante cambio de voz, hace dos años apenas, en cuarto. ¡Qué maldito! Todavía me duele el alma, si es el alma la que me duele, cuando pienso en ello. La manera cómo me miraban las muchachas y cómo algunas hasta se reían de mí. No me quedó más remedio que dejar de ir a esa clase también, por lo que tuve que reparar la materia, que de todas maneras hubiera tenido que hacerlo, ya que el ingeniero que nos daba esa materia, de apellido Vitale, sólo se ocupaba de los tres genios que cursaban con nosotros. Si ellos le entendían su enrevesado modo de enseñar, los demás le importábamos un pepino, admitía. No sólo eso, sino que además dizque se echaba los palos con ciertos alumnos de quinto en unos viajes de fin de semana muy raros que dizque hacían al famoso Hotel Guadalupe de La Puerta, cerca de Valera.

Lo otro que sobresale de mis clases de secundaria es el profesor de Geografía Económica, al que llamaban "Rolls Royce Linares", un hombre moreno oriundo de Carache, en Trujillo, que siempre andaba impecablemente vestido de palto y corbata. Decían que había sido educado en Oxford, y realmente parecía un lord inglés por su porte. Era de ideas socialistas extremas y lo recuerdo por su insistencia en recalcar que las compañías petroleras que florecían en nuestro entorno eran corporaciones hambreadoras, enjambres de langostas que sólo dejaban desolación y miseria a su paso, que se llevaban nuestras riquezas y que sólo servían para que un grupo de políticos corruptos se hicieran millonarios con las comisiones que Rockefeller y amigos les daban. Etcétera. Sólo que él y su esposa se la pasaban metidos en el club de la compañía, exclusivo para los ejecutivos gringos, bebiendo *whisky* de buena marca y sirviéndose del mejor caviar. Lo recuerdo en particular porque como yo parecía ser el único que ponía atención a su perorata anticapitalista, a mí era el único de la clase a quien saludaba por mi apellido en los pasillos, algo que a mí me parecía extraordinario; aparte de que siempre me ponía muy buenas notas en los exámenes.

—Bachiller Ferrer —decía al verme, y me saludaba con un leve movimiento de la cabeza, continuando luego su andar, que parecía el paso acompasado de un caballo árabe.

Los profesores de inglés poco me llamaban la atención, aunque algunos eran graduados del Pedagógico de Barquisimeto y sabían su materia, y cómo enseñarla. Otros eran simples aprovechados que habían pasado seis meses en Trinidad y ya se creían bilingües. Ni siquiera iba a sus clases, pero nunca salí aplazado en ningún examen y siempre aprobé con buenas calificaciones.

En fin, tampoco pude hacer amigos allí en el liceo. Me avergonzaba de todo, del hecho de no tener padre que me representara y de que mi madre hablara tan mal el castellano, y más que nada de mi pobreza, aunque muchos de mis condiscípulos también eran pobres. Cuando mi mamá murió en el 59 no lo supo nadie en mi sección. No lo dije y en el trajín de todo perdí varios exámenes y seguramente me tildaron con mayor razón de vago y sinvergüenza. Pero preferí todo eso a tener que exponerme a la compasión de mis compañeros de estudios, y a tener que explicar cómo a mi entender nuestra falta de recursos económicos habría sido la principal causa de su inesperada muerte. De mi padre ni siquiera sabía su nombre con certeza, ni nada en absoluto. Y quizás por ese mismo afán de querer guardarme todo lo que pudiera descubrirme ante los demás entienda porque mi madre nunca me habló de él. ¡Éramos tan parecidos en eso! Cuando tuve el valor de preguntarle siempre se quedó callada, aunque a veces me pareció que quisiera contarme algo. Pero a lo mejor nunca encontró las palabras adecuadas para hacerlo sin que yo me sintiera herido o más confundido.

—Bertico, no sé explica —me dijo, en efecto angustiada, meses antes de morir. Fue entonces cuando por primera vez sentí de verdad pena por no haber aprendido a hablar su lengua wayúu.

Por supuesto tengo conocidos de aquí del barrio, los muchachos que crecieron conmigo y con quienes he compartido muchas vivencias de la niñez y de la adolescencia, pero no podría decir que alguno de ellos fuera realmente mi amigo, que de verdad pudiera confiar en él. Contarle mis inquietudes y mis temores. Pensé que quizás Wilson, dos años mayor que yo y vecino de la esquina de la misma cuadra donde yo vivo, pudiera llegar a serlo ya que él nunca se llevó bien con el catire, pero nunca supe cómo acercármele. Además que él tampoco parecía interesado aunque a veces nos la llevábamos muy bien en cuestiones deportivas y culturales. Estoy seguro que habrá muchas explicaciones de porque no tengo amigos, ni mucho menos amigos íntimos, y los psicólogos y psiquíatras podrían escribir volúmenes sobre eso. Quizás sea porque nunca he podido hacerle confidencias a nadie. Y los buenos amigos, como he podido observar, se dicen todo o casi todo, sea verdad o no.

Creo que ésta es la razón por la cual la única persona con la que me siento cómodo sea el negro Sambito, que ya anda por los cuarenta y pico, según creo. A él no tengo que hacerle revelaciones probatorias ni tengo que fingirle nada. No compite conmigo en esa carrera de llegar a ser adulto. De pretender que somos tan no sé qué cuando todavía ni siquiera sabemos qué es lo que pretendemos.

Quizás sea también mi inhabilidad de hacer las cosas que los muchachos de mi edad se supone que deban hacer. Un día, no hace más de dos años creo, cuando jugábamos una caimanera de béisbol cerca de la entrada de la cañada, se me presentó de nuevo la oportunidad, junto a otros jóvenes peloteros, no sé si se podrá llamar de violar, a esa muchacha alocada a quien le gusta bañarse desnuda entre las cañas de bambú que adornan los pozos cercanos, para tentar a los hombres a que la irrespeten. Mis compañeros de barriada, como perros azuzados por el olor de la hembra en celo, se le encimaron uno a uno sin que ella los rechazara, turnándose entre sí apuradamente. Pero yo, recordando lo qué había pasado la primera vez abajo en la cañada, y cómo casi me dan un tiro, más bien me alejé, asustado, y sólo me volví a mirarlos desde lejos, cuando parecían una especie de colmena de abejas, con brazos y piernas colgando por todas partes.

— ¿Dónde te metisteis? —me preguntaron más tarde cuando regresaron a casa, sudados y contentos.

—Es que tengo una infección —les dije—, y no quiero que se me ponga peor.

— ¡Qué infección vais a tener vos! —dijo uno de ellos—. ¡Si nunca lo has metido! ¡Será que tenéis lepra en la mano, Eriberto!

Todos se rieron de la ocurrencia y creo que me sonrojé bastante, por el calorcito que sentí en el rostro. Los malditos podían ser tan crueles y al mismo tiempo tan certeros.

Ese recuerdo, al igual que el incidente del año anterior en la cañada, me molestó por mucho tiempo, hasta que una vez Sambito mencionó a la joven loquita:

—Pobre Pedro Márquez —dijo Sambito—. No sé qué irá a hacer con esa muchacha. Por ahí dicen que ya le han encontrado dos fetos tirados a la basura. Y lo peor es que hasta el maldito de Machado, ese pervertido drogadicto que por lo menos ha tenido tres gonorreas, también se ha aprovechado de ella. ¿Quién sabe a cuantos muchachos de por aquí habrá infectado? Vai, no sé porque la Sanidad no se encarga de ese asunto. Ni se te ocurra acercarte a ella, Eriberto.

Ni a ella ni a ninguna otra, Sambito. No sabría cómo hacerlo, ni qué decir, aunque pienso bastante sobre eso.

Y esa ha sido más o menos la tónica de mi vida hasta ahora, cuando se me presenta la oportunidad de romperla con esta sorpresiva oferta de irme a estudiar a Topeka, Estado de Kansas, en los Estados Unidos de América, que me hace el mismísimo Míster John Chester Woodson, ingeniero ex-jefe de mantenimiento de la Compañía Creole en el Campo de San Genaro de la Costa, retirado desde hace un año, y para quien como ya he dicho, mi madre y mi abuela trabajaron como domésticas y niñeras en su casa por mucho tiempo. El viejo Yeici, como le decían todos en el pueblo, se había acordado de mí. Del hijo de la guajira Rina.

(4)

Bajo el sol inclemente la pandilla de chicuelos levanta polvo por todas partes, como chivos alebrestados. Por turnos, los muchachos revientan a palos de escoba la vieja pelota de caucho, que va complaciente y resignada de trancazo en trancazo, saltando como sin querer mojarse por los charcos de espesas aguas negras que cruzan por doquier la calle principal del barrio.

—No te creáis, vai —decía el negro Sambito, autoproclamado poeta del vecindario—, esas aguas negras son la misma esencia de la vida, y al notar la sorna en el gesto de mis labios me miraba con su mirada franca y alegre y se reía, repitiendo una y otra vez: —la esencia de la vida, Eriberto, la esencia de la vida. Aquí y en Kansas.

La carta de Míster Woodson, escrita en perfecto castellano, está sobre la mesita de noche. La habré leído ya cien veces y sin embargo la sigo leyendo. A su lado yace impecable el sobre de avión, con las para mí bellísimas estampillas selladas en la ciudad de Topeka, estado de Kansas, U.S.A. con fecha del 25 de febrero de 1962. Las miro otra vez descubriendo nuevas y caprichosas configuraciones, con nuevos y curiosos detalles en sus sinuosos contornos. Me sabía el contenido de memoria y me lo repetía una y otra vez, con deleite:

"Estimado Eriberto:

Desde que regresé de Venezuela hace más de un año, he estado pensando en cómo retribuirle a esa tierra todo lo que me dio en los más de veinte años que allí viví. Como te conozco bien desde muy pequeño y como sé de las miles de tribulaciones y desgracias personales por las que has pasado, y que a pesar de todo has sabido afrontar y seguir estudiando, y como supongo que ya habrás terminado la secundaria, quiero invitarte a que te vengas para Topeka, y vivas aquí en mi casa conmigo y mi esposa Sheryl, y al mismo tiempo asistas a la Universidad una vez que aprendas bien inglés. Mis dos hijos mayores ya se han casado y tienen sus propios hogares, en tanto que el menor, Jonathan, está sirviendo en las Fuerzas Armadas y estacionado en Vietnam como parte de un programa de entrenamiento. Sólo vive con nosotros Cynthia, a quien tú ya conoces, y que está terminando *high school*. Yo pagaría tu matrícula y me ocuparía de tus

39

gastos hasta que logres obtener algún grado universitario que te permita optar a una mejor vida. Además necesito conversar contigo algunas cuestiones que son del interés personal de ambos.

En caso de que estés de acuerdo con mi oferta, escríbeme para proceder entonces a enviarte el boleto de avión y ayudarte a tramitar todo lo referente a tu visa con el consulado americano en Maracaibo.

Recibe un abrazo y los mejores deseos.

J.C. Woodson

P.S. Como ya habrás adivinado la carta la escribió Sheryl, quien te manda igualmente afectuosos saludos."

Si. La buena señora Sheryl. Aquí había nacido de padres estadounidenses y se había criado como una venezolana más, y aquí la había conocido Yeici en una de sus visitas previas a su tan larga estadía. Aún recuerdo que tal era la sublimación en la que yo tenía a estos norteamericanos cuando estaba más muchacho, que verdaderamente no podía creer que tuvieran necesidad de ir al sanitario como nosotros, ni de rezar como hacían con tanto fervor mi madre y mi abuela, ni de hacer otras cosas rutinarias que los demás terráqueos hacíamos. Eran tan grandes, tan rubios, tan casi como dioses. Pero una vez que acompañé a mi mamá a la casa de los Woodson, por accidente entré a su cuarto de baño y allí estaba la doña, sentada en el retrete, como cualquier otro mortal, entretenida haciendo lo que parecía un crucigrama. Ese fue un gran descubrimiento para mí, por no decir que un gran desencanto. La bella señora Sheryl, tan fina, y en ese momento, tan maloliente. Y luego después, cuando por mi abuela me enteré de sus penas por la muerte del hijo mayor de Yeici en la guerra, algo de lo que no hablaban pero que tanto parecía afectarles. Ver que eran tan de carne y hueso como nosotros.

Siempre tuve la impresión de que no le caía bien a la señora. No sé si sería a raíz de mi intromisión en su sala de baño, pero las pocas veces que fui a su casa después de ese incidente sentí una frialdad hacia mi persona, muy diferente a la calidez que siempre me mostraron tanto Yeici como los niños. Yo lo atribuía por supuesto a mis propias deficiencias y nunca me imaginé que la señora Woodson pudiera tenerme animadversión. Además quién era yo para cuestionar su modo de ser para conmigo, o para con mi mamá, porque parecía que a pesar de todo, del cariño de los muchachos, ella también era objeto de ese rechazo escondido. No sé si habrá sido como consecuencia de eso, o de que ya los muchachos se habían convertido en adolescentes y se habían ido a estudiar a su país y poco venían acá, pero antes de su deceso, más de un año antes, mi mamá dejó de visitarlos; y yo mucho antes.

Yeici era un buen hombre, todo el mundo lo apreciaba. A mí en particular siempre me trató con simpatía y pocos días después de la muerte de mamá fue a mi casa a darme el pésame, lo que aprecié mucho. E incluso, poco antes de irse me lo encontré en una tienda. En su español sobresaltado me preguntó sobre mis estudios y sobre mis planes para el futuro. Me dijo algo que todavía no entiendo, es que me parece tan lejano a mi experiencia: Que así como un momento de tragedia borra todos los momentos de felicidad y los hace inconsecuentes en su actualidad, uno de felicidad plena borra todos los de miseria y sufrimiento, y que la vida era una lucha constante entre esos dos extremos. Hasta ahora la mía no se parecía a esa descripción puesto que no recuerdo ninguna felicidad plena en mi vida. De lo otro si ya la cuenta se hacía larga, a mi modo de ver.

Afuera la estruendosa y casi bochinchera algaraza de los muchachos sigue irrumpiendo el silencio salado de la tarde, haciéndome perder el hilo de la voz que con perfecta entonación surge casi perezosa, discurriendo la lección del disco del curso de Inglés de la *Hemphill School*.

—*How do you do?*

—*Fine, thank you. And how do you do?*

—*Very well, too.*

A través de la vieja cortina de tul veo a los jovenzuelos chapotear en las aguas más claras. Desde la casa de al lado se escucha una canción melancólica y simplona que no sé porque me recuerda a mi madre. Quizás porque ella también cantaba en ese mismo tono de resignada amargura, tocando su tuliraya hasta decir basta.

—Que llueva, que llueva, la virgen está en la cueva —entonaba la melodiosa voz de mi vecina Josefa Osorio; la muchacha fea enamorada de mi al punto de que Eddy León, también vecino de la cuadra, me insistía en que yo dizque debería "hacéle el favor, pa' que te deje quieto". Porque ciertamente, para mi vergüenza, ella me miraba como si quisiera comerme cuando me veía por ahí.

—Le ponéis una bolsa en la cabeza y listo —decía Eddy, quien según su propia confesión no perdonaba a ninguna.

—Para mí, de mosca pa' arriba todas son cacería, mi hermano.

Ella seguía cantando la misma tonada. Ahh, si. Desear la lluvia, tan deseada novia. Desear. Desear tantas cosas, sólo por desear. Ver esas aguas empozadas, la esencia vital del poeta Sambito, convertirse en fabulosas piscinas de Country Club, en surrealistas balnearios venecianos llenos de góndolas apretujadas de muchachos. Ver a Euro y a Nemesio, a Freddy y a Mujiquita, y a todos los niños del barrio encogerse de placer al sentir alguna vez sobre su escarchada piel la caricia murmuradora de un riachuelo andino, sin la huella amarillenta del baño bacteriano, del mene líquido o del temor siempre al acecho por la tuberculosis. Desear. Desear. Desear estar en Kansas. Desear que todo pase, que todo pase.

Que de repente me encuentre en Topeka.

Me doy cuenta de que es la hora del negro Sambito. Allá va con su caminar petulante, sombrero atravesado. Va con su San Benito, sus hijos menores y sus tambores, rumbo a la torre del monorriel, al final de la calle. Luego doblara para seguir hasta la estación del ferry de la Compañía, a pagar su promesa y a buscar los reales para el santo negro de su devoción, como todos los viernes. Tocará su tantán y los ingenieros norteamericanos, con aire de benevolencia y un tanto complacidos, le darán sus propinas. —La mita pa'l santo y la mita pa'l sambo —les dirá a todos en su inglés "boboreño", como él lo llama. Y además, por supuesto, les echará el cuento de cómo uno de sus abuelos dizque era primo hermano del capataz que en 1937, cuando salió el chorro de petróleo del Barroso II, que cubrió muchas de las casas de techos de paja que por ahí había, allá en Cabimas, pidió permiso para bailar al santo negro al lado del pozo, del cual milagrosamente, como a los quince minutos, cesó de brotar el líquido, para asombro de todos y especialmente para tranquilidad de los vecinos, que temían que una chispa iniciara un incendio de grandes proporciones que destruyera todas sus viviendas, como ocurrió en Lagunillas. Claro, la gente nunca entendió que en verdad lo que había pasado era que el pozo se había secado y ya no tenía fuerza de eyección. Pero igual le adjudicaron el milagro al santo.

—*Mi get haf, di sein get haf* —les repetirá, riéndose a carcajadas y dizque traduciendo para el "público de galería", como llamaba a los obreros criollos.

— ¿No será lo mismo? —le gritarán los trabajadores en su camino, y él se reirá aún más.

—Gua yu se? Mi no onderstan. Mi no comprende —ripostará, haciéndose el musiu.

Me ve asomado a la ventana.

— ¡Acompáñame, Eriberto! —invita con tono rochelero, sabiendo que me negaré. — ¡Sí! Ya lo sé! Tenéis que meterle al gringo. ¡Te vais a volver loquillo escuchando esos discos!

El grupo de chicuelos y varios perros vagabundos le siguen. Los canes ladran retozantes y los niños bailan y cantan a los acordes de los tres tambores. Luego al rato se pierden entre las eternamente erguidas cabrias de la Compañía, que también eternamente, como saltamontes de hierro, estupran la tierra somnolienta y cansada. En mi cuarto, la voz del desconocido e incansable maestro repite una vez más en el viejo tocadiscos portátil que el mismo Yeici Woodson me regalara:

—*The baby is very cute, and the mother is good also*

Y repito también en voz baja, tratando de imitar sin lograrlo su acento perfecto.

Los pesados rayos del sol se meten presurosos por la vieja ventana entreabierta, como si quisieran esconderse de su mismo ardor. ¡Sí! ¡Me iré! ¡Claro que me iré!, grito enfurecido en la caja de resonancia en que se ha convertido mi cerebro. ¡Me iré, araña malsana! Huiré para siempre de tu omnipresencia. Ya no escucharé tu canto sordo de mil ecos trepidar por cada rincón de esta olvidada calle de ratas. Ya no me herirás con los olores nauseabundos de nuestra pobreza, ni me excitarás aflorando los mimos ardientes de mi adolescencia. ¿Por qué te reís, araña? Ya veréis calamar perverso, te arrodilláreis ante mí. Un nuevo mundo me espera, un mundo de aire acondicionado, de brisas refrescantes y flores olorosas a jazmín y alelí, un mundo de sutilezas. Ya no me veréis asistir a la casa de los partidos a rogar por una ayuda, una beca, por una limosna. Ya no me veréis por allí, Melvis Beltrán, buscando a tu pedante padre. Ya no me avergonzarán participando como comparsa en campañas electorales, apoyando a candidatos corruptos, ladronzuelos que sólo piensan en como esquilmar el erario público.

Me recuesto en la cama y divago. Quiero soñar con las miles de aventuras que me esperan. También debo dormir, descansar. Tengo tanto que hacer. En la calle se escucha ahora la voz estridente de alguien quien con un altoparlante invita una y otra vez a la gente del Monorriel a asistir el fin de semana a una verbena que el partido Copey auspicia para recabar fondos para sus actividades partidistas. Se anuncia música en vivo y la presencia de dirigentes regionales y nacionales.

Los ojos se me cierran y siento caer como en una bruma. Realmente no quiero dormir, debo seguir estudiando… Alguien grita: — ¡Dejen pasar al próximo Presidente—! Y un coro de gargantas bien entrenadas, con la gorda

Zoraida, la mujer de Sambito a la cabeza, ruge aprobatoriamente una y otra vez. Allí están todos mis vecinos. Martín el carnicero que parece otro, desencajado en su traje dominguero. Igual Homero el taxista y Chichín el de la otra esquina. El viejo Gelasio, estirado y serio. En sus rostros se refleja una gran exaltación. Como hipnotizados siguen el tempo vibrante de los demás acólitos del candidato. ¿Qué es esto?, si ni siquiera es tiempo de elecciones...

— ¡Caldera Presidente! ¡Caldera Presidente!

Observo todo con ojos de inocencia, como si no estuviera realmente presente y no me vieran, aunque mis pensamientos se desencadenan como si fuera a la velocidad de la luz. Ese día el pueblo bulle como nunca, azotado por los cálidos gemidos del trópico. Desde temprano, por todas partes se ve gente de afuera. Las pancartas multicolores en los autobuses y camionetas pregonan ser de militantes de Valera, Mérida, Coro, Barquisimeto. Gente de la Costa del Sur del Lago, de la Zona Baja, gente de Boconó, de Barinas, y hasta de Perijá. Jóvenes liceístas de los pueblos circunvecinos, en fin gentes de todo el Occidente que han venido para la ocasión: El gran último mitin del partido antes de las elecciones. Mitín de cierre, como le llaman los políticos y la prensa con precisa banalidad.

Por las calles vecinas a la plaza Udón Pérez, las cornetas de los vehículos repletos de concurrentes ahogan con su estruendo la algarabía popular. Muchos toman cerveza, libremente obsequiada por un grupo de sudorosos y ocupados hombres. Varios juegan dominó o a las cartas. Otros, los menos, simplemente dormitan a la sombra de algún árbol, mientras esperan la llegada del hombre del día.

De repente ya es de noche. El calor pesado y agobiante se ha ido. Ventea, y gran parte de la multitud se congrega alrededor de una engalanada tarima. Entretanto la gorda Zoraida y su coro de acompañantes siguen gritando como en un trance las consignas que alguien les va leyendo, aunque ya sus voces no tienen la misma fuerza que al comienzo. Para variar, de vez en cuando algún orador secundario lanza su discurso, preparando a los asistentes para la oratoria de los principales líderes.

Más allá, en las calles, la gente se apretuja, espiando delante de los ventanales de las tiendas que ya anuncian con esplendor provinciano las ofertas de una Navidad que me angustia porque no debió llegar tan pronto. Yo debería estar en Topeka, Kansas desde agosto. ¿Por qué estoy aquí? Me veo sentado sobre la rama más gruesa del samán bajo cuya sombra Sambito y yo solemos conversar. Estoy con la Gaceta Hípica metida en la cintura, tratando de descifrar el mar de pancartas y banderines que se elevan por sobre la multitud de cabezas. Siento deseos como de dar un discurso, con tanta gente allí. Cuántas veces no he sentido ese mismo deseo en las marchas del Liceo, decir tantas cosas. Pero nunca me he atrevido. Me escucho y no sé si realmente estoy hablando sólo conmigo mismo o dirigiéndome a la muchedumbre.

— ¡Gente de pueblo! ¡Estudiantes, jóvenes, compañeros, licenciados, poetas, doctores y prelados! Estoy aquí para declamar sobre el derecho humano, que como pueden ver cuelga de mis esqueléticas clavículas como tripa glotona, apretujada de tierra negra y aceitosa, llena de gusanos y de lombrices ávidas de justicia...

Al declamar mi corto discurso sonrío como un idiota, pensando que sin duda al decimero Sambito le gustara la perorata que he creado. Se la repetiré después, me dije. O quizá él esté allí en alguna parte, escuchando en la oscuridad.

Poco más tarde llega el candidato, brazos abiertos en alto, moviéndolos como aspas a cada rato. Sobre la tarima se yergue como ave de presa a punto de emprender vuelo con su alimento del día; los hombros sobrecogidos, con la mirada fija en algún punto indefinido. Los músculos alrededor de la boca se notan como congelados en una mueca que intenta ser una sonrisa. Me parece ver como si un hilo de humo azuloso le saliera de la cabeza, por lo que deduzco que sus pensamientos a lo mejor arden como a veces siento que arden también los míos, a fuego lento. Los gritos a su alrededor no cesan, acompasados al son de los estribillos pegajosos que repiten Zoraida y su coro de seguidores.

El tráfico se ha detenido completamente en las calles circundantes. Los acompañantes del entorno cercano del caudillo siguen llegando. Su equipo de guardaespaldas lo rodea presuroso, en tanto que en sus rostros sudados se reflejan las aprehensiones de la situación. Detrás de los guardianes aparecen algunas autoridades civiles del Municipio. Visitantes de velorios, expertos en pésames y demás yerbas mortuorias, como los llama Sambito, quien siempre está buscando material para sus décimas.

— ¡Señores y señoras, hijos de la patria, compatriotas! ¡Amigos toodoos! —se escucha ulular entre penosos quejidos electrónicos. Uno de los técnicos de sonido sostiene el micrófono, y ahora recita con cierto embarazo y en voz baja un, dos, tres, probando. Y luego más fuerte:

— ¡ALO, UNO, DOS, TRES! ¡PROBANDO, PROBANDO! ¡SONIDO, SONIDO!

Y de nuevo:

— ¡SEÑORES, SEÑORAS! ¡HIJOS TODOS DE LA PATRIA, COMPATRIOTAS!

La voz del hombre se convierte en onda voraz que hiere con su sinuosa alacridad el fino oído de las ardillas trasnochadas de la plaza. La multitud corea entusiasmada, estremeciendo el vuelo nocturno de la plácida brisa que ahora sopla desde el golfo. En mi extraño divagar siento mi cuerpo temblar con el frío de la noche.

— ¡CALDERA PRESIDENTE! ¡CALDERA CON LA GENTE!

En el vaivén de los clamores, cuando el candidato acerca el micrófono hacia su boca, dispuesto a comenzar su alocución, vislumbro su rostro en toda su magnitud Enseguida reconozco los lentes de carey, la nariz aguileña y los ojos azules, los pómulos salientes y el cabello rubio y liso de Míster Woodson, quien de algún modo habla sin que yo pueda entenderle. Se ve cansado y aunque me extraña verlo en semejante situación me preocupa más no poder entender lo que dice, lo cual parece estar dirigido a mí específicamente. Al cabo de un silencio de grandes expectativas, suena como un disparo. Se oye un quejido y una imprecación.

— ¡Le dieron a Caldera! —grita alguien.

De inmediato algunos de los que están en la tarima se abalanzan sobre el candidato para resguardarlo. Alrededor de la plataforma el pánico se extiende al instante, impulsando a la torpe ola humana a presionar sobre la tarima, la cual en pocos segundos comienza a derrumbarse por un lado. Oigo a Zoraida que llora a gritos, pidiéndole ayuda a Sambito. Pienso que debo bajar a rescatarla pero se me hace imposible. Una fuerza extraña me lo impide.

La muchedumbre se me desdibuja. Escucho nítidamente algunas conversaciones. Caldera habla de la estupidez de la turba y le recrimina a alguien que las cosas hayan salido mal. El rostro de Míster Woodson o alguien que se le parece le cubre la cara intermitentemente y habla por su boca palabras que sigo sin entender. El cielo negro y estrellado se asoma impávido e indiferente entre las copas de los árboles.

La gente corre de un lado a otro, sin rumbo. Por el micrófono alguien pide calma.

— ¡CALMA COMPAÑEROS! ¡ES UN SABOTEO! CALMA. NO HA PASADO NADA. ¡CALDERA ESTÁ BIEN!

Por todos lados parecen llegar las fuerzas policiales y efectivos de la Guardia Nacional, peinillas en ristre, lanzando planazos a diestra y siniestra, como es su costumbre.

Me aferro al tronco del samán sin saber qué hacer. Un haz de luz me traspasa con su intensidad. No veo el acero centelleante que cae exacto sobre mi hombro derecho. Me desplomo ahogado por el dolor, sobre los arbustos. No comprendo lo qué pasa. Detrás del velo luminoso, siluetas enormes me atacan con brazos largos y afilados. Sus voces se apresuran, lejanas y luego tan cercanas, como ecos al revés.

—Meléndez. ! MELENDEZ!

—Si mi teniente ¡SI MI TENIENTE!

— ¿Está muerto? ¿ESTÁ MUERTO?

Alguien me agarra a dos manos por las axilas. El sudor se pega a mi piel, mezclándose con la sangre que me calienta la cara. Lo veo todo. El entierro por la calle. Los titulares de Panorama. Los disturbios de protesta por mi muerte. El féretro descendiendo lentamente a su encuentro eterno con la oscuridad. Mi cuerpo frío. Mis manos sobre el pecho, como amarradas a un crucifijo de latón, obligadas por el ceremonial a mostrar al mundo una adherencia nunca en vida sentida. Desdoblado veo como la capa de gusanos me asfixia, y mi cuerpo, poco a poco, al paso del tiempo, se vuelve polvo.

— ¡ERIBERTO FERRER, MARTIR DE LA LUCHA PROLETARIA! ¡No! ¡No! ¡Asesino infame! ¡Satán de la anarquía!

Mis compañeros del Liceo, coreando mi nombre...

— ¡ERIBERTO FERRER...PRESENTE!

Resoluciones. Considerandos.

No podré ir a Kansas si estoy muerto.

La comandancia. Míster Woodson vestido de negro y muy pálido diciéndome *I'm sorry*. Mi madre vestida de velo blanco, en bata guajira y sonriente. "¡Mamá! ¿Qué hacéis aquí? Pensé que te habíais ido ¿Cuándo volvisteis?" Mi abuela dormida en su cama, a mi lado. Sambito entristecido. Los discursos de los líderes estudiantiles en el cementerio. El catire Melvis Beltrán exaltando mí sacrificada vida de revolucionario. Las jovencitas de mis clases bíblicas, tristes y llorosas. Mi profesor de matemática de cuarto año, con su disfraz de espantapájaros, arrodillado ante un altar de símbolos numéricos. Rolls Royce Linares diciendo mi nombre una y otra vez para que no se le olvide.

¡REVOLUCION! ¡REVOLUCION! Revolución. Y la eterna oscuridad en que voy cayendo inmerso.

Los tambores de Sambito me despiertan, sobresaltado.

Me siento en la cama como si me impulsara un resorte. Perspiro copiosamente y siento dolor en el hombro. En la pared de atrás el afiche del Ché Guevara me mira con una sonrisa comprensiva, como diciéndome: "Ah, Eriberto. El mártir que hubieras sido."

Sambito estaba parado frente a mí. Me miraba extrañado, como esperando que le explicara lo que me pasaba. Yo tenía la camisa mojada, sentía el sudor pegado en las costillas y todavía respiraba con dificultad. Le dije que había tenido una pesadilla y le conté de mi "muerte" y todo lo demás. Primero se rió a carcajadas y luego se puso serio.

—Tenéis que cuidarte, me dijo pensativo. A veces esos sueños son un aviso que nos damos nosotros mismos —y luego, otra vez con su alegre tono, me dejó saber que había recogido casi cien bolívares en menos de dos horas de dar vueltas por el atracadero y en el ferry antes de que este saliera.

—Sabéis que el cura Suárez se puso muy contento cuando le llevé su parte. No tenía vino para la misa. Vos sabéis que esa es su mayor preocupación. Cualquiera diría que le gusta echarse su palito entre rezo y rezo.

Me invitó a comer a su casa y acepté, pensando que después nos beberíamos parte de esa plata en ron y que su mujer se enojaría. Pero siendo mi único amigo de verdad, quería seguir hablándole de mis planes de irme a los Estados Unidos. Él ya conocía de la invitación inesperada que el señor Woodson, con quien él también había trabajado en la Compañía por muchos años, hasta su jubilación por motivos de salud, me había hecho por carta para que me fuera a su tierra.

Me había preinscrito en la Facultad de Veterinaria de la Universidad del Zulia, pero sabía que eso era pura pantomima porque no tenía ninguna oportunidad de estudiar allí. Ni siquiera sabía por qué había escogido Veterinaria, aunque supongo que debe ser porque a mi mamá le gustaban las carreras de caballos y de vez en cuando, como yo lo hacía ahora con mucha frecuencia, jugaba su cuadrito de 5 y 6, buscando quizás la fortuna que el trabajo nunca le daría. Tendría que fajarme como el burro de Sambito para poder medio pagarme los estudios en Maracaibo. No me alcanzaría con los cuarenta bolívares que le cobraba al profesor Ceferino Urdaneta por el alquiler de los dos cuartos de mi casa. Y con los miles de problemas que había en las universidades; paros, allanamientos, enfrentamientos a tiros y muertos todos los días, no parecía muy claro mi futuro como estudiante. Quizás si me metiera a izquierdista me consiguieran alguna bequita en las residencias de la Universidad. Pero para eso no sirvo. Hay que tener mucha dedicación. Tendría que meterme en una de esas células, a pintar consignas en las paredes o quién sabe en qué otra actividad subversiva que me asignaran. No dan esas becas por amor a la humanidad, ni porque uno las esté necesitando. Además para ser totalmente franco, no creo mucho en esas causas. Conozco bien como el catire Beltrán, uno de los supuestos líderes de la juventud del movimiento de izquierda en nuestro barrio, se coge la plata de las contribuciones para gastársela en sus parrandas y para comprarse ropa en Maicao o en Cúcuta, sin olvidar una pasadita por la "La Casa de las Muñecas" allí; y su papá que es dirigente de Acción Democrática, no le dice nada y más bien le da el mismo ejemplo en su propia organización.

—A la jaiva, ¿y qué? ¡Acaso yo no me jodo bastante por el hijoeputa partido! —decía a los militantes que le reclamaban, delante de quien fuera. Y luego proseguía a contar el largo cuento ya conocido por todo el mundo en El Mono de como en una escaramuza de las guerrillas en las montañas de Sorte, por allá por el estado Yaracuy, ese mismo año, a los dieciséis, le habían metido un balazo en una pierna. Mostraba con orgullo la cicatriz donde supuestamente se incrustó la bala. Pero una vez le escuché decir a uno de sus compañeros de farra que esa cicatriz había sido el fruto de un accidente, cuando practicaban tiro de jabalina en un chequeo de atletismo de la Creole en Bachaquero. ¡Qué farsante!

Sinceramente, no le tenía ninguna confianza al catire. Ni tampoco a sus camaradas. Los veía como una vergüenza para el Ché.

—Te espero a las siete —escuché decir al negro desde la puerta, al salir, y de inmediato pensé en los quesos holandeses y demás delicias que Sambito conseguía de contrabando cuando llegaban los barcos de Panamá y de Aruba cargados de alimentos exquisitos para el personal norteamericano de la Compañía. A lo mejor degustaba alguno en su casa esa misma noche.

Después que le había escrito informándole que aceptaba su generosa oferta, Míster Woodson había enviado una carta al consulado americano en Maracaibo especificando que se hacía responsable de mi manutención y de mis estudios mientras estuviera en los Estados Unidos. Me había enviado quinientos dólares en efectivo para gastos y también había remitido el pasaje de ida en avión hasta la ciudad de Wichita, con escala en Houston. Pero como yo todavía no cumplía la mayoría de edad, la oficina de extranjería de Cabimas me exigía que por lo menos uno de mis padres me otorgara permiso para viajar. Mi madre había fallecido hacía más de dos años y como ya relaté, a mi padre no lo conocía. No tenía hermanos mayores ni menores. Mi abuela tenía cuatro años de muerta y de mi tío materno apenas si sabía que era o había sido electricista, y que vivía por los lados de Puerto La Cruz.

Esto me lo dijo una vez Sambito quien dizque lo había conocido. —Es un señor moreno él —me dijo—, que tenía una camioneta vieja y que trabajaba por toda la costa oriental, reparando cachivaches y haciendo instalaciones. Creo que era Rosacruz como Yeici. Hace mucho que se fue. La Compañía dizque le ofreció empleo en El Tigre, donde iban a reactivar unos pozos.

También me informó Sambito de una tía que dizque tenía por parte de mi abuelo, y que, según él, estaba presa en la cárcel de mujeres de Valencia, por haber matado a su marido. En mi partida de nacimiento aparecía como mi padre un tal Yonny Polanco, a quien se le describía simplemente como extranjero, sin especificar su nacionalidad. Al respecto recuerdo que mi abuela me había explicado muy misteriosamente una vez que probablemente ese no fuera su nombre. Creo que ni mi madre sabía tampoco realmente cuál era su verdadera identidad y mucho menos como se deletreaba, puesto que ella no sabía escribir muy bien el castellano, y tampoco había querido aprender, con todo y que yo había querido enseñarle. Lo único cierto era que tanto él como mi tío se habían ido de El Monorriel antes de yo nacer y no tenía ninguna idea de cómo o dónde encontrarlos, para que por lo menos uno de ellos me diera el permiso.

Sambito me dijo a la jaiva no te preocupéis que a tu papá lo vamos a encontrar, para que te firme la carta esa. Preguntamos a la gente del barrio que vivía allí de toda la vida y poco a poco pudimos averiguar que mi padre pudo haber sido, y vergación sinceramente lo dudaba, un italiano vendedor ambulante de gabardinas, que hacía sus rondas por el vecindario por allí por 1943. Según descubrimos, él había enamorado a varias jovencitas de la zona, pues según parece era muy hábil en eso de engatusar mujeres, cosa que yo ciertamente no creo haber heredado, a menos que fuera uno de mis talentos escondidos que tan infructuosamente he buscado por tantos años. Realmente se llamaba Giovanni Spolento, un hombre de pequeña contextura y medio calvo, siciliano para más broma, a quien Darvis, el primo de Sambito que trabajaba en extranjería, logró localizar en el mismo Cabimas, donde era dueño de una tienda de telas. Dizque tenía varios hijos en diferentes mujeres. Iría a verlo.

—Me llamo Eriberto Ferrer —le dije cuando lo tuve frente a mí—. Soy hijo de Rina Ferrer, del Barrio El Monorriel, de San Genaro de la Costa, y creo que soy su hijo.

El italiano en un primer momento no supo que decir. Me miró extrañado y luego se sonrió, y dijo: —Ah... ¿Qué dice? ¿Es una broma, no?

50

Le expliqué mi problema y le mostré mi partida de nacimiento. Le aseguré con voz atropellada por los nervios que sólo quería que me diera el permiso para poder viajar.

— ¡Pero cómo! ¡Cómo voy a ser su padre! Eso no es verdad... ¡No es posible!

Leía el documento y me miraba por todas partes, buscando quizás algún rasgo que pudiera establecer algún vínculo genético creíble. Me veía la tez morena, clara como la canela asoleada, los ojos achinados, la nariz aguileña, me veía el pelo no tan oscuro y algo encrespado. Quizás me buscara el porte mestizo, el porte guajiro de mi madre y de mi abuela mezclado con el suyo y repetía una y otra vez: — ¡Pero cómo! ¡E una porca broma!

En verdad no pude convencerlo y me sentía muy mal. Realmente ni siquiera me había puesto a considerar si en verdad era mi padre, si teníamos algún parecido físico, que evidentemente no lo teníamos, o las engorrosas implicaciones de la situación para él y para mí. Si en verdad era hijo del italiano y por qué no sentía ninguna cosa que se pareciera al afecto, fingido o no hacia Giovanni Spolento. Sólo veía en él la posibilidad del permiso para viajar. El que fuera o no mi padre no me importaba a fin de cuentas. Me angustiaba que no pudiera irme a Topeka antes de la fecha que me había recomendado el viejo Woodson, en el verano, antes de que comenzara el otoño en el Medio Oeste norteamericano.

Esa noche antes de dormirme comencé a vislumbrar algunas consecuencias de la situación. No podía culpar a mi madre. Apenas tendría diecisiete años cuando lo conoció, como yo ahora. Sabía tan poco sobre la vida y había tenido tan pocas oportunidades. En realidad ninguna, aparte de la que tuvo trabajando en casa del señor Woodson, si es que al trabajar de niñera se le puede considerar como tal. Giovanni le habría hablado de Roma, de tantas tierras extrañas y bellas. Recordaba las postales y las fotografías de lugares exóticos que mi madre recortaba de revistas y colocaba en la mesa del comedor, debajo del vidrio. Siempre anheló conocer otros sitios, pero sólo pudo llegar hasta Maracaibo, donde iba de vez en cuando con mi abuela a vender la ropa que ellas mismas confeccionaban.

Quizás Giovanni fuese un desertor. O vendría huyéndole a la guerra. Había leído que muchos italianos pobres, más que todo campesinos, se habían embarcado hacia Sur América por esa época, hambrientos y sin futuro, buscando paz y una nueva vida. Si Giovanni fuera de verdad mi padre, tendría que pensar en forma diferente acerca de mi propia existencia, acerca de mi propia vida. No sé, quizás otras posibilidades, siendo de sangre europea. Quizás no debería sentirme tan poca cosa, quizás un poco más de orgullo. ¿Qué sabía de italiano? Nada. *Porca la madona. Va fangulo.* Lo que decía el zapatero Antonio cuando se embriagaba. Ah y la cancioncita de Domenico Modugno. *Volare...Volare...*Si. Claro que volaré, a Topeka, Kansas, si me firma el permiso. ¿Por qué ni mi abuela ni mi madre se habrían preocupado por enseñarme a hablar su lengua nativa?

Sambito me despertó temprano el día siguiente. Había logrado el milagro de conseguirme una vieja foto de 1943 donde aparecía un joven, supuestamente Giovanni Spolento, con dos muchachas morenas, una de las cuales era mi madre. La foto había sido tomada una tarde de lo que pudo haber sido un domingo cualquiera cuando la banda municipal tocaba la retreta en la Plaza Bolívar, ya que se podían ver algunos de los músicos al fondo. En el reverso de la amarillenta fotografía también se podían aún leer claramente el lugar y la fecha escritos con tinta "Cabimas, 14 de febrero de 1940 y algo ", el último número estaba borroso y no se distinguía muy bien. Mi madre sostenía en sus manos un algodón de azúcar enorme y el supuesto Giovanni abrazaba a las dos adolescentes por la cintura. Le pregunté a Sambito cómo la había obtenido.

—A la jaiva —me dijo orgulloso—,...fui a casa de Nelson Paoli, un fotógrafo que tiene un negocito por los lados de la Farmacia Altagracia, ¿te recordáis?

Asentí con la cabeza. Él prosiguió: —Estuvimos buscando hasta las dos de la madrugada en unas cajas de fotos viejas que él guarda. Tuvisteis suerte que él dice que las fotos nunca se botan. Conseguimos otra de Giovanni, pero en grupo, en un equipo de fútbol, y muy desteñida, pero ésta está muy clara a pesar de que son casi veinte años. Nelson dice que era el único que usaba esa boina por aquí —dijo señalándome con el dedo la boina negra que llevaba puesta—. Él era el fotógrafo de la revista de la Compañía por esos años y tiene fotos de todo el mundo. Había otras de tú mamá pero era con los niños de los Woodson y con los Woodson.

Cuando el italiano vio la foto se mostró muy sorprendido y atribulado. Me pareció que vacilaba. Ya no estaba tan seguro de no ser mi padre. Miraba la foto y la escritura del reverso una y otra vez. Finalmente me dijo que lo pensaría y después me haría saber su parecer.

Las cosas que perturbaban el corazón de Giovanni con respecto a mi madre o su pasado de mujeriego empedernido debían de ser muchas. Una semana después llegó a mi casa y me entregó la carta la cual dijo que había notariado para que tuviera valor. Casi no me dijo más nada. Que él había tenido muchas aventuras amorosas, muchas veces ebrio y que él no podía estar seguro de ser o no ser mi padre, que era un hombre justo y reformado, entregado a Cristo y que si la carta con el permiso para viajar a Estados Unidos era todo lo que yo quería, pues me la daba, y si hacía falta, después me firmaba el pasaporte. Que me deseaba suerte. Que él también tuvo sueños un día, que tenía amigos allá, en Nueva Jersey, y familiares en Nueva York. Me dio un abrazo a medias y se fue. Tan apurado como había llegado. La carta era un poco ambigua y no certificaba totalmente que él fuera mi padre. Sólo reconocía que podría serlo y que dadas las circunstancias, si lo fuera, me otorgaba el permiso de viajar. Así que, a fin de cuentas, Giovanni no era una mala persona, y quizás, si en verdad fuese mi padre, pudiera llegar a sentir afecto por él. Me contenté mucho y lloré. Al otro día fui a la oficina de extranjería y presente la solicitud formal para obtener mi pasaporte.

La primera vez que yo había visto las palabras Topeka y Kansas había sido en una de las tantas historias de vaqueros de Marcial La Fuente Estefanía, o de Keith Luger, no podría precisarlo. La novela creo que se llamaba *Nevada Smith* y trataba de un vaquero que había llegado a esas tierras en busca de trabajo y a lo mejor de un futuro. También yo iría a Kansas, estudiaría alguna carrera, y buscaría trabajo en vacaciones, quizás en un rancho, y quizás allí pudiera trabajar como vaquero. No es que supiera algo de ganado, ni de criar caballos, pero podría aprender, y muy rápido. Y quizás, con el tiempo, Sambito podría ir a visitarme y a pasar cortas temporadas conmigo. Por supuesto, en el verano, porque en el invierno Sambito se congelaría de sólo salir a respirar. Creo que se le pondría la piel blanca con solo pasar por el páramo de "El Águila", más de lo que se me puso a mí la vez que fui para Mérida con el grupo evangélico. Si cada vez que venteaba fuerte por su casa se metía a la cama con varias cobijas para que dizque no lo fuera a tumbar uno de esos aires. Dice Zoraida, y la verdad al principio no le creía, que fue una gitana que le leyó la mano una vez en un puerto, cuando Sambito era marino, la que le metió todo ese miedo. —Le dijo que moriría por el viento. Poco después de eso fue que él abandonó la Marina Mercante de la Compañía en el 50 y se quedó en tierra, que fue para desgracia mía porque me metió tres barrigas en dos años, record mundial — decía ella con fingida aflicción.

—En el mar me la pasaba angustiado cada vez que había una borrasca, por pequeña que fuera. Esa vieja gitana maldita me quitó el amor a los barcos y al mar y me metió el frío de las tumbas entre los huesos —me confesó Sambito una vez que bebíamos en un bar cercano, confirmando lo que contaba su mujer—. Fijáte que traté de volver en el 56 en un barco nuevo que llevamos hasta Edmonton, en Canadá, y que necesitaba de mis servicios... y casi me vengo por avión a mitad de camino, estando en Houston.

Sambito se burlaba de mis sueños de ser ranchero. —Pero Eriberto, si queréis ser vaquero podríais aprender aquí antes de irte. En la Zona Baja hay mucho ganado y yo tengo unos primos que te pueden enseñar. Claro, no sé, esas vacas gringas a lo mejor no entienden la manera de arriar de los muchachos de Santa Bárbara. Aunque te diré que ese ganado lo traen del norte —me decía con cierto aire de sarcasmo.

Yo le respondía con el aire de sapiencia que dan las muchas horas de sueños incumplidos: —No es lo mismo, Sambito, no es lo mismo.

Sambito se alegró el día que finalmente me otorgaron la visa para poder viajar. Todavía no habían inaugurado el puente, así que tuve que ir a Maracaibo por ferry, lo que me aterraba, por los mareos. Vomité varias veces, tanto de ida como de vuelta, pero valió la pena. La firma del Cónsul, James E. Bowers, se veía resplandeciente en mi pasaporte de tapas de color caoba brillante. Yo lo mostraba con orgullo a todo el que quisiera verlo. Fíjate que es válido para Norte, Centro, Sur América, Antillas y Europa, le decía a quien quisiera oírme. Muy pronto todo quedaría atrás y yo estaría en Kansas. Y apenas si recordaría el día que me fui de esta calle del Barrio El Mono, del pueblo de San Genaro de la Costa, del Municipio Concepción, Distrito Bolívar.

—Me alegra que te vais —me dijo Sambito visiblemente emocionado ese día. Los ojos se le aguaron mientras se mecía en la misma hamaca que le había tejido mi abuela, mascando el chimo, negro como su piel, que le mandaba una de sus hermanas desde Betijoque. Apartaba el chimo a un lado de su boca y bebía una cerveza a sorbos cortos, repitiendo una y otra vez.

—Si Eriberto, me alegra mucho. Esta cochinera ya no es lugar para vos, todo un señor bachiller de la república. Aquí no tenéis nada que buscar, con tu mamá y tu abuela difuntas que en paz descansen. Y para el Norte. Yo te digo que no tengáis miedo. Ponéte a estudiar que cuando te graduéis vais a ganar plata. Plata de verdad, que te lo digo yo, que desciendo de Malembo, el brujo de los puertos de Altagracia. Plata, la última realidá, que digo, lo único que vale en esta vida. Porque no creáis, uno se engaña, las poesías, las décimas y la religión, y si, el amor por una mujer, ayudan, se pasa el rato. Pero el dinero Eriberto, los cobres, esa es la fuente de la felicidad. Lo demás son cuentos de los ricos para que la gente se quede quieta y no aspire. ¿Vos habéis visto algún rico de esos que van por ahí diciendo que el dinero no compra la felicidad que regale sus riquezas y viva como pobre? Habrá alguno, no lo niego, pero seguro que estará tocao' de la cabeza.

54

—Pero Sambito, creía que vos estabais contento con lo que teníais, que erais feliz —le dije por decirle algo.

—Que va mi llave, estoy listo pa' dejar la peluca. Soy ya un viejo ridículo e ignorante, tirao' en esta hamaca llena de agujeros pretendiendo que me divierto. Pero la verdad es que perdí mi juventud y estoy perdiendo el resto de mi vida lleno de angustia por lo que no he sido. Y lo que me preocupa más es lo que no van a ser mis hijos. Vai, yo tengo mi pensión y les doy su alimento, no se me van a morir de hambre. Les he enseñado a trabajar y cuando venga la pelona y me agarre por las patas se sabrán defender. Pero de ahí a salir de abajo, su único chance es con la Compañía, de obreros, porque no han querido estudiar. Estudia, Eriberto, que eso nunca se pierde. Nunca. Que te lo digo yo que no soy más que un pobre diablo, Samuel Williams.

Pero me iba lleno de miedo, Samuel, a pesar de tus palabras. El terror de fracasar me envolvía en un sopor de tristeza que me hacía predecir un futuro negro e imaginar cada cosa. ¡Y cómo imaginaba!

Aquí estoy de nuevo, me veía decir, lleno de amargura y resignación. He regresado Barrio El Mono, ¡cuán poco has cambiado! He vuelto San Genaro de la Costa, veo que no has muerto aunque agonizas. Municipio Concepción doblegáme con tus miserias. Poco has ganado, yo no pagaré impuestos. Sambito te fallé. No supiste Sambito de mis penas. Olvidé escribirte y contarte que ya no regalan pasajes al paraíso. No a nosotros, Sambito, ¡te lo juro! ¡No a nosotros! Aquí estoy mi triste casucha. ¡Alégrate! Estoy de nuevo aquí contigo, donde crecí, invisible, lánguido como el interminable verano de esta tierra polvorienta y resignada, a la que sólo le queda el sudor negro que las aguas del lago le van dejando en sus orillas. Ese excremento de los dioses que va sellando nuestra existencia, marcando las vidas con sus lacras saladas, condenándonos a pasar las horas tratando de borrar el alquitrán pegajoso de nuestro pellejo. Aquí estoy torre de mis anhelos, estrella de los que andan sin rumbo, perdóname, he sido presumido y bajo tu amparo viví en inocente fantasía. ¡Sí! Aquí crecí. Con mis espaldas encorvadas, pocas veces por el hambre, muchas por la vergüenza. "No seáis tímido. No seáis pendejo. No te dejéis, Eriberto". Los ecos del pasado, brotando de las paredes, del piso frío, del techo lleno de arañas, de todos los resquicios de aquel hogar solo, muy solo.

Los ecos brotando del patio. De la pared desde donde Melvis Beltrán me lanzaba piedras, por la que se descolgaba a meterse en mi cuarto, a espiarme. Aquí crecí, arrodillándome todos los domingos y fiestas de guardar, confesándome para los Primeros Viernes, repitiendo las oraciones latinas sin sentido, bajo la mirada adusta de mi abuela; y acompañado por el chiquichaque de la máquina de coser de mi madre. En este nido del mucho suspirar, aprendí a querer el olor de las caraotas negras, cuyo aroma proletario se levantaba como niebla acuciante, acariciando todo con su aliento de vida. En este hueco del mundo aprendí a deleitarme con el sudor de la piel de ébano de la vieja. Jugué los juegos infantiles, todos los juegos de la casta callejera. En este barrio de cocinas de kerosén y escaparates decrépitos aprendí a diferenciar el olor de la brea y del butano, a vender mundos, vidas y muertes.

— ¡Panorama, Diario de Occidente, La Esferaaa...!

Lo vislumbré todo de pronto. Mi futuro. Si me quedaba sería un don nadie. Otro más. Los ecos alucinantes de mi mente me perseguían implacables, como locas premoniciones que surcaban el túnel del tiempo de mis temores. Sambito me estaba diciendo algo, pero no le escuchaba. Ahora Carrasquelito y Aparicio me ocupaban. Ayudaba a Tarzán. Supermán era mi amigo y Roy Rogers me visitaba a menudo. Santo el Enmascarado de Plata me enseñaba llaves de lucha libre. Si, crecí trazando la raya en la tierra dura, afinando la puntería con las metras. Y aquí estoy de vuelta, rancho de mi destino, a bañarme con tu polvo y a oler el perfume de tus flores plásticas. Aquí de nuevo, sol araña, tú has ganado una vez más. Sambito, ánima amiga, buhonero del aire, bachiller del tambor, aquí estoy con mis responsos y con mi revista hípica. Míster Chip, narrador burrero, señor de los domingos, ¡no me dejéis nunca!

— ¡Eriberto, que te quedasteis dormido! —me gritó Sambito, agarrándome por un brazo.

—No, no... Sólo dormitaba —le respondí.

Fui al baño y me lavé la cara. Pensé: Debo apartar todos estos pensamientos negativos de mi mente. Debo pensar con optimismo, debo vencer todos mis miedos. Siempre fui tan timorato y acobardado. Y sin embargo una fuerza incomprensible y callada me arrastraba por el torrente de lo desconocido. Hacia una nueva trama, llena de riesgos. En Topeka, estado de Kansas, Estados Unidos de América, me esperaba el bueno de Míster Woodson, y la esperanza de hacer algo con mi vida. Algo que todavía no alcanzaba a desenmarañar.

—Tenemos que salir a celebrar... —me dijo Sambito a pocos días de mi partida—. Vamos a que las mujeres para que no te olvidéis del perfume criollo. Y no te preocupéis, que yo invito.

Qué bien, me dije. Así me iré de aquí sin esa preocupación de no haber estado con ninguna damisela con todo y mis dieciocho ya casi cumplidos. Llegaré al Norte hecho todo un hombre, listo para conquistar lindas mujeres, hembras de verdad que seguramente no se burlarán de uno por no saber bailar. ¡Qué buen regalo de despedida me daría Sambito!

— ¿Pero, y si se entera Zoraida?

— ¿Es que vos se lo vais a decir?

Me llevó hasta un prostíbulo del que había oído hablar, el cual quedaba al final de la calle de la Marina, ya casi en las afueras del pueblo, en la antigua vía para Cabimas. Por dos o tres años había estado pensando visitarlo, pero nunca me había atrevido a hacerlo solo. Incluso había ahorrado dinero para ello, pero nunca nadie me invitó, especialmente en la noche del 31 de diciembre, cuando más lo deseaba, para comenzar el año sin esa preocupación. Claro, mi mamá y mi abuela tenían mucho de culpa, ya que varias veces habían amenazado al Pelón Montiel por tener esa idea cuando estábamos más muchachos. Con esa mala fama, los chicos del barrio, que se la pasaban planificando esas visitas, pues nunca me dijeron nada, incluso después cuando ya me había quedado solo y no había nadie que pudiera reprocharles su conducta. Nadie me había invitado. Hasta esta noche. Una de mis últimas en el pueblo.

Nos fuimos a pie. Sambito había alquilado la camioneta que le había comprado a uno de sus tantos primos, y se la entregarían al otro día. La caminata se hizo larga y a pesar de que le pusimos bastante empeño no llegamos sino casi a las nueve, yo bastante sudado y con ganas de ir al baño. En el trayecto hablamos de muchas cosas. Más que todo de sus peripecias de cuando era marino mercante. Era de lo que siempre hablaba cuando estaba conmigo ya que siempre le escuchaba con mucho interés, lo que no hacían los demás vecinos del barrio, quienes se aburrían con sus historias.

—Ya viene el negro Popeye a hablar de sus peleas con los Brutos —le espetaba el papá de Melvis cuando Sambito mencionaba el agua.

Pero él también se cansaba de ello y después de hablarme de tantos mares y de tantos puertos me confesó que tenía una novia por Los Jabillos, que la visitaba una vez por semana y que ella tenía diecinueve años.

—Vive en una pensión y trabaja limpiando la casa de una familia andina de mucha plata. Estoy tratando de convencerla de que viva conmigo. Claro yo la iría a visitar de vez en cuando, vos sabéis primo. Le ofrecí ponerle su casita pero ella lo que quiere es casarse y yo a Zoraida y a los muchachos no los voy a dejar. Zoraida es sagrada para mí —dijo Sambito, con una voz más ronca que de costumbre, como enfatizando ese carácter sacrosanto.

El burdel se llamaba "Brisas del Lago". Era una casa vieja de paredes altas con una puerta más ancha de lo normal, que había sido convertida muy crudamente en prostíbulo. De inmediato sentí el olor a cerveza, ron y cigarrillos. El sitio por supuesto no se asemejaba en nada a los salones decorados en verde y carmesí que uno veía en las películas del oeste, ni a los seraglios franceses tipo *Moulin Rouge*, de fino mobiliario donde se inspiraba Tolousse Lautrec para sus cuadros. Al traspasar la entrada nos encontramos con una sala rectangular, amoblada con mesas y sillas de metal y plástico colocadas a los lados de una pista de baile. La pista estaba en el centro, pintada de un rojo que alguna vez debió ser intenso, desgastado ahora por el trajinar de los bailarines. En una esquina las luces de una rockola despedían rayos multicolores que vibraban alternadamente según el tempo de la música. Tres parejas se mecían sobre el piso encerado, tratando de seguir el ritmo lento de una canción de Felipe Pirela con la Billo's. A un extremo de la sala, un mostrador de madera apenas iluminado separaba la pista del bar. Encorvado detrás del mostrador, al lado de una caja registradora, estaba un hombre menudo cuya mandíbula reposaba sobre sus manos entrelazadas, a su vez apoyadas en los codos de sus brazos. Parecía adormecido aunque al percatarse de nuestra presencia levantó ligeramente el rostro y comenzó a desperezarse.

Nos sentamos y Sambito de inmediato pidió dos cervezas al tiempo que me metía unos billetes en el bolsillo de la camisa. Las cinco mujeres que no tenían acompañante, todas con la misma mirada de pretendida indiferencia, hicieron una rápida evaluación de los nuevos y posibles clientes que con actitud displicente y estudiada nos acomodábamos alrededor de una mesa. Comencé a sentirme nervioso al sentir sus miradas casi retadoras. Encendí un cigarro y traté de calmarme un poco, paseando mis ojos con fingido interés por las paredes, aquí y allá adornadas con paisajes marinos pintados a mano, y por las plantas de helechos y cañas de bambú que se veían por doquier. Quise corear la canción de Pirela, para disimular un poco mi nerviosismo, pero sólo me sabía una estrofa y no era muy bueno tarareando, así que eso no me sirvió. Intenté silbar, pero tampoco era muy bueno en esos menesteres.

— ¿Cuál te gusta? —me preguntó Sambito con una sonrisa que trataba de ser picaresca.

— ¿Cómo? —le pregunté a la vez, como si no hubiera escuchado su requisitoria, aparentemente interesado ahora en un detalle de las vigas del techo de asbestos.

— ¿Con cuál te gustaría acostarte? —me volvió a preguntar, señalando con un gesto de la cabeza al grupo de mujeres paradas junto a la barra que esperaban nuestra invitación.

—No sé —le dije—, no las he visto bien todavía.

—Bueno, llamá a la que vos queráis. Yo me voy a quedar con aquella morena que está allá —me dijo, indicando con un movimiento de la cabeza a una joven de pelo negro muy largo que en ese momento lo miraba inquisitivamente.

Terminé de beberme la cerveza y encendí otro cigarro. Pensé que tendría que controlarme. Realmente no quería que Sambito se diera cuenta de mi falta de experiencia con las mujeres. La morena que Sambito había escogido se acercó a nuestra mesa, habiendo ya captado la seña que Sambito le había hecho.

— ¡Hola! ¿Puedo acompañarlos? —dijo, sentándose sin esperar respuesta. De inmediato Sambito le pasó el brazo por sus hombros desnudos. Pedí otra cerveza y Sambito aceptó brindarle un brandy a su amiga. Mientras ella fue a buscarlo Sambito me dijo vos sabéis que es parte de la comedia, pedir el brandy que si acaso será caballito frenao con mucha agua, pero los dueños del bar se lo exigen a las muchachas o si no las botan pa'l cipote.

Ella regresó con su bebida y comenzaron a hablar en voz baja. Traté de no poner atención a lo que decían pero como realmente no podía por lo cerca que estaba de ellos, decidí levantarme para ir al sanitario.

Estuve allí un buen rato, mojándome el rostro una y otra vez en el lavamanos. A mi regreso a la mesa ya no estaban ni Sambito ni la morena. Me senté y casi al instante se me acercó una mujer de edad para mi indefinida cuyo cabello era de un rojo avellanado, seguramente pintado. Pude haberle dicho que no me gustaba, y en verdad hubiera preferido a cualquiera de las otras que estaban disponibles, pero no sabía cómo rechazarla, así que se sentó a mi lado.

—Ay no lo notas...soy caleña, y de las mejores —me dijo con un mohín cuando le pregunté que de dónde era. Pasamos largo rato en silencio, con uno de sus brazos alrededor de mis hombros. Al terminar el brandy que había pedido sin mi consentimiento, ella comenzó a impacientarse ya que yo no sabía qué decirle o qué hacer. Finalmente me llené de valor y decidí que lo mejor sería terminar con el asunto de una buena vez. Le pregunté en voz baja cuánto cobraba. Me dijo: —Para ti son treinta, papito, para los feos cincuenta. —Me reí forzadamente y le dije que estaba bien. Nos levantamos y ella me guió hacia un pasillo con varias puertas a ambos lados, no sin antes recoger una llave que le entregara una mujer de rostro inexpresivo y pasada de años que parecía la dueña del lupanar. A pesar de que en mi fingida curiosidad había mirado por todas partes del local, no la había podido ver, puesto que estaba casi escondida en un rincón, tapada por una columna de cemento y sentada detrás de un escritorio sobre el que se veía un cajón de madera con al menos una docena de llaves y un cuaderno.

Entramos a la habitación. Era un cuarto pequeño y mal alumbrado, con manchas en las paredes y el piso, oloroso a desinfectante. La caleña de inmediato comenzó a desvestirse.

—Pasa al baño y laváte la cosita —me ordenó con un tono que me recordó al de la enfermera que me atendió cuando tramitaba sacar el certificado de salud justamente un miércoles, hacía dos semanas. Pensé mientras me lavaba que ambas ocupaciones tenían similitudes, por lo menos en lo de los preámbulos, tan como una rutina repetida miles de veces, y luego lo demás era sólo completar algunos detallitos.

Me sentía totalmente como un autómata. Salí del baño y comencé a quitarme la ropa, pero parecía haber olvidado cómo desabotonarme la camisa. Mis dedos parecían estar cubiertos de grasa, pero sólo era el sudor que manaba profusamente de mi piel. Después de un largo minuto que se me antojó una pequeña eternidad al fin pude quitarme la camisa y el pantalón. Ella ya estaba en la cama, tendida y totalmente desnuda, con las piernas entrelazadas.

La miré, tratando de ser discreto, no obstante las circunstancias. No quise parecerle un depravado sexual ni nada por el estilo, aparte de que no era ninguna belleza. Al quitarse la faja que rodeaba su cintura las gruesas carnes de su abdomen se habían desbordado. Sus muslos eran también obesos y muy blancos. Sus grandes senos se habían caído a los lados de su pecho, dejando ver un hilillo de sudor brillante que resbalaba por el esternón. Me di cuenta que mascaba chicle y que no tenía cabellos en el área púbica. Pareció leerme el pensamiento, porque de inmediato dijo que se los había rasurado para evitar las infecciones.

—Los vellos retienen muchas bacterias y así me protejo más —añadió.

Me sentí más pequeño que nunca. Recordé sin querer, las dos ocasiones con la loca Petra, y cuanto temor había sentido entonces. El pene se me había encogido y lo sentía como atornillado a mi hueso pélvico. Me aterraba quitarme el interior y que ella me viera así, y que después se lo fuera a comentar a alguien, a Melvis Beltrán, que se la pasaba por estos lados. Pensé en las dos noviecitas que había tenido. Las había besado y acariciado pero ellas nunca aceptaron hacer más nada. O quizás no había sabido cómo convencerlas. No sabía cómo proceder, pero apagué la luz y me acosté a su lado. Quizás debí hacerle caso a Eddy León con Josefa, así a lo mejor no me sentiría tan inútil.

—No me beses las tetas. Son sólo para mi amiguito —me dijo mientras se extraía la goma de mascar de la boca y la tiraba al cesto de basura. Supuse que el amiguito sería su novio, o su querido, no sé. Eso me cortó la poca inspiración que podía haber sentido. Ella no se movía y yo tampoco.

Contar el resto de esta ingrata aventura es demasiado vergonzoso para mí, por lo que sólo diré que después de largos minutos de fallidos escarceos opté por abandonar la empresa. Le pagué lo convenido y ya sin decir otra palabra me vestí y salí del cuarto.

En el gran salón Sambito me esperaba. Le dije que todo había salido muy bien y le pedí que nos fuéramos ya que me sentía cansado. No quería que la caleña saliera a echar el cuento de lo que no había pasado entre nosotros, ni que le hiciera ningún comentario a mi amigo.

—Te entiendo bandido, te entiendo... —me dijo riéndose.

Pero la caleña salió y vino directamente hacia nosotros. Me miró con sus ojos grandes y adormecidos y sin decir ninguna palabra pasó de largo, quizás en busca de algún otro incauto que como yo, le regalara el dinero. Expiré una bocanada de aire, sin duda agradecido de la delicadeza de la mujer. Sambito pagó la cuenta de las bebidas y nos fuimos.

Cuando salimos a la calle, de nuevo respiré profundo y exhalé. Pero como siempre, sólo salió aire de mis pulmones. Todas mis frustraciones se quedaron dentro, quemándome con su ardor.

Mi tío Aimar se apareció de repente en mi casa, una semana antes de mi programada partida a los Estados Unidos. No lo conocía y nunca lo había visto antes, ni siquiera en fotografías. No era como me lo había imaginado, fornido y alto, sino más bien pequeño y de corta estatura; un hombre envejecido, su rostro de facciones guajiras pleno de arrugas por todas partes, casi ocultando unos ojos achinados en los que se vislumbraba fortaleza de carácter. Sus brazos nervudos y sus toscas manos descubrían una vida de trabajo manual, aunque su cuerpo parecía debilitado por alguna dolencia. Le ofrecí compartir mi desayuno de cachapa con cuajada y guarapete, pero no quiso comer nada aunque al rato me aceptó la bebida. Sólo quería hablar conmigo, dijo, puesto que se había enterado de mi viaje al extranjero. Su tono de voz era claro y fuerte, no obstante entrecortado, y su lenguaje denotaba a un hombre de alguna manera educado. Por la manera de decirlo, me pareció que había ensayado el discurso muchas veces antes de ahora y que sólo repetía lo ya memorizado, tratando de ser muy cuidadoso con las palabras usadas.

—Hay cosas que debe saber, cosas que a lo mejor no le van a gustar, pero que me veo obligado a informarle puesto que a mis años y en mi precaria condición de salud a lo mejor no lo vuelvo a ver jamás. Usted ya es un hombre y es preciso que conozca lo que sucedió hace mucho, cuando ni siquiera había Usted nacido. Estoy en la obligación de contárselo por cuanto soy el último hermano mayor de la familia, responsable de lo que le pase a mis hermanas y a los hijos de mis hermanas.

Nosotros —prosiguió—, venimos de una familia wayúu grande, de los lados de Paraguaipoa. Allí teníamos una finquita de ganado caprino y patilla que fuimos perdiendo por falta de agua, se nos secaron todas las casimbas. Al cabo de muchos años de tratar de sobrevivir nos vimos obligados a buscar la subsistencia en varios pueblos de por aquí de la Costa Oriental del Lago. Mi hermana Zumira, su abuela, se vino para acá con su hija Rina, su mamá. Zumira pudo conseguir empleo en casa de unos gringos, de apellido Holman, que al poco tiempo se regresaron a su país. Ellos recomendaron a su abuela a otros norteamericanos que recién llegaban y así fue como Zumira y Rina, que ya tenía quince años y se había convertido en toda una mujer, terminaron trabajando como domésticas en casa de los Woodson, donde vivieron al principio. Yo mientras tanto había logrado aprender el oficio de mecánico de maquinaria pesada, tractores más que todo, y poco a poco me fui ganando la confianza de la gente de la Creole, ya que me daban bastante trabajo por el hecho de que yo sabía algo de inglés. El mismo Míster Woodson se ocupaba a veces de hacer que me contrataran y siendo él de la secta rosacruz hasta me prestaba libros para que yo los leyera, ya que había notado mi interés en la metafísica esotérica. Me pagaban bien y así pude más tarde comprar esta casita en la que Usted vive. La puse a nombre de Zumira, para que ella se viniera para acá con su hija, ya que a su marido, es decir a su abuelo Marcos Ferrer, lo habían matado en una riña por cuestiones del honor de una hermana menor. Aquí vivimos los tres por un tiempo, como una familia. Yo nunca pude tener hijos y para mi Rina lo era todo.

El anciano me miraba fijamente a los ojos mientras hablaba. Yo apenas si respiraba, pendiente de lo que decía.

—Dos años después de haber entrado a trabajar en casa de los Woodson, Rina salió embarazada y a nadie le dijo quién era el padre. Por esa causa me enojé mucho con Zumira ya que ella se puso de parte de Rina y prefirió quedarse a su lado antes que obligarla a revelar el nombre de quien la había deshonrado, aunque creo que siempre lo supo. Decepcionado de la conducta de ellas y más que todo producto de las enseñanzas que había recibido en los libros de los maestros rosacruces, las cuales condenan las acciones violentas a las que me obligaban mis costumbres de familia, me fui de esta zona y juré nunca más volver a verlas.

—Años después supe de sus muertes, la de mi hermana primero, seguramente por el paludismo que había contraído en el monte, y luego la de Rina, tan prematura y súbita. A todos nos llegaron los guarurús y en menos de dos años nos habían arrancado la salud y la vida. Cuando Zumira murió yo estaba hospitalizado en Maracaibo, recuperándome de un accidente laboral que me tuvo postrado en cama por varios meses. Supe que la de Rina había sido por un problema del corazón y no me extrañó puesto que siempre había sufrido de taquicardia, desde su nacimiento. Un soplo, un mal congénito que no se podía tratar, decían los varios médicos que la vieron cuando niña. Fui yo quien arregló lo de su entierro y el funeral, aun cuando no pude estar aquí. Desde entonces he estado pendiente de Usted y de vez en cuando le he hecho llegar, por intermedio de un amigo, alguna ayuda económica, aun cuando yo también he pasado por tiempos de penuria. Hace poco me enteré por ese mismo amigo, de la oferta que le hizo el Señor Woodson de ir a estudiar a una universidad de allá de su tierra y de vivir en su casa, y ello me hizo meditar sobre cuál sería su verdadera motivación al hacerle tal propuesta. Vine aquí a averiguarlo, y creo que después de tanto tiempo, al ver sus facciones, su aspecto físico de hombre joven, y al recordar una serie de circunstancias, creo saber la verdad, aun cuando me la reservaré por un poco más.

El calló, y al ver que no parecía querer reanudar su discurso, me atreví a interrumpirle. —Pero ya sé quien es mi padre —le dije presuroso—. Es Giovanni Spolento, un italiano que tiene una tienda de telas en Cabimas. El mismo lo ha reconocido así y me ha dado una carta.

—No es cierto. Él no es tu padre y sólo está confundido. Yo lo conocí entonces, por esos años. Tuvo varias novias y no niego que Rina pudo haber estado con él, pero tú naciste en agosto del 44 y ella conoció al italiano a principios de ese año, cuando ya tenía tres o cuatro meses de embarazo. Él llegó a Venezuela en febrero, lo confirmé en las oficinas de extranjería en esa época. Por eso lo descarté desde un comienzo. Tu abuela puso su nombre aun mal escrito en tu partida de nacimiento porque pensó erróneamente que de lo contrario, sin un padre, no podrías ser bautizado en la religión católica, como ella quería.

—De todas maneras lo de tu paternidad alijuna no es lo único que me hizo venir a verte. Más importante aún es que antes de irte puedas cumplir con la tradición wayúu de volver a enterrar a tu mamá y a tu abuela. Debemos ir al cementerio y exhumar sus cuerpos, limpiarlos y luego enterrar sus huesos en el cementerio guajiro cercano a Paraguaipoa. Si no lo hacemos estaremos condenados para siempre por la sangre de nuestros antepasados epinayues. Debemos comenzar esa tarea hoy mismo. No se suele hacer tan rápido, pero dadas las circunstancias de que Usted se va y yo estoy pronto a morir, debemos hacerlo ahora y no esperar ni 5 ni 10 años, ni algún sueño en que el difunto supuestamente nos lo pida. No tenemos tiempo ni dinero para tramitar los permisos ante las autoridades sanitarias y la municipalidad, por lo que debemos hacerlo a escondidas y de noche. He hablado con unas personas que nos ayudarán a completar el trabajo, por lo que hoy mismo debo ir a Paraguaipoa. Estaré de regreso en la tarde.

Después de asegurarse de que yo había entendido todo lo que me había dicho, y de que estaba de acuerdo en acompañarlo en la realización del extraño ritual, mi tío salió presuroso. Yo no sabía que pensar. Me sentía tan atribulado por tantas revelaciones que en verdad no podía controlar el rumbo de mis pensamientos. Me imaginaba tantas cosas disímiles y contradictorias que me dolía la cabeza. Sin embargo, una pregunta parecía saltar de hemisferio a hemisferio en mi cerebro ¿Quién era mi padre? ¿Qué quiso decir mi tío con eso de mis facciones y mi aspecto físico? ¿A quién me parecía? Pudiera ser el mismo Míster Woodson, pero no veo que similitud física pueda haber entre él y yo ya que él tiene los ojos azules y es más bien rubio; y si me parecía tanto a alguien, ¿por qué nunca me lo habían dicho, ni siquiera en broma o en burla? Además, no sabía que mi abuelo materno hubiera muerto en una pelea. Ni mi madre ni mi abuela me contaron alguna vez algo de sus familias, como si no quisieran que yo fuera parte de ellas, o peor aún, como si no me consideraran parte de ellas; como si yo fuera un error o un accidente que había que ignorar. O quizás porque no querían que yo tuviera que pasar por todas las vicisitudes que ellas enfrentaron como miembros de la raza wayúu.

Ese día lo pasé lleno de dudas y de temores. Busqué a Sambito para contarle las noticias pero en su casa no sabían dónde estaba, ya que había salido temprano. Casi a la medianoche mi tío Aimar se presentó de nuevo. Lo había estado esperando desde el atardecer, muy nervioso por todo lo que me había imaginado, especialmente la idea de profanar tumbas en el cementerio y luego todo lo demás. Pero yo estaba acostumbrado a actuar como autómata en ciertas situaciones conflictivas y eso fue lo que hice. Salimos sin decir palabra. Afuera nos esperaba una vieja y destartalada camioneta que me pareció conocida. Me sorprendió ver que el chofer no era otro que el Sambito Williams. Con razón no lo había encontrado. De inmediato entendí lo que me había dicho mi tío sobre las ayudas que me había hecho llegar de tiempo en tiempo y la extraña generosidad que a veces mostraba el Sambito para conmigo, siendo él tan pobre como yo; especialmente cuando murió mamá.

Al verme trató de sonreír, aunque más bien su rostro dibujaba una mueca de preocupación. Hizo un gesto con las manos, como queriéndome decir que él tampoco estaba muy seguro de lo que estaba pasando, pero que tenía que hacerlo. En la parte posterior del vehículo vislumbré a otras dos personas, un hombre al parecer guajiro, de edad indefinida, y una mujer mayor más bien gorda cuyo rostro cetrino parecía de alguna manera pegado a la amplia bata que vestía y que cubría por completo el resto de su anatomía. Arrancamos en silencio. Según explicara mi tío, el ritual debía hacerse al amanecer y una mujer encargarse de limpiar los huesos, para luego colocarlos en una vasija de arcilla. Me informó que la señora y su otro acompañante, que no dijeron ni una sola palabra en el trayecto, eran de su mismo clan y que ya tenían experiencia en la tarea que teníamos por delante.

Entramos al cementerio por un hueco en la pared de la parte posterior, después de haber caminado un trecho a pie entre matorrales y charcos de lodo. Afortunadamente la tumba de mi abuela y de mi madre, que era la misma, estaba situada en una esquina del camposanto, escondida detrás de unos arbustos, no lejos de una de las paredes laterales. Había monte por todas partes y después de una búsqueda de más de media hora en la oscuridad pudimos localizar la lápida de granito que la identificaba. El hombre taciturno que nos acompañaba había traído un pico y dos palas. Le entregó

65

una pala a Sambito y él de inmediato comenzó a tratar de horadar la placa de cemento que delimitaba la fosa. Escuchamos un lejano trueno y la posibilidad de que lloviera y empantanara el trabajo pareció acelerar el ritmo de los picazos. Cuando ya la capa de cemento era sólo escombros tomé una pala y quise ayudar a removerlos, pero el hombre taciturno no me lo permitió. A lo mejor pensaría que él lo haría mejor y más rápido.

Alrededor de las tres de la madrugada finalmente pudimos sacar lo que quedaba de las dos urnas de madera. La de mi madre aún conservaba su estructura pero la de mi abuela estaba bastante deteriorada. Yo estaba muy sudado y a pesar de que hacía frío me sentía muy acalorado. Cuando finalmente las abrieron no tuve el valor de mirar y preferí alejarme un poco. Olía muy mal y sentí ganas de vomitar por lo que mi tío me recomendó que respirara sólo por la boca. La mujer, que había permanecido todo el tiempo acuclillada cerca de la pared del cementerio durante el desentierro, se acercó ahora. Se había puesto una mascarilla que parecía de tela que le cubría la nariz y la boca, y unos guantes de plástico. Sostenía una especie de maleta en sus manos. La puso en el suelo al lado de las urnas, y de una bolsa de cuero que estaba dentro extrajo lo que parecían instrumentos quirúrgicos, bisturís y paletas de acero o aluminio de diferentes tamaños. También extrajo de la maleta una delgada lona que extendió en el suelo. Mi tío Aimar colocó al lado el recipiente de lata cuadrado que había traído consigo. Al rato pude ver que contenía un líquido verdoso que la mujer vertía en un rociador de lata y lo esparcía sobre lo que quedaba de los cadáveres, supongo que para facilitar el raspado de los restos de carne y tejidos pútridos de los huesos. Después de limpiarlos uno a uno los secaba cuidadosamente con un trapo de paño.

Mientras la mujer iba colocando los huesos limpios y secos en la maleta, Sambito y el hombre taciturno, después de haber tirado los restos astillados de las urnas en el foso, se dedicaban a rellenarlo con la tierra que habían extraído, que por supuesto no era suficiente, por lo que también utilizaron los escombros y más tierra tomada del área circundante. Una vez culminada esta tarea aplanaron lo mejor posible el sitio, llenándolo de monte replantado. Luego volvieron a empotrar la lápida reforzándola con los trozos más grandes de los escombros derruidos; y aun cuando ahora no la sostenía una placa de cemento, con tanto monte la tumba no parecía muy diferente a como estaba horas antes. Si no llovía mucho la exhumación seguramente pasaría desapercibida, al menos por un tiempo. Y más en un camposanto tan descuidado como este.

Apenas habíamos regresado a la camioneta con la osamenta cuando comenzó a llover. Según el plan de mi tío Aimar ahora iríamos hasta la zona de Paraguaipoa y procederíamos al velorio final que la tradición guajira señalaba. Hasta ese momento yo no había tenido ocasión de hablar con Sambito y él no parecía muy dispuesto a hacerlo en las circunstancias en las cuales estábamos. El trayecto hacia el oeste se hizo un tanto dificultoso a medida que el aguacero arreciaba. Nadie hablaba y tanto el hombre taciturno como la mujer dormitaban en la parte trasera, protegidos del agua por un toldo encerado. A mi lado, sentado en el asiento delantero, mi tío también trataba de dormir pero a cada rato abría los ojos, sobresaltado por los continuos cambios en la velocidad del vehículo.

— ¡Qué verga con esta carretera! —mascullaba a cada rato Sambito cada vez que atravesaba uno de los innumerables desniveles del camino de tierra.

Mientras tanto yo seguía muy confundido por todo lo que me había pasado en las últimas horas. La duda sobre quién podría ser mi padre me seguía acechando y quizás la expectativa sobre lo que pudiera decirme mi tío en cualquier momento era lo que me mantenía alerta, pendiente de cualquiera de sus movimientos y de sus expresiones. Me molestaba también que Sambito no hubiera dicho nada de su relación tan directa con mi tío y que no me haya hablado de la posibilidad de que fuera él quien me diera el permiso para viajar, siendo mi tío materno y todo lo demás. No hubiera hecho falta buscar a Giovanni Spolento, ni meterlo en el lío de mi paternidad. Sentía además como que el funeral realmente no me concerniera y que todo lo estuviéramos haciendo más bien para complacer el capricho de un viejo enfermo y arrepentido que muy pronto moriría.

Viajamos por cerca de tres horas, al cabo de las cuales nos detuvimos finalmente frente a una casa que parecía abandonada. Eran las ocho y no llovía. El sol se asomaba perezoso por el oriente, a ratos oculto por nubarrones grises, a lo mejor mecidos por los mismos ventarrones que continuamente levantaban el polvo y la basura de los caminos.

—Son los vientos alisios, que por aquí no faltan —explicó mi tío al ver que yo me sorprendía de la fuerza con la que azotaban la superficie.

La casa de bloques y bajareque, con apenas algunas láminas de zinc como techo, se erguía sobre una explanada casi yerma de vegetación, aunque a cierta distancia se veían algunos cujíes, tunas, cardones y arbustos muy escuálidos. No parecía muy grande y una vez que el tío Aimar rompiera el vetusto candado, al entrar lo confirmé. Era de sólo tres habitaciones, una sala con dos ventanas de madera derruidas, y dos dormitorios en cuyas paredes aún sobresalían varias alcayatas de hierro, seguramente para colgar hamacas. En la parte posterior de la casa se veía la estructura de ladrillos de lo que pudo ser un fogón y todavía quedaban de pie los palos que debieron sostener un techo, a lo mejor de palma. En el suelo, medio enterrados en el polvo, se observaban los restos de lo que posiblemente fueran los travesaños de madera. Más allá, como a treinta metros, estaban todavía de pie las paredes de placa de cemento de lo que debió ser el sanitario, seguramente con uno de esos pozos sépticos construidos por Sanidad; y no muy lejos un destartalado tonel señalaba el sitio donde supuse se debió almacenar el agua para el aseo personal.

—Aquí fue donde nos criamos nosotros —dijo mi tío a manera de explicación—. Teníamos varios corrales con más de treinta chivos y cabras. Ordeñábamos leche y elaborábamos queso para vender en el pueblo. Pero nos faltaba el agua y no se daba ningún fruto. Hubo una época en que dejo de llover casi por un año y eso nos arruinó. Tuvimos que vender lo que nos quedaba e irnos a buscar trabajo en otra parte. La casa ha estado sola por más de veinte años.

—Bueno, señor Aimar, si vamos a hacer aquí el velorio habrá que limpiar un poco primero —dijo Sambito después de revisar los cuartos. Hay mucho polvo y es posible que también ande por allí alguna mapanare o alguno de esos alacranes venenosos.

—No hace falta Williams —dijo mi tío; —sólo vamos a utilizar la parte de atrás, haremos una enramada mortuoria. Vamos a colgar un chinchorro y allí colocaremos una vasija con los huesos, como lo dicta la tradición. Mientras tanto Chepito va a ir al cementerio epinayué que no está muy lejos de por aquí y va a preparar la fosa para los restos. A media tarde los llevamos y los enterramos. No es exactamente como se hacía antes, pero en este momento es todo lo que podemos improvisar.

Al rato el hombre taciturno llamado Chepito se encargó de colgar en el traspatio la hamaca que había mencionado mi tío. Se notaba vieja pero muy llamativa, con adornos orlados de color verde oscuro y rojo e ilustraciones de lo que parecían venados paciendo en un exótico sembradío de cactos. Mi tío puso la vasija en la cual se habían colocado los huesos en el chinchorro, sin mucho protocolo y ninguna solemnidad. Me pareció extraña la simpleza del ritual, estando como estaba acostumbrado a ver los funerales católicos, con sacerdote, monaguillos, incienso, rezos y hasta cánticos. Quizás sería por el apuro que se habrían obviado algunos ritos. Chepito revisaba una y otra vez los nudos de la hamaca, no sé para qué. Luego que mi tío le diera la orden, se fue caminando en dirección a una colina que estaba como a tres kilómetros, donde supuestamente quedaba el cementerio. Llevaba un pico, una pala y una desgastada cantimplora que supongo contenía agua. Mientras tanto la mujer cuyo nombre todavía no conocía estaba ahora limpiando el fogón del patio. Me preguntaba para qué cuando mi tío me pidió que los acompañara a él y a Sambito hasta una hacienda cercana ya que debía comprar carne para asar y algo de licor para beber. Mencionó que no tendríamos invitados por que todos los familiares de por aquí, los amigos y la gente epinayué, se habían ido a vivir a otros lados y no había tenido tiempo de participarles de las exequias.

Le dije que prefería quedarme acompañando a los huesos de los difuntos y así fue. Ellos salieron y yo me quedé con la señora, al lado de la hamaca. Al rato decidí dejarla sola ya que el polvo de cenizas que se desprendía del fogón se había espesado y sentía los ojos irritados, aparte de que comencé a tener deseos de ir al baño. Caminé por los alrededores y traté de imaginarme la clase de vida que mis familiares habrían tenido en ese sitio que ahora parecía tan inhóspito. Me tropecé con un objeto duro medio enterrado en el suelo; era la carcasa de un receptor de radio. Todavía se le veía la marca de fábrica, RCA Victor. Pensé entonces que veinte años atrás ellos escucharían muchos de los programas de moda de las estaciones de Maracaibo, aunque supuse que por la proximidad de la frontera colombiana, especialmente en la noche, la mayoría serían de la Cadena Caracol. Pero luego no vi ningún tendido de cable y me dije que si acaso tenían electricidad debió de ser por medio de una de esas plantas portátiles y a lo mejor no podían captar las estaciones claramente. Con tanto trabajo de sol a sol no habría mucha diversión en esa casa; mi madre ordeñando cabras y cuajando leche desde muy pequeña, acaso sin ir a la escuela o yendo muy ocasionalmente. No me imaginaba algún centro educativo por allí cerca, por lo que la instrucción escolar debió haber sido muy escasa o inexistente. Con razón le costaba tanto leer y escribir el castellano si en su casa nadie lo hablaba y ni cursó la primaria. Me alejé lo más que pude para tratar de hacer mis necesidades fisiológicas donde la señora del fogón no me viera.

Todo lo que tenía que suceder esa tarde sucedió. La mujer finalmente terminó de acondicionar el fogón y le prendió fuego con los restos de madera y ramas que pudo recoger en el mismo sitio. Cuando mi tío y Sambito regresaron con la carne, un par de botellas de ron y varios utensilios de cocina, ya la madera y las ramas se habían convertido en carbones. El humo que al principio había invadido el lugar dándole a la hamaca y la vasija un cierto aire de tenebrosidad se había disipado y apenas se sentía su escozor en el vaho caliente del mediodía. La mujer tomó la carne, que ya estaba cortada y aliñada, y con destreza la fue colocando en pedazos sobre la parrilla reconstruida, que ahora parecía crujir de placer al sentir el fuego enrojecer los hierros rejuvenecidos. Al rato el olor del ajo comenzó a meterse por las tripas, alebrestando los ácidos estomacales y espesando la salivación. Chepito no tardó en llegar, a lo mejor atraído por el aroma.

Mi tío repartió varios vasos de cartón y luego a cada quien le fue vertiendo el ron de la botella, casi hasta llenarlos. Luego se paró al lado de la hamaca y dijo unas palabras en su idioma wayúu de las que por supuesto no entendí nada. Parecía una especie de oración ya que los demás de vez en cuando le respondían a coro, aun Sambito, quien por lo visto entendía lo que mi tío estaba diciendo. Luego el anciano levantó su vaso y todos lo acompañamos en el brindis, que se realizó de un solo trago. Los brindis continuaron casi sin parar hasta que se acabó la primera botella. Fue entonces cuando la señora repartió la carne, previamente picada, en platos de cartón. Comimos hasta que no quedó ni un solo pedazo en el asador.

Después que terminamos de almorzar mi tío me apartó del grupo y me invitó a caminar sin ningún rumbo en particular.

—Tu madre era una muchacha muy orgullosa —me dijo al rato. Sopesaba sus palabras, a lo mejor cuidándose de no herir mis sentimientos si decía algo que pudiera ser inconveniente.

—Era muy bonita, como Usted debe saber, y muchos jóvenes la pretendían. Todos ellos eran wayúu y yo siempre creí que se casaría con un muchacho guajiro de buena familia, y que con la dote su abuela ya no tendría que trabajar tanto, pero todo eso se trastocó con nuestro abandono de la finquita y el andar de un lado para otro. En casa de los Woodson al comienzo sólo había niños, tres varones y una hembra. El mayorcito apenas tenía seis años cuando ellos llegaron a Venezuela de su país, por lo que Rina era quien mayormente se ocupaba de ellos. Pero el señor Woodson, que ya era un hombre de más de cuarenta años para entonces, había estado casado antes y había tenido otro hijo. No sé si se habría divorciado o si su primera esposa habría muerto, pero lo cierto del caso es que el joven se apareció un día, creo que para fines de noviembre, por el día de acción de gracias de los norteamericanos. Era soldado y estaba de permiso. Según se supo entonces dizque había estado estacionado en el Pacífico y había resultado herido, por lo que lo habían mandado a casa a recuperarse. Era un hombre digamos que bien parecido, más o menos de su talla y de buen físico, como correspondía a un oficial infante de marina activo.

—En esos tiempos no me di cuenta, pero tú mamá de inmediato se prendó de él. Era como un príncipe guerrero que venía de tierras muy lejanas a restañar sus heridas de combate, vestido con uniforme militar. Mi tío hizo una corta pausa y luego siguió—. A ella debió parecerle un sueño estar en la misma casa con este alijuna sacado de las películas de guerra. No sé cómo ni cuándo sucedió, pero ella debe haberse enamorado locamente del soldado y ahora pienso que tu abuela lo supo desde el primer momento, pero nunca me lo contó, temerosa de lo que yo pude haber hecho.

—Como él supuestamente debía descansar por órdenes médicas, mientras estuvo aquí poco salía, y era Rina quien se ocupaba de darle su medicina y de acompañarlo en sus paseos por la playa privada del club. Muy poca gente del pueblo llegó a conocerlo y muy pocos sabían de su estadía aquí. Ahora que lo veo a Usted ya hecho un hombre Eriberto, y que como le dije ayer he visto sus facciones, al compararlas con las de Jacoby Woodson, no tengo la menor duda de que él fue su padre. Y digo que fue porque no sé si estará vivo. Al regresar al combate, ya en las postrimerías de la guerra, no se supo más de él. Se perdió en la invasión de Iwo Jima, a principios del 45, como tantos otros. Lo dieron por muerto aun cuando oficialmente está desaparecido en combate, porque ni su placa ni sus restos nunca se encontraron—. Él calló un momento, buscando expresar de la mejor manera sus pensamientos, luego siguió. —Pero no era suficiente con la forma como yo me lo imaginaba que fue, la memoria suele jugarnos malas pasadas y yo de eso sé bastante; así que estuve indagando y logré encontrar una foto suya... En el periódico de la compañía, en la página social, se anuncia la presencia en el Campo del Teniente Jacoby Robert Woodson, hijo del Ingeniero John Chester Woodson, nuestro Jota Ce.

En ese momento nos habíamos acercado a la camioneta de Sambito. Mi tío abrió la puerta, tomó un viejo portafolio que yacía sobre el asiento delantero, sacó un sobre de cáñamo de Manila y de allí extrajo una amarillenta página de lo que parecía un periódico. Desdobló la página de fecha 2 de noviembre de 1943, aún en buenas condiciones a pesar del tiempo; y me mostró la fotografía que ilustraba una reseña en la que se anunciaba, tal como él me lo había dicho antes, la presencia en el Campo del teniente. Allí estaba su foto, en traje militar, con gorra y todo. No podía negar que nos parecíamos bastante. Quizás la misma nariz, el mismo entorno de los ojos, la misma boca, los pómulos. Pero su mirada era diferente. Se le veía audaz, autoritaria, imponente. La mía en cambio siempre había sido huidiza, tímida, llena de dudas. ¿Sería él mi padre? Para ser muy franco no sentí ningún súbito presentimiento, ninguna centelleante convicción de certeza, ningún llamado de la sangre o algo similar dentro de mí que me permitiese aceptar mi nueva realidad como un hecho cumplido. Un poco lo que sentí cuando Sambito me convenció de que el italiano era mi papá. Todo seguía siendo tan irreal, como parte de un drama que se escenificara conmigo de principal actor y al mismo tiempo como único espectador. Si tan sólo pudiera dejar de ausentarme de mí mismo.

—Míster Woodson también debe haberse dado cuenta al verte crecer del innegable parecido físico —decía mi tío en ese momento—. Es por eso que creo que decidió ayudarlo y de llevarlo a su casa, y conociéndolo como creo conocerlo, posiblemente con la intención de revelarle la verdad una vez que estuviera Usted allá en su terruño.

— ¿Qué se sabe de cómo lo afectó a él? —pregunté, al tiempo que pensaba si la animadversión que yo había imaginado sentía por mi madre y por mí la señora Sheryl no tendría que ver con lo que me estaba contando mi tío. Si todo era cierto, ella debió sentirse de alguna manera amenazada, a lo mejor celosa de que su marido pudiera colocarme al mismo nivel de sus hijos, siendo yo el vástago de Jacoby, su primogénito y a lo mejor su hijo más querido. Porque si Yeici se dio cuenta de algo, debe habérselo comunicado a su cónyuge. Y más cuando fue ella la que escribió la carta de invitación a vivir con ellos. También es posible que haya cambiado de parecer y ya no me vea como un rival para sus hijos.

—No sé mayor cosa —dijo—. Míster Woodson poco hablaba de eso, aun cuando le debe haber afectado bastante. En el semanario de la Compañía nunca salió nada y a pesar de considerarlo un amigo nunca me atreví a preguntarle, aunque sí sé que a mediados del 45, cuando Usted estaba por cumplir un año, él estaba muy afligido y se le notaba el desespero que lo embargaba al no saber nada cierto de su hijo. Más bien Zumira y Rina deben haber escuchado algo, pero yo ya me había alejado de ellas. La misma Rina debe de haber sufrido bastante con la incertidumbre de su desaparición, y más cuando también había perdido a su padre en una acción violenta.

— ¿Qué fue lo que le pasó a mi abuelo Marcos?

—Su abuelo Marcos Ferrer era muy estricto y vivía por la ley guajira. Eso fue lo que lo mató. Usted debe saber que nosotros los guajiros estamos divididos en clanes, que son como treinta. Nosotros somos del clan epinayué. Estamos organizados en grupos de parientes por la línea materna, de allí que sólo son parientes de uno los familiares de la madre. Para un niño guajiro el defensor y representante legal no es su padre, sino el hermano mayor de su madre o tío materno. Los niños guajiros pasan con su madre los primeros años de su vida y luego van a depender de su tío materno, del cual serán herederos cuando éste muera. Como Usted puede imaginarse, si yo fuera un hombre de fortuna, Usted sería mi heredero. Pero volviendo a lo de Marcos, un wayúu de Sinamaica enamoró a una de sus dos hermanas y después que se casó con ella y la familia de Marcos le había recibido su dote de matrimonio, a los quince días se apareció reclamándoles que la joven no era virgen y que quería que le devolvieran su regalo. Marcos no aceptó el reclamo puesto que él estaba consciente de que su hermana, que se había criado toda la vida bajo su tutela, era señorita, y que no había conocido a ningún otro hombre. Así que después de largas discusiones y de no llegar a ningún acuerdo, Marcos y el cuñado se fueron a las armas. Los dos quedaron heridos de muerte por los machetazos que se infligieron. Marcos se desangró camino a Paraguaipoa y nada pudieron hacer para salvarlo...

—Eso fue en 1936. Zumira quedó viuda y con Rina de diez años y con el trauma de haber visto a su padre en tal condición. Ellos vivían mucho más adentro que nosotros, más alejados de todo y solos, en la serranía costera, cerca de la frontera, donde se dedicaban a tejer chinchorros, pendones y tapices y a sembrar patillas y frijoles. Así que yo me las traje para acá de nuevo. Su abuela estaba muy deprimida con su viudez y lo único que vino a sacarla de su estado de desespero fue un misionero que nos visitaba y que poco a poco la convirtió al catolicismo.

—Después que ellas llegaron aquí las cosas comenzaron a empeorar con la escasez de agua. Los jagüeyes estaban secos, el maíz no se daba, ni tampoco los melones, así que al poco tiempo, después que pudimos medio vender lo que nos quedaba, decidimos emigrar y como teníamos familiares en la Costa Oriental del Lago, pues para allá nos dirigimos. Estuvimos primero en Bachaquero y allí vivimos por unos meses. Yo conseguí trabajo primero en la construcción como obrero y después con un primo que tenía un taller mecánico, y allí fui aprendiendo el oficio con la maquinaria. Después me ofrecieron un mejor empleo en el campo petrolero de San Genaro y para allá nos fuimos.

— ¿Qué es eso que se ve allá? —pregunté, señalándole unas estacas de palo que aún estaban de pie y que parecían delimitar las ruinas de algo.

—Era el cuarto donde las mujeres mayores preparaban a las niñas para formarse para el matrimonio. Estaba hecho de varillas de yojotoro, que es el corazón seco del cardón. Antes de poderse casar las niñas guajiras deben pasar por un período de encierro, al que también se le llama blanqueo. Cuando la niña comienza a tener menstruaciones, se le corta el cabello al rape y se le viste sólo con una manta. La acuestan descalza en una hamaca y la levantan hacia lo alto. En esa posición pasa tres días sin comer nada, totalmente en ayunas, con los ojos clavados en el techo para que así expulse las maldades de la niñez. Su único entretenimiento son los cantos que otros familiares entonan para que ella escuche. A los tres días, en la madrugada, la sacan, la bañan con agua fría y la ponen lo más bonita posible, para que los hombres comiencen a fijarse en ella. En los viejos tiempos esos encierros de las niñas en las haciendas grandes duraban hasta dos o tres años. Tu mamá Rina estuvo allí recluida y recuerdo que pasamos un gran susto puesto que al segundo día le dio un fuerte ataque de taquicardia. En verdad esa fue otra de las razones por las que decidimos irnos de la finquita, esos ataques de Rina para los que no teníamos ninguna cura.

73

— ¿Y por qué lo llaman blanqueo? —pregunté, aun sin entender muy bien el término.

—Tiene dos sentidos a mi modo de ver. Uno es lograr que la niña, al esconderla de los rayos solares, no tenga la piel tan oscura al momento de su presentación ante los posibles pretendientes, así supuestamente, mientras más blanca, más valiosa la dote a pagar. El otro sentido es el del blanqueo espiritual, pero creo que el primero es más prevaleciente entre los familiares.

Mi tío parecía no tener más nada que decirme por el momento, así que regresamos con los demás. El ron se había acabado y todos parecíamos cansados de la larga jornada, por lo que se decidió que era hora de proceder con el entierro. Chepito descolgó la hamaca sin mover la vasija y luego la trasladó con todo y huesos hasta la camioneta.

Tardamos cerca de veinte minutos en recorrer unos dos kilómetros, por lo accidentado del trayecto. Nos detuvimos frente a lo que parecía el lecho de un antiguo riachuelo y se nos explicó que desde allí caminaríamos por unos quince minutos más, hasta que finalmente alcanzáramos el cementerio epinayué. Según pudimos conocer entonces, la idea de mi tío no era solamente la de enterrar los huesos de mi madre y mi abuela allí, sino también de restaurar en lo que se pudiera el resto de las tumbas de nuestros antepasados. Para ese fin había traído varios palos de madera redondeada, cada uno con una inscripción y una fecha; pero ninguna lápida, lo que me pareció extraño.

En el trayecto Sambito se me acercó. Caminó a mi lado por un rato y luego comenzó a hablar, al tiempo que me tomaba por los hombros. Primero me explicó que los guajiros de antes no utilizaban lápidas sino palos para señalar el sitio donde yacían los restos de sus difuntos. Luego me pidió que lo perdonara por no haberme contado más acerca de mi tío, pero que no lo había hecho porque se lo había prometido al viejo, quien era muy sentimental. Que era su amigo desde que había regresado de la Marina Mercante, que él le había dado trabajo como ayudante en su taller y que lo conocía de mucho antes, por intermedio de su abuela que también era de raza guajira. Sin que se lo preguntará me dijo que al momento de saber de la carta del Señor Woodson y de los requisitos para la visa, se había tratado de comunicar con mi tío para explicarle lo del permiso para viajar, pero que mi tío había estado muy enfermo y que no había podido localizarlo sino hasta hacía una semana. Que al saber de la propuesta de Woodson, el viejo se había levantado de su lecho a duras penas.

—Padece de una enfermedad incurable en el hígado —prosiguió después de una pequeña pausa—, por lo que no le queda mucho tiempo de vida.

Yo asentí varias veces y no dije nada, más bien agradecido por la explicación.

—Después seguimos hablando, —dijo al ver que estábamos por llegar al cementerio.

El lugar estaba tan desolado como podría esperarse de un sitio abandonado por tanto tiempo. No se veían lápidas por ninguna parte aunque varios pilotes como los que había traído mi tío yacían tirados por el suelo y dos o tres estaban a punto de caerse. Las inscripciones estaban muy borrosas y poco se podía distinguir de lo que quedaba escrito. Con mucho cuidado mi tío Aimar fue colocando los pilotes que había traído en los lugares que les correspondía, cada uno indicando una tumba. Después que terminó recogió los pilotes viejos y los enterró juntos en un hueco cercano.

Chepito había colocado la hamaca con la vasija de huesos en el suelo, al lado de la fosa que había excavado antes. Mi tío se acercó al borde de la fosa y después de unos minutos de silencio comenzó a decir unas palabras en su idioma wayúu. Luego me pidió que sostuviera la hamaca por un extremo en tanto él la sostenía por el otro, para luego bajarla entre los dos hasta el fondo. Por lo visto la hamaca también sería enterrada, así que luego de dejar caer los cabos procedimos a rellenar la fosa con tierra, dejando un pilote como único monumento recordatorio. Por un lado el nombre de mi madre, y por el otro el de mi abuela. En ese momento la mujer se me acercó, dijo algo en su idioma y me dio un abrazo. Luego me abrazaron mi tío, Sambito y Chepito.

En el horizonte comenzaban a dibujarse los crepúsculos. Pronto sería de noche y ya era hora de partir. Entonces lloré y muchos de los sentimientos y temores que me abrumaban parecieron en ese momento aflorar con las lágrimas y desvanecerse en el viento. Sin embargo sabía que volverían, como siempre lo habían hecho.

(6)

Al día siguiente de nuestra larga jornada por los lados de Paraguaipoa, con la acuciante necesidad de averiguar más acerca de Jacoby Woodson, fui con Sambito a visitar a Nelson Paoli, el fotógrafo que había trabajado en la revista de la Compañía. Si como decía Sambito él tenía muchas fotografías viejas, era posible que tuviera alguna del soldado, y que incluso supiera algo sobre su destino en la guerra.

—No lo conocí personalmente —dijo el señor Paoli al escuchar sobre mi preocupación—, pero escuché varias historias sobre él. Supe que estuvo aquí por varias semanas, en el Campo, pero no llegué a verlo de cerca. La foto que publicamos en el semanario a la cual Ustedes se refieren nos la prestó el Departamento de Relaciones Públicas de la Compañía, y después que la copiamos se la devolvimos. Tengo otras fotos de los Woodson —siguió diciendo mientras buscaba en un viejo archivador de metal. —Creo que del teniente debe haber algunas de grupo que se tomaron en alguno de los actos sociales de la época.

Al terminar su búsqueda nos mostró las fotografías que tenía, todas en blanco y negro. Resultó que eran once fotos, pero sólo en dos estaba Jacoby. En una se veía al señor y la señora Woodson, sus cuatro hijos menores y al militar, trajeado en ropas de civil, todos sentados alrededor de una mesa y acompañados de otras dos personas que Paoli no pudo identificar. En la mesa se observaban algunos vasos y una hielera por lo que debió ser alguna celebración. En la otra los niños estaban dentro de una piscina y solo se les veía del medio cuerpo para arriba, en tanto que Jacoby, con lentes oscuros, tomaba el sol en una silla de extensión, a la orilla de la alberca. Atrás, al extremo de la piscina, casi oculta por unos arbustos y sentada, a duras penas se distinguía a mi madre, quien seguramente estaría cuidando a los muchachos. En otras dos fotos aparecía ella con los cuatro jóvenes Woodson, pero no el soldado. De las fotos de mi madre con los niños pude notar que ellos la apreciaban y ella a ellos, puesto que en ambas estaban todos abrazados, muy juntos y sonrientes.

Las fotos, con todo y el tiempo transcurrido eran lo suficientemente nítidas como para que pudiera confirmar dos cosas: Una, que evidentemente había un parecido físico notorio entre Jacoby Woodson y yo. La otra, que mi madre estuvo en esa época lo suficientemente cerca del soldado, como para que lo que decía mi tío Aimar sobre quién pudiera ser mi padre pudiese ser cierto. Mi madre ese año sin duda era parte del entorno íntimo de los Woodson y si ella también estaba a cargo del cuidado de la salud del militar, ello debe haber conformado una situación propicia para que mi madre se enamorara de él. Habría que ver si el teniente sólo se aprovechó de las circunstancias o si él también habrá sentido algo por la guajira Rina. De lo que si no sabía nada Nelson Paoli era de lo de su desaparición o muerte en la invasión de Iwo Jima.

—Se hablaba de ello en los pasillos, de los rumores, pero nunca hubo nada concreto —dijo el viejo fotógrafo—. Se sabía que Yeici y su esposa estaban muy atribulados por los sucesos de la guerra, pero yo en lo particular nunca llegué a conocerlos de cerca. Eran una de las tantas familias gringas que convivían allí en el Campo. Y no eran los únicos con pérdidas de familiares en la guerra. En verdad casi todos los norteamericanos que residían aquí tenían algún familiar cercano en el frente. Muchos de esos familiares murieron o sufrieron percances en lo físico, amputaciones, invalidez total o parcial, hasta locura, por lo que eso en particular no era nada fuera de lo común en esos tiempos.

Volví a mi casa y el rostro del teniente Jacoby Woodson me seguía por todas partes. Trataba de imaginarme una y otra vez cómo pudo haber transcurrido la estadía del militar aquí en el Campo, como pudo haber sido su relación con mi madre después de su partida, y de repente recordé las postales y fotografías que mi madre solía colocar en la mesa del comedor, debajo de la placa de vidrio que protegía al mantel del polvo y del sucio. Recordé que no todas eran de paisajes europeos, sino que había algunas que parecían venir del Lejano Oriente. Jacoby Woodson estaba estacionado en el área del Pacífico, quizás esas postales las había enviado él.

De inmediato comencé a buscar en las cajas de cartón que habían estado arrinconadas en mi cuarto desde la muerte de mamá, con sus pertenencias. El vidrio de la mesa se había roto y yo lo había desechado, pero estaba seguro de haber guardado las postales en una de las cajas, para que no se perdieran. Después de todo eran una de las pocas cosas que mi madre había dejado y que de alguna manera reflejaban su personalidad.

Al rato las encontré. Mi corazón latía desaforadamente, lleno de expectativas indescriptibles. Eran cuatro las postales, una del Canal de Panamá, otra del puerto de San Francisco, la tercera con paisajes de una isla paradisíaca, Oahu, en Hawaii y la otra con pagodas y templos de alguna religión oriental. Las cuatro habían sido enviadas por correo, una desde la

Zona del Canal, en diciembre del 43, otra desde Los Ángeles, el 4 de enero de 1944, otra desde Honolulu, dos meses después, y la última desde Saipán, el 9 de enero del 45. Tenían notas muy afectuosas escritas a mano, en inglés, dirigidas a Rina Ferrer, Calle Principal del Monorriel No. 18, San Genaro de la Costa. Las cuatro estaban firmadas por la misma persona: Jacoby Woodson, mi padre. ¿Hablaba o leía inglés mi madre?

Al otro día me levanté muy temprano y me trasladé a Maracaibo desde Palmarejo. Tenía un solo propósito en mente y era investigar todo lo que pudiera acerca de Jacoby Woodson en el consulado de los Estados Unidos en esa ciudad. Pedí entrevistarme con el cónsul y después de muchas explicaciones de mi parte, finalmente quien accedió a verme fue el agregado militar, un coronel de raza negra de apellido Baxter, casualmente experto en historia bélica norteamericana. Le conté de mi objetivo y de mi intención de salir para los Estados Unidos en unos días, por lo que necesitaba saber a qué atenerme con respecto a lo que pudo haberle pasado a quien suponía mi padre. Al ver la angustia y exaltación que me embargaban tomó nota de los hechos y prometió averiguar, pidiéndome que volviera en una semana. Mientras tanto me invitó a visitar la biblioteca del consulado, donde podría haber información relacionada al Cuerpo Anfibio No. 54, que según él sabía, era la Unidad de la Marina que se había ocupado de la invasión de Iwo Jima en las postrimerías de la II Guerra Mundial. Escribió una serie de títulos de libros en un papel y me llevó personalmente a la amplia sala, donde me presentó a la persona encargada, una señora muy amable de unos cuarenta años, instruyéndola para que me ayudara en lo que pudiera. Ella se llamaba Alice Payton y de inmediato buscó los libros que el Coronel había indicado.

Sin embargo, allí me encontré con una limitación, ya que la mayoría de los libros y documentos existentes en el centro bibliotecario estaban escritos en inglés. Pero aun así, con la ayuda de un diccionario y de la señora Alice, después de varias horas de revisar decenas de libros y documentos, pude determinar varios hechos importantes: El teniente Jacoby Robert Woodson, nacido el 15 de julio de 1920, en Emporia, en el estado de Kansas, perteneció a la Tercera División de los *Marines* y sirvió bajo las órdenes del Teniente General Holland Smith, quien comandó las tropas expedicionarias. El día 19 de febrero de 1945 más de 450 buques de guerra llegaron a las costas de la isla de Iwo Jima para invadirla y tomarla por asalto. La toma de la isla era de vital importancia para las tropas estadounidenses puesto que eventualmente serviría como base aérea para los aviones de largo alcance que atacarían Japón. La base proveería una pista de emergencia para los B—29 que hubieran sufrido daños en sus misiones de bombardeo en tierra firme y que no tenían la capacidad de vuelo para regresar a la base original en las Islas Marianas.

La batalla por la isla fue horriblemente cruenta. Duró 36 días y los invasores sufrieron pérdidas de más de 26.000, de ellos 6.800 muertos en combate. Los japoneses fueron derrotados y sólo poco más de mil efectivos, de 20.000, sobrevivieron al ataque. La Tercera División, a la que pertenecía mi padre, entró en combate en el quinto día, con la misión de asegurar el sector central de la isla. Y precisamente allí era donde los nipones se habían fortificado con más intensidad, para proteger lo que sería el campo de aterrizaje No. 2. No fue sino hasta la noche del 9 de marzo que la División alcanzó la playa noreste de la isla, cortando así la defensa enemiga en dos partes.

El gobierno de los Estados Unidos otorgó 27 medallas de honor por heroicidad en la batalla, más que las otorgadas en ninguna otra batalla durante la guerra, la mayoría de ellas póstumas. En la lista de los soldados honrados con la distinción, de último en orden alfabético, aparece el nombre del teniente Woodson, Jacoby Robert, de Topeka, Kansas Al lado de sus datos, entre paréntesis, unas iniciales: (M.I.A.). Luego averigüé lo que significaban: *Missing in action*, desaparecido en combate.

De regreso a San Genaro de la Costa, después de haber ido a la agencia de viajes a retrasar mi día de partida para el 30 de agosto, ni siquiera un pequeño mareo sentí en el ferry. Estaba tan absorto en el destino de Jacoby Woodson que nada más acaparaba mis pensamientos y preocupaciones. Trataba de imaginarme la geografía de la isla donde el soldado había desaparecido, que según pude constatar en un Atlas no era muy grande, de apenas 20 kilómetros cuadrados de superficie. Iwo Jima significaba isla del azufre, y estaba dominada en el sur por un volcán extinto, el Monte Suribachi, de unos 150 metros de alto. Sabía ahora, por lo que había visto en los mapas, que la isla quedaba a medio camino entre las Marianas y el Japón, cerca del Trópico de Cáncer, parte del Archipiélago de las Islas Volcánicas en el Océano Pacífico, que ahora estaban bajo la custodia de los Estados Unidos. Una gran frustración me envolvía ahora que sabía todos estos detalles. Sentía la pesada brisa llenar mis pulmones de aire enrarecido. La cresta espumosa que el bote iba apartando en su marcha hacia la costa oriental del lago se me asemejaba a un heraldo silencioso, portador de un secreto que las olas traían desde muy lejos, quizás desde las entrañas de Iwo Jima. Pero por más que escudriñaba su liquidez de sal, ni siquiera un susurro brotaba de su reino de aguas. Ni el rudo Poseidón ni las gentiles ninfas del mar me hablarían hoy del ocaso del teniente. Tendría que esperar las noticias del Coronel Baxter.

Esa noche me acosté temprano, más que todo para divagar antes de dormirme, como era mi costumbre. Mis pensamientos sobre Jacoby Woodson me fueron llevando por los vericuetos del pasado. Recordé tantas películas de guerra que había visto. Eran sólo entretenimiento y después de un tiempo uno se olvidaba de los detalles de la trama, que casi siempre era la misma en todas ellas. Los buenos, los aliados, contra los malos, los alemanes y japoneses. Comencé a ir al cine a muy corta edad, creo que no tendría ni seis años. Cerca de la casa, en un terreno baldío, Astolfo Leal, un emprendedor vecino con ínfulas de cinéfilo, tío de Wilson, por mucho tiempo nos pasó películas los sábados en la noche, cuando no llovía. Lo hizo por varios años, hasta que instalaron la primera sala de teatro en San Genaro, allá por 1954. Eran en su mayoría filmes en blanco y negro, más que todo mexicanos y muy desgastados. Pero todo el mundo en el barrio acudía al lugar, pagaba su real de entrada y veía los largometrajes en la ondulada pantalla, que consistía de una sábana blanca inmensa colocada en la pared más alta que bordeaba el terreno. Como no había donde sentarse, cada quien llevaba su silla, su cajón o su banqueta y disfrutaba de una velada de sorpresas inesperadas. Uno casi nunca sabía qué película vería, por lo que los primeros minutos eran de expectativa, y si bien el *show* transcurría con todo tipo de interrupciones, uno quedaba satisfecho con el espectáculo, a pesar de las rechiflas y algarabías que acompañaban cada corte. Especialmente cuando la historia estaba en algún momento clave de su trama. Fue allí donde primero me deleité con los truculentos guiones románticos de los manitos, con sus charros, y con las canciones de Pedro Infante, uno de mis ídolos de infancia. Más tarde esa pasión llegaría a su punto culminante con las aventuras de Los Tres Villalobos, El Águila Negra y el Gallo Giro.

Las películas norteamericanas de la II Guerra Mundial también eran muy populares en los años cincuenta, al igual que las del Oeste. Debo haberlas visto casi todas, desde las de Audie Murphy hasta las de Gary Cooper, pasando por tantos otros actores de renombre. Una de ellas fue Las Arenas de Iwo Jima, que vino precedida de mucha fama, por cuanto su protagonista, John Wayne, había ganado el Oscar de la Academia en 1950 por su interpretación de un sargento malhumorado y estricto que comanda a un pelotón de soldados novatos en la batalla por conquistar la isla volcánica. Dudo que haya sido filmada en la misma localidad, pero recuerdo que los crudos paisajes que allí se veían carecían de vegetación, el terreno era duro y arenoso, casi ennegrecido, con trochas y cuevas por doquier. Allí, con el volcán apagado como telón de fondo, traté de imaginarme a mi padre, enfrentando el fuego enemigo que no cesaba, dirigiendo a su tropa y luchando a cada momento por su vida y las de sus compañeros; como en una de las tantas películas que había visto, donde ahora el protagonista era él. Si sólo hubiera podido conocerlo, si sólo hubiera podido escuchar su voz; si hubiera sabido de él en mi infancia. Jamás le perdonaría a mi madre no haberme dado esa ilusión, la ilusión de tantas fantasías de heroicidad y de fortaleza de carácter. Eso me hubiera llenado tanto.

Iría a Iwo Jima alguna vez. Recorrería sus riscos y sus laderas y buscaría el espíritu de Jacoby Robert. Quizás también encontrara sus huesos en alguna trinchera olvidada. De ser así los limpiaría, los colocaría en una vasija de barro sulfurado, y los llevaría a Kansas, a su casa, con Yeici, donde los enterraríamos de nuevo en el cementerio de sus padres. Pero lo buscaría hasta encontrarlo, vivo o muerto.

El viernes 25 de agosto de 1962 en la mañana, al día siguiente de la inauguración por el Presidente Rómulo Betancourt del puente "Rafael Urdaneta" sobre el lago de Maracaibo, inauguración a la que todo el mundo en San Genaro había ido, y que había significado muchos brindis hasta altas horas de la noche por los alrededores de Santa Rita, y en decenas de bares de San Genaro, yo me desperté con un gran dolor de cabeza y salí muy temprano a buscar algún analgésico para la resaca. Me faltaban pocos días antes de partir para Kansas vía Houston y necesitaba ir a Maracaibo a mi cita con el coronel Baxter. Muchos negocios estaban cerrados por las festividades y tuve que caminar bastante para conseguir una farmacia de turno, por lo que me tomó cerca de una hora regresar a mi casa aun con el ratón dando vueltas en mi cerebro. Sambito me estaba esperando en la puerta. Su rostro parecía más largo que uno de sus tambores. Al verlo así el corazón se me alborotó y sentí un desasosiego muy intenso que me hormigueó por todo el cuerpo. Se me plantó enfrente, como siempre solía hacerlo, los dos brazos un poco doblados hacia atrás, y con voz quejumbrosa me dijo:

—Eriberto... ¡Se nos murió el viejo!

Vio que me quedaba allí, parado, sin poder reaccionar, seguramente más blanco que la cal de las paredes de la sala. .

— ¿Se murió mi tío Aimar? —pude finalmente articular.

— ¡No! ¡Coño, Eriberto! ¡Qué se murió el viejo Woodson! Un ataque al corazón. Su hijo Jonathan, lo mataron en Vietnam. No lo soportó.

Kansas comenzó a correr por mis venas como un río desbocado. No podía respirar y comencé a toser incontrolablemente hasta vomitar. Kansas se puso negro y llovía como en época de diluvio. Grandes huracanes arrancaban las casas de sus nichos y los árboles de sus camas de raíces. Iba parado a la deriva en una balsa de troncos mal amarrados. Mis ropas habían volado con el viento dejándome desnudo, desvalido ante la tormenta. Tenía un rifle en mis manos y disparaba. El hombre de la banda de barras y estrellas caía abatido en una calle donde había un gran desfile.

¡Eriberto Ferrer! ¡Mártir de la lucha proletaria!

¡Presente! ¡Eriberto Ferrer! ¡El rey de los pendejos!

Sambito me hablaba pero yo no escuchaba.

— ¡Ya habrá otra oportunidad, Eriberto! ¡No te des por vencido! —gritaba desde la puerta—. ¡Hablemos con la señora!

Corrí y corrí sin parar hasta que las piernas dejaron de andar. El Che me seguía, como en mis sueños, diciéndome con su voz carrasposa e invitadora — ¡Ah Eriberto! ¡El mártir que hubieras sido!

Anduve por todos lados, sin estar en ninguno. Ya era de noche cuando regresé a la casa, cansado y abatido, pensando que la ilusión de buscar y quizás encontrar a mi padre se desvanecía en las letras del ominoso telegrama que la Sra. Shelby me había enviado y que había llegado después que Sambito me había dado la noticia, conocida desde la noche anterior en San Genaro.

Mi tío Aimar me estaba esperando. Nada más al ver su mirada sentí su compasión y sin decir palabras nos abrazamos por largo rato. Luego, como era su modo de ser, me hizo sentar y sin mayores preámbulos puso las cosas en perspectiva para que yo pudiera pensar mejor.

—En estos momentos —dijo con voz entrecortada por sus problemas respiratorios—, la señora Woodson debe estar totalmente agobiada por el dolor. No sólo tiene que enterrar a su esposo, el padre de sus cuatro hijos, sino además dentro de pocos días, estar al frente de los honores militares para el funeral de su hijo menor, el boina verde, no sé si allí mismo en Topeka o en el cementerio nacional de Arlington, y con todo el papeleo que estas muertes imponen a los familiares cercanos. Su dolor debe ser insoportable, aparte que debe lidiar con la joven hija que vive con ella que en un solo día perdió a su padre y a un hermano. Hizo muy bien en enviarle de inmediato ese telegrama, lo que quiere decir que se preocupa por Usted Ellos tienen que pasar por días muy angustiantes y no podrían ocuparse de recibirlo adecuadamente. Por otra parte el que Usted fuera allá a estudiar era la voluntad de Míster Woodson y seguramente ello se cumplirá más temprano que tarde si Usted realmente lo quiere así. Ahora debe tener paciencia y esperar.

Los ojos de mi tío Aimar realmente reflejaban la fortaleza y las virtudes de su alma. Escuchar su voz me relajaba y hacía sentir que todo saldría bien, y después de escucharlo le di las gracias y fui a ducharme. Realmente estaba bastante sucio, sudado y de repente hambriento.

Después de su sorpresiva visita y el posterior viaje a la tierra de nuestros antepasados, yo le había pedido que se quedara a vivir conmigo, para lo cual convencí a los inquilinos que residían en el resto de la casa que desalojaran los dos cuartos tan pronto pudieran, que no me pagaran los dos meses que me debían. Ellos entendieron y se fueron casi a los días, lo que fue un gran alivio. Mi tío se mudó y contratamos a una señora para que lo atendiera, ya que como él mismo me había confesado él no sólo estaba desahuciado por los médicos y le quedaba poco tiempo de vida, sino que además apenas si podía valerse por sí mismo. Y estaba en lo cierto para mi mayor desgracia. No habían transcurrido ni siquiera cuatro meses del deceso de Yeici cuando también él falleció, creo que felizmente si se puede fallecer de esa manera. Por esos días de diciembre había llovido mucho en San Genaro y mi tío comenzó a delirar con las casimbas de Paraiguaipoa, a volver a arriar manadas de chivos, a ordeñar las cabras y a preparar el reluciente queso, a recoger la abundante cosecha de patillas que los aguaceros propiciaban.

Uno lo escuchaba noche y día llamando a mi madre, a mi abuela, a Chepito y a otras personas desconocidas para mí para que hicieran las labores de la finca. Pero cuando escampó, en un instante en que dejo de delirar, pareció recobrar la consciencia. Me tomó una mano, me miró fijamente y me dijo —A pesar de todo, Eriberto, sigo siendo un guajiro ateo —y luego murió el 17, como Bolívar. Me imagino que el comentario final lo habrá hecho por que la gorda Zoraida, la mujer de Sambito, le había traído el nuevo cura párroco del Monorriel para que le pusiera los santos óleos y dizque lo confesara, cosa que le resultó imposible al sacerdote, quien sólo pudo rezar a su lado y encomendar su alma a Dios. De todas maneras, yo, que soy un escéptico de primera, no dejé de mirar muy bien el cuerpo de mi tío al momento de su último suspiro, ya que con todas las discusiones que él y yo habíamos tenido sobre el llamado cuerpo astral en el cual él como rosacruz tanto creía, me propuse afinar la vista tratando de percibirlo. Pero no. Sinceramente no ví nada. Sólo las mismas cuatro paredes del cuarto y el techo de asbestos de nuestra vivienda. Aunque si debo reconocer que la vela que Zoraida le tenía prendida a una imagen de la Chinita en una esquina de la habitación, se apagó repentinamente, y ello no pudo ser producto de alguna brisa momentánea puesto que la ventana estaba cerrada.

Como era de esperarse, mi tío ya tenía todos los menesteres de su funeral preparados y no habría transcurrido una hora de su deceso cuando ya estaba en la casa el dueño de una funeraria cercana, a quien él había encargado de todo para sus exequias. Esa misma noche lo velamos allí en la sala y al día siguiente en la tarde lo enterramos en el camposanto del pueblo. Él no había querido un entierro wayúu, primero porque como él me confesó en un momento de lucidez, le parecía estúpido tener que darle de comer por días a tanta gente, y más cuando ya él no tenía ganado que regalar. Segundo, que esa creencia guajira de compensar con comida a los hermanos de la raza por la muerte de tantos antepasados tendría que desaparecer en un futuro cercano…"ya no hay guajiros ricachones que vivan y acumulen riqueza sólo para su prestigio al morir, la mayoría son pobres y no pueden darse ese lujo", decía. De igual manera habrá de desaparecer el principio de la reparación de los daños causados con perjuicio del peculio de los difuntos…los guajiros tarde o temprano tendrán que someterse a las leyes de la república de la cual son ciudadanos y estas no contemplan tales normas, predecía el viejo sabio. Además, me decía, ya la mayoría viven en pueblos alijunas muy grandes y se hace muy complicado vivir por la ley guajira…

En fin, a pesar de que él había mandado a recomponer la tumba donde supuestamente yacían mi madre y mi abuela, al abrir el hueco para colocar el féretro y no encontrar restos de los otros dos ataúdes, ni nada de los cadáveres que allí supuestamente yacían, los pocos asistentes al entierro se asombraron de tal circunstancia, murmurando entre sí; y no dudo de que pronto cada uno, con la excepción de Sambito y las otras dos personas que nos habían acompañado esa lluviosa noche, que también estaban en el entierro; habrá tejido alguna historia tenebrosa que propagará por donde vaya. En fin, se realizó el rito sabiendo yo muy bien que él me había hecho prometerle que cuando pudiera, al tiempo exhumaría sus restos y los llevaría a reposar al cementerio wayúu donde estaban los huesos de sus antepasados. Porque en eso si creía mi tío.

Después de su muerte no tardé mucho en deprimirme a pesar de que tal como había previsto mi tío, la Sra. Shelby escribió poco antes del Año Nuevo y en efecto me pedía que tuviera un poco de paciencia ya que aún no se habían resuelto algunos asuntos legales que eran importantes y que tomaban gran parte de su tiempo, además de que se había mudado temporalmente a casa de su hijo mayor. Pero el tiempo no avanzaba lo suficientemente rápido para mí. Decidí que tenía que salir de San Genaro porque sentía que me ahogaba. Ni Sambito Williams supo de mi repentina e impulsiva partida.

7

Dormitorio de perros, panteón de esta momia sin amortajar en que me he convertido. Miro a mi alrededor las paredes carcomidas, calcinadas por el calor que como un castigo del cielo revienta por esta tierra, desde que rompe el alba hasta que cae la tarde. Es un calor que no perdona y que te despierta igual de los más profundos y dulces sueños que de las más horrendas pesadillas, sudoroso, malhumorado. La pared al lado de la puerta está ennegrecida por el humo de la cocina. Es una cocina de dos hornillas, marca Coleman, como la de mi casa de la calle del Mono. Americana, como el viejo Woodson. Hay una cacerola de peltre sobre la hornilla izquierda y una sartén sobre la derecha. La cocina está apagada. Me parece tan inútil, verla allí, como un estorbo. ¿Es que acaso alguien come por estos lados?

Al borde de la cama, los dedos de mi mano derecha acarician los zapatos sucios de suelas ampolladas de Rosaura; sus zapatos Luis XV, con tacones rotos y pedazos de algodón adentro. En un gesto que se ha hecho instintivo cada vez que pienso en ella, busco la caja de cigarros y finalmente atino a encender uno. Entre fumadas oigo ruidos que no registran ninguna idea concreta en mi cerebro idiotizado. Comienzo a sentir nauseas de nuevo. Las he sentido todos los días al despertarme, supongo que como un castigo por volver a estar consciente. Claro, también podría ser por causa del fumar con el estómago vacío, o del ruidoso ventilador, que no cesa de soltar su brisa insípida que se repite cientos, miles de veces, sin cambiar el rumbo o la intensidad de un solo soplo.

—Quedáte conmigo esta noche —había dicho Rosaura y después no paró de hablar, sin que yo dijera nada—. Habláme... ¿por qué no me hablás? ¿En qué pensás, Eriberto?

Ella seguía dándole a la lengua y yo me impacientaba ante su insulso monólogo, como siempre. —Ay, mi amor, que nunca sé qué estás pensando.

Si pensaba de vez en cuando, en Topeka, Kansas, en mi amigo Sambito Williams, en mi tío Aimar, y en cómo, después de malbaratar la plata que el viejo Yeici me había mandado para el viaje, había llegado a esta calle de ratas donde ahora transcurre mi existencia. Me parecía estar en la antesala de una morgue, en la taquilla donde los seres compran sus pasajes para el cementerio. Pobre Rosaura. Ella piensa que esto es un oasis, no un harem para zombis como lo llamo yo. Ella cree en La Chinita y en todos los santos habidos y por haber, yo que somos títeres del destino, que sólo existimos, sin ningún fin particular que cumplir. Ella piensa en un futuro mejor y yo me debato en el dilema de si vale la pena siquiera pensar. ¿Cómo hablarle? ¿Cómo decirle del torbellino que arrasa y enturbia mi mente desde hace meses, desde que me fui de San Genaro? Me gustaría decirle que ese día que supe de la muerte de Yeici y del telegrama informándome que pospusiera mi viaje, y luego más tarde cuando llegó la carta de la Sra. Shelby, era como si me hubieran cortado el oxígeno de alguna fuente manejada por los dioses. ¿Se volverían ellos a acordar de mí? Pero no. En realidad poco le había contado de mis vicisitudes.

—Si que está raro por estos días —había resumido ella, como siempre resumía al darse cuenta de que no le diría nada—. Tenga cuidado con la policía no lo vayan a reclutar —agregó, —llévese su carnet de la Universidad y de la Academia.

Luego salió diciendo ya vuelvo, aunque sin querer decir eso, porque los dos sabíamos que pasarían muchas horas antes de que volviera, más si conseguía algún tipo que le ofreciera un buen "negocio". Qué par de seres tan patéticos éramos. Sentía lástima por ella y ella sentía lástima por mí.

Era todo lo que podía sentir por Rosaura, pensé, sin estar seguro. Es que realmente de nada estaba seguro. Ni siquiera de mis propios pensamientos, ya que a veces más bien se me asemejaban a palabras huecas que sólo decía para hacerme la idea de que pensaba y de que no me estaba volviendo loco. Mis pensamientos de por si no me parecían muy importantes y mucho menos mis creencias, que podían cambiar de la mañana a la tarde, de acuerdo con las circunstancias. En ese sentido me había vuelto olvidadizo, no sé si para protegerme a mí mismo de tantos malos recuerdos. El que más me molestaba era el de mi tío. ¿Habría muerto realmente el maestro rosacruz o ya estaría reencarnando en otro ser humano, o quizás viajando por otros mundos como él creía? Me había abandonado cuando más lo necesitaba. O quizás debería decir cuando los dos nos necesitábamos más. Lo que sí es cierto es que el viejo guajiro le había dado una voltereta y un correntazo a mi pobre vida. Quizás debería dejar que me reclutaran, así por lo menos tendría quien se ocupara de darme de comer por dieciocho meses, si no más.

La ventana está abierta de par en par. La brisa entra a borbollones y me da en el rostro, trayendo con ella los desagradables olores de la calle. Cierro los ojos y siento el hálito de Rosaura soplándome la piel. Escucho voces afuera, en el pasillo, aunque más bien parecen aullidos de animal herido. Me cubro la cabeza con la almohada para no oír, pero igual escucho el berrinche:

— ¡No sé nada de eso! ¡No sé nada de eso! ¡Déjenme tranquila malditos! ¡No me toqués desgraciado! —grita la voz de mujer, gangosa e irreconocible. ¿Cuál de todas las prostitutas colombianas que vivían allí sería esta? me pregunto sin querer saberlo.

— ¡Señores...! ¡Señores míos! ¡Señorita por favor! —ruega Pereira el casero, con su voz chillona y desagradable.

Más gritos alterados y llenos de rabia. Sigo con las náuseas pero no me animo a levantarme e ir a la farmacia a comprar pastillas fiadas. Tendría que entrometerme en la discusión. Tampoco deseo ver a Pereira, que de seguro aprovecharía para recordarme de los cobres que le debo.

Abro los ojos de nuevo y percibo un zancudo que ronda por el techo, zumbando alrededor del dormido bulbo eléctrico, seguramente planeando seguir chupando sangre de mis venas. Sigue sobrevolando la habitación hasta pararse en el reloj de la mesita, al lado de la cama. Veo que el vidrio de la pantalla está resquebrajado y que en la circunferencia del dial hay restos de carapachos de huevos de chiripas. Sus agujas marcan las ocho y cinco. ¿De qué me sirve a mí el tiempo? No tengo nada previsto ni para hoy ni para mañana, ni para después. Me da igual que sea de día o de noche. Una cosa sí sé, odio no poder tocarlo, no poder concebirlo como algo tangible, aun cuando hay relojes por todos lados.

Afuera sigue el ruido de voces ahora mezclado con el de gente que baja por la escalera.

— ¡Señores, señores, cálmense! ¡Cálmense por favor o llamo a la policía—! era Pereira de nuevo. Me lo imaginó aullando con el temor reflejado en sus pupilas de perro faldero, con sus dientes amarillentos y podridos, su voz agobiada por los ataques de asma que le dan cuando se altera.

— ¡Cállese, ciudadano, que nosotros somos la policía! —brama una voz de hombre que ahoga a las demás

— ¡Mujer del demonio... no me mordáis!

La mujer sigue soltando todo tipo de imprecaciones, de insultos que retumban a través del edificio.

— ¡Señorita! ¡Señores! ¡Por favor! ¡No saben lo que hacen! ¡No la golpeen—!

Luego alguien llora y de repente todo el bullicio cesa. Qué bien. Perdónalos señor que no saben lo que hacen. Y señor qué me habéis abandonado. Muy buen oído de San Juan o de quien fuera. Muy buen oído de los apóstoles San Pedro, San Pablo y San Mateo. Y muy buena memoria, y que decir de los escribanos. Yo no hubiera recordado tantas cosas, tantos detalles después de tanto tiempo, con todo y que soy bueno para ello.

El zancudo lleva mi vista de un lado a otro como si mis ojos fueran un carrusel que no sabe si subir o bajar. El insecto se posa sobre el borde de la pintura a medio terminar, la que está recostada sobre el respaldar de la única silla que tiene Rosaura. Vuela peligrosamente sobre la llama que arde dentro del pote, en el pequeño e improvisado altar de la Virgen de la Chiquinquirá. En un murmullo digo Rosaura debió prender el velón antes de irse. Cuántas veces le habré recriminado que no quiero velas prendidas en el cuarto. Y menos cuando esté dormido. Pero nunca hace lo que le pido.

—Es para que te cuide de todos los peligros —me dice—, y para que el Dr. Felice te compre los cuadros—, como si por eso los fuera a comprar.

—Pero si él dice que la temática es muy original, Eriberto, las torres de petróleo como ogros que esclavizan al pueblo. Usted pinte que yo los vendo amorcito. ¡Por eso no te preocupés!

Como si fuera tan fácil. Vuelvo a buscar al mosquito, que se me pierde de vista. Lo veo lanzarse raudo y diminuto por la ventana abierta. Al otro lado de la calle noto que el aviso de la Panadería Italia ha sido pintado recientemente. Maldito musiu. Tanto que le dije que yo podía pintarlo y no pudo darme el trabajito a mí. Incluso le insistí en que yo dizque era hijo de italiano. No me creyó porque no le entendí la jerigonza napolitana que hablaba. — ¿Si es hijo de italiano por qué no habla italiano, ah? —me respondió sarcástico. Pude haberle dicho que era hijo de una guajira y de un gringo y ni hablaba guajiro ni tampoco inglés. Menos me lo hubiera creído. Si en mi casa me hubieran enseñado a hablar guajiro le habría hablado en esa lengua para que él tampoco me entendiera. Debí haber traído conmigo la carta de Giovanni, mi padre por un día, para mostrársela.

Percibo un leve olor a pan horneado que me recuerda el hambre que me cosquillea las tripas. De nuevo siento ganas de vomitar y me levanto para ir a la ventana. El aire no me reanima y me hace sentir peor. Vuelvo a la cama y trato de recordar alguna cosa que me haga olvidar el malestar. La infancia, los tiempos navideños. La eterna torre de hierro del pozo de petróleo al final de la calle, que los vecinos convertían en presuntuoso árbol de navidad, con luces y adornos que todos en El Monorriel miraban con cierto orgullo después que la comisión encargada de su elaboración lo daba por inaugurado cada 16 de diciembre, entre gaitas y fuegos artificiales, y con el cura que lo bendecía. Vai, venía gente de toda la Costa Oriental a verlo, claro, de noche, con las luces encendidas, porque de día sólo parecía un mamotreto más. Ajá, y en mi casa, los animales del pesebre, hechos de barro, secándose en el sol de la calle. Las ovejas de algodón que le ayudaba a hacer a mi abuela.

—Ya estará seco la mula y el buey —me decía y yo la corregía, pero igual se equivocaba con los tiempos verbales—. Vai, Eriberto, anda ver que no robe los muchachos.

Y los regalos que aparecían misteriosamente debajo de la cama, al lado de los zapatos, el veinticinco de diciembre. Era la mañana más bella del año, llena del ban ban de las pistolas y de los triquitraques que se escuchaban por todo el vecindario.

—Trajo niño Jesús porque porta bien. Si seguí portando bien trae otro los Reyes Magos —me decía en su español quebrado. La vieja Zumira realmente me quería, creo que hasta más que mi mamá. Bueno, la nona me lo demostraba, mi madre era menos afectuosa.

Si. Otro día de disparos a voz viva, de tracatracas y de sirenas de carros de bomberos y patrullas de policía. Días llenos de fantasía, de sueños de todos los precios y tamaños. Y yo me portaba tan bien, nunca un reclamo, bueno quizás uno el día que le quité a Aury Portillo, en un acto de incomprensible rebeldía y atrevimiento, su bicicleta. Fui a dar una vuelta por toda la cuadra, ajá, que gran emoción, al fin poder sentir ese ventarrón en tu cara, golpeándote como si pelearas con él, buscando derrotarlo, metiéndotelo por dentro y descubrir sus secretos. Pero como siempre todo tuvo que salir mal y por culpa de Melvis me llevé por delante a ese niño que se atravesó. Llegué a la casa con el corazón a punto de salirse del pecho, a esconderme debajo de mi cama. Allí me encontró mamá, quien sin ninguna consideración me sacó a cuerazos, haciéndome jurar que nunca jamás haría otra vez nada semejante. Y creo que para mi desgracia nunca más lo hice. Sin embargo la emoción de montar la bicicleta me llevó a ahorrar los churupos para dos años después poder comprarle la brasileña al mismo Aury. Claro, ya la había deteriorado bastante y él quería una más fina. Tuve que montarle tripas y cauchos nuevos, y cambiarle varios rayos, y el asiento. Pero también yo le saqué el juguito y la disfruté bastante. Aunque ciertamente no me ayudó para nada a vender biblias.

No era la única vez que había sentido esta angustia por comer. Y quizás por necesidad, me transporté a un momento similar vivido en ese fatuo peregrinar en que se había convertido mi vida desde que huí de San Genaro. Buscaba jugar con el tiempo, confundirlo, doblegarlo, ver si en ese ejercicio de querer revivir otros instantes, de reeditarlos como si fuesen el presente, pudiese de alguna manera vencer su pesada tiranía. Quizás así pudiera de alguna manera volver a los buenos tiempos, y quedarme allí para siempre. O quizás en ese malabarismo con la memoria pudiera colarme al futuro y afincarme allí, brincar por encima de tantos azares y congelar mi vida en algún momento estelar de mi insulso porvenir. Alguna felicidad habría de tener.

Al irse el zancudo me quedo sin motivos para mantener los ojos abiertos. Los cierro y siguiendo el hilo de mis pensamientos me pongo a buscar en mi memoria más cosas que me hagan sentir con ánimos de levantarme, aunque las ganas de vomitar y la sequedad de garganta todavía me molestan. Ajá, me recuerdo de los paseos al balneario de Santa Rita, más allá de Palmarejo. Íbamos los domingos en la mañana, en bus, y nos quedábamos hasta la tardecita. Cómo le costaba a mi madre sacarme del agua, y después quitarme los pegostes de alquitrán en la planta de los pies, que no faltaban. Veo de nuevo la pintura. La paleta y los pinceles están en el suelo desde hace días, cuando me quedé sin materiales. Me había metido a pintor ciertamente. Si mi abuelo Marcos tenía talento artístico algo debí haber heredado, así que ¿por qué no? Tomaba un par de cursos en la Academia de Bellas Artes y ya me consideraba un Picasso, porque de vez en cuando vendía alguno de mis extravagantes cuadros. O mejor dicho, de vez en cuando Rosaura vendía alguna de mis telas a algún ricachón que sólo buscaba complacerla para que se acostara con él. De eso vivía Rosaura, de buscar ricachones. Y yo vivía de Rosaura. Bueno no tanto como vivir, pero aún respiro.

Fue así como la conocí, cuando volvía de uno de sus encuentros, después de una jornada de farra bien recompensada. El 22 de noviembre, el mismo día que asesinaron a Kennedy. Esa noche llovía. Yo venía del hipódromo, camino al cuarto que tenía alquilado en una casa cercana, cerca de la Facultad, y ella salió repentinamente de un automóvil casi en marcha. Tropezó conmigo, cayéndose al suelo y llenándose de barro. Traté de ayudarla a levantarse. Olía a licor y obviamente estaba ebria. Se había golpeado contra el pavimento, rompiéndose la frente.

Pude entenderle que vivía en la pensión de dos plantas que estaba al final de la calle. La llevé allí, pero no había nadie en el zaguán de entrada. Me dio la llave de su cuarto y finalmente pude encontrarlo en el piso de arriba. La tendí en su lecho y a duras penas pude limpiarle la pequeña herida ya que ella convulsionaba entre sollozos que terminaban en intentos de cantar una canción ranchera. Cuando me disponía a salir me pidió que no me fuera. Me dijo que tenía miedo porque unos monstruos la estaban atacando y que me acostara con ella. Era muy joven y a pesar del maquillaje revuelto sobre su rostro pude apreciar que era bonita. Sentí pena por ella y me acomodé a su lado, lleno de presentimientos y algo de temor. Cuando se quede dormida me voy, pensé en ese momento.

Ella seguía despierta y cantaba. —Que murmuren, que me importa que murmuren—, tarareaba entre ataques de hipo. Para mi gran sorpresa al rato se desnudó con mucha premura, diciendo que las ropas le quemaban la piel. Nunca había visto un cuerpo de mujer así. La sentí tan cerca, rozándome con sus muslos y sus pechos, su aliento mezclándose con el mío. No pude contenerme. En un impulso irreconocible comencé a acariciarla. Ella no me rechazó y eso me motivó a seguir adelante, llevándome a hacer lo que jamás me había atrevido a hacer, aunque creo que apenas si se enteró, lo que en mi caso ayudó bastante a liberar las inhibiciones que había sentido en otras ocasiones similares. Como estaba medio borracha supongo que no se dio cuenta de mis limitaciones amatorias iniciales, que poco a poco fui corrigiendo, sintiendo como el instinto se hacía cargo y reemplazaba mis primeros acartonados movimientos por unos que supongo eran más parecidos a los de un verdadero amante, tal como los había visto en el cine tantas veces. Me esmeré por largos minutos, hasta que finalmente, exhausto y sudoroso, clamando mi infinito placer, rendí el borbotón de mi semen en sus entrañas. De inmediato sentí un gran alivio, como si me hubiera deslastrado de un inmenso peso. Poco después me quedé dormido, durmiendo como si durmiera por primera vez. Jamás pasó por mi mente que acababa de violar a una mujer, de hacerle el amor sin su consentimiento.

Pero luego no importó, porque seguí quedándome con ella, convirtiéndome en "su amiguito", noche tras noche, a veces acompañándola en sus borracheras, como la noche anterior cuando ella había traído una botella de champaña que le habían regalado. Las primeras vigilias la miraba dormir y recordaba cuantas veces me había dicho que cuando tuviera una mujer seguro se me quitarían todos los pesares de la cabeza y de mi pecho, que cuando fuera yo un hombre de verdad, todo lo demás se arreglaría...pero no fue así. Nuevas y más fuertes angustias parecían tomar el lugar de las que habían desaparecido.

El día tomaba fuerza. Un halo vaporoso de luz invadía la habitación a través de la ventana abierta. Veía los diminutos granos de polvo convertidos en astros viajeros, cada uno una tierra, cada uno un mundo, tan endebles. La luminosidad era ahora más definida y las sombras desaparecían de casi toda la habitación, devoradas por su claridad. Afuera las voces se habían acallado. Me levanté y una vez más me puse a leer los descoloridos carteles que colgaban de los edificios de enfrente. Además del de la panadería Italia se divisaba el anuncio del cine Zulia ofreciendo "Las Hijas del Vendedor de Caballos", y que medio escondía el aviso del Bar Coriano.

El reloj marcó las nueve treinta. Decidí vestirme y salir. La boca la sentía agria y seca, la cabeza parecía no ser parte de mi cuerpo. De nuevo me dediqué a mirar por la ventana. En la sucia calle los que gritaban Panorama La Esfera Diario de Occidente El Nacional habían desaparecido. Por las aceras caminaban algunos parroquianos y a mitad de la vía algunos niños jugaban con una pelota de fútbol. Un destartalado Chevrolet negro pasó sonando el claxon y del hotelucho de al lado salió un agente policial de uniforme marrón. Conversaba con alguien a quien yo no podía distinguir, a la entrada de la posada. Una camioneta de la policía estaba estacionada a un lado de la calle. Seguramente la perrera tendría que ver con el bullicio que había escuchado antes.

Respirar el aire corronchoso de la mañana me hizo sentir un poco mejor, aunque tenía mucha sed. Tendría que bajar a buscar agua ya que en la recamara no había ni para mojarse los labios. En el baño del pasillo tampoco había y sólo de pensar en el mal olor que despedía el sanitario del cuarto de Rosaura por las vomitadas de la noche anterior se me revolvía aun más el estómago. Quizás en la panadería. Me dije a mí mismo por la millonésima vez que mi situación se estaba poniendo seria. No tenía ningún dinero y ni pensar que Rosaura pudiera darme algo si ella todo lo metía en su cochinito, dizque para ahorrar, no sé para qué. La poca plata que obtuve de la venta de la última pintura ya se me había acabado y no había podido encontrar ningún trabajo, por pequeño que fuese, por poco que pagase...Ni siquiera como recolector de basura en el Aseo Urbano. Había ido varias veces al partido y me habían anotado en el libro grande, pero no me llamaban para nada. Nada en el MOP, nada en el Consejo Municipal, nada en las escuelas, nada en ninguna parte. ¿Qué sabe hacer Usted? Necesito un carpintero. ¿De buena presencia? Necesito un latonero. ¿Bachiller? ¿De qué me sirve un bachiller que no sabe matemática, ni física, ni química? ¿Qué sabe inglés?, me sobran. Necesito un panadero. Idiotas del puerto. Idiotas del mercado. ¿Pintor? Comprenda, amigo, aquí no requerimos de ningún pintor... Veamos, ¿tiene conocimientos de refrigeración industrial? ¿Mecánica automotriz? ¿Secretariado? ¡No! ¡No! ¡Soy pintor artístico! Pintor de cuadros... Idiota yo mismo. Sin duda me había equivocado de profesión. Nadie necesita un pintor por estos tiempos democráticos. Puro plan de emergencia, pico y pala. No hay mecenas ni nada que se les parezca. Mucho menos para uno medio modernista y de talento dudoso. ¿En cuántas exposiciones ha participado? ¿A qué escuela pertenece? ¿Dónde está su diploma? En ninguna. A ninguna. Y sin diploma alguno, señores. Sólo tratando de reflejar en el lienzo las frustraciones de mi espíritu vacío.

Por lo menos no hay duda de que soy un hombre libre. No tengo que trabajar, ni preocuparme por nadie que no sea yo mismo, ir a la Universidad de vez en cuando. Sólo tengo que preocuparme por mi propia desesperación, por mi propia angustia, por esta creencia cada día más fuerte de que nada tiene significado, que nada vale la pena. De que a nadie le importo, aunque cuando esta idea me envuelve irremediablemente pienso en Sambito Williams, ya tan lejano. Quizás debería escribirle, enviarle una nota. Y en mi padre… ¿Estará vivo?

Bajo las escaleras tratando de que Pereira no me vea. En el zaguán de la entrada el viejo Remigio, el padre de Pereira está, como siempre, sentado en su quejumbrosa silla de cuero, masticando un chimo de color púrpura que escupe a cada momento sobre el piso. Su mirada abierta y penetrante me molesta. Será porque me recuerda a la de mi tío Aimar.

— ¡Buenos días, joven! —me dice, soltando un escupitajo. Le contesto con un gruñido en voz baja, sin mirarlo. Por un momento, en el quicio de la puerta, me detengo a peinarme los cabellos con los dedos. Listos... ¡Partida! ¡Y allá van los competidores! Qué vida. Todo el mes lo había pasado rondando de aquí para allá sin obtener ningún resultado. Del hipódromo La Limpia a los malecones, de allí al mercado, al centro, cada día, siempre buscando algún dinero para comer y no tener que ir al comedor de la Universidad: y cuando me sobraba alguno, buscando algún dato en que apostar mis miserias, siguiendo las más absurdas y pequeñas insinuaciones que la mayoría de las veces no eran tales sino en mi imaginación...Tratando de encontrar en las delicadas patas de los purasangre lo que no podía encontrar por mi propio esfuerzo.

— ¿Visteis cómo están traqueando a aquel potro? ¿Visteis como no quieren que nadie sepa nada? ¿Visteis como hablan en voz baja su preparador y su jinete? Ese va a ser un batacazo. ¡Me lo voy a jugar!

— ¡Estáis loco, Eriberto, si viene de llegar dando brincos! Estarán hablando de lo malo que es y no quieren que nadie escuche.

Otras veces el loco no era yo, sino otro. Nada más antenoche pude ser testigo de cómo un conocido de San Genaro, Jairo Velásquez, ilusionado con un caballo, lo perdía todo. Y no sólo eso, que con su entusiasmo me había hecho perder a mí los últimos veinte bolívares que me quedaban y que ahora tanta falta me hacían.

—Gato Negro va, cuñao. Te lo aseguro… me hablé con Quintana que lo va a jinetear y me dio toda clase de aseguranzas. Te lo digo porque me caéis bien y porque somos paisanos, Eriberto. Lo están entrenando secretamente y dizque metió sesenta y uno en los mil metros, sin que lo azuzaran, nada más galopando.

—Pero, ¿no estaría drogado? Vos sabéis, ese es un caballo con lesiones —le dije—. Además, anoche llovió y de seguro la pista está muy rápida. ¿Y si se equivocó el tipo del reloj?

—Qué va. No estaba drogado, lo que pasa es que está muy recuperado de sus patas y no se lo han dicho a nadie. Quintana estaba muy impresionado, vos sabéis que gana pocas carreras y cuando terminó de traquearlo no sabía cómo ocultar su emoción, vai, para que nadie se diera cuenta. Fijáte que delante de la gente le dijo al entrenador que lo sentía un poco cansado, pero después, cuando estaban solos sonreía y pude leer sus labios cuando le dijo que lo había sentido muy cómodo.

—Pero, Jairo, ese entrenador tiene fama de tramposo ¿no?

—Precisamente. Pero vos sabéis que Quintana es primo hermano mío. Me dio a entender que ni siquiera al dueño le van a decir.

— ¡Ahí viene el entrenador! —exclamé en voz baja.

— ¡No le digáis nada!

—Está bien —dije otra vez en voz baja, esperando que pasara y se alejara de nuevo. — ¿Cuánto le váis a apostar?

—Todo lo que tengo y más. Mi sueldo. Voy a vender o a empeñar unas cosas que tengo y voy a buscar prestado. Quiero meterle unos cinco mil. Si esta es mi oportunidad. ¿Y vos? ¿Cuánto le váis a apostar vos?

—No sé. No tengo mucho. Unos veinte.

— ¿Veinte? ¿Eso es todo? Y me hacéis que te dé el dato.

—Es todo lo que tengo.

El entrenador Gómez volvió a pasar por nuestro lado y le grité, como quien no quiere la cosa —Oiga Señor Gómez ¿Qué hay de nuevo?

—Nada hombre, nada —dijo sonriente mientras seguía su camino.

Así que el viernes en la noche, durante la jornada de carreras, le aposté los veinte bolívares a Gato Negro, en la sexta, a ganador por supuesto ya que estaba pagando 200 a uno. Cuando se corrió la carrera yo estaba entre los espectadores, pendiente de los que iban adelante. Nada con Gato Negro que no figuraba por ninguna parte. Ganó el primer favorito, Centellado, y no pude ver que había pasado con mí caballo. Escuché al narrador de la competencia decir por la radio de un aficionado vecino que Gato Negro se había fracturado a media carrera y que parecía que sería sacrificado allí mismo, en la pista. Me acerqué como pude al poste de los seiscientos donde había quedado el purasangre, y observé que en efecto el equipo de ambulancia equina le administraba una inyección y pocos segundos después el animal se desplomaba. El jinete Quintana estaba semiarrodillado en plena cancha, con una mano en el rostro. También estaba allí el entrenador, quien no parecía muy compungido. Gajes del oficio, diría él. Supongo que lo mismo tendríamos que decir los apostadores que perdimos.

A Jairo Velásquez lo vi más tarde al salir del hipódromo. Caminaba poco a poco, mirando hacia el piso, con las manos en los bolsillos del pantalón y sin rumbo fijo. No me atreví a hablarle y lo dejé seguir su camino. Sin embargo me pareció ver como un lustre en sus mejillas, pero a lo mejor eran las luces del coso hípico que todo lo hacían brillar, aunque fuera por una noche.

Gajes del oficio. Si. Yo realmente compartía su pena. Una vida de frustración. Su papá había sido policía de pista hasta que sufrió un accidente y ya no pudo seguir en el oficio. Ahora era caballericero de los animales que hacían esa tarea, unos sabaneros como los llamaban. Velázquez había querido ser jinete profesional cuando estaba más joven, se inscribió en la escuela y todo, pero no pudo controlar su peso ni las ganas de comer reina pepeada. Las veces que coincidimos en los traqueos mañaneros, después que estos terminaban, comparábamos nuestras impresiones y me llevaba a las últimas caballerizas donde estaba su viejo y con su aval me enseñaba a montar. Eran caballos muy dóciles esos a su cargo, así que con un par de lecciones me pude subir yo sólo y andar un trecho, hasta corretearlos. No era exactamente como los vaqueros de Nevada o Wyoming, pero algo es algo y se lo debía a Velázquez. Qué cosas, ni Sambito se lo creería.

En la calle el clima era más bien agradable después de todo. El sol brillaba sin la intensidad de otros días, filtrando su luz a través de esporádicas nubecillas. La brisa corronchosa de más temprano se había endulzado y la sentía ahora con olor a mar. Cuando pasaba por el hotel de donde había salido el oficial de policía que había visto desde la ventana, alguien me llama. Era el mismo hombre, quien discutía con Pereira. ¡Vergación! Ya el casero me había visto y el policía me hacía señas para que entrara al pasillo donde ellos estaban. Más atrás había un grupo de personas que supuse curiosos que observaban la discusión y detrás de ellas otros tres policías hablaban con un grupo de mujeres que trabajaban en el hotel.

— ¿Es este? —preguntó el policía a Pereira, señalándome con la cabeza.

—Si. Ése es —dijo muy quedamente, con un quejido asmático, mientras asentía con la cabeza.

Enseguida el policía se dirigió a mí. — ¿Usted conoce a Rosaura Ruiz? — me preguntó.

—Si la conozco —dije titubeando, sorprendido por la pregunta. Creí que me reclamaría la deuda con Pereira.

— ¿Por qué lo pregunta?

— ¿Cuándo la vio por última vez?

—Esta mañana temprano... No... Anoche realmente —dije pensando que en la mañana no la había visto aunque si la había escuchado salir. —No sé dónde habrá ido. No me lo dijo.

—Ella es muy amiga de él, agente...duermen juntos —dijo Pereira en voz apenas perceptible, mirándome con aire de desconfianza. El rata ese me envidiaba porque le tenía ganas a Rosaura y ella nunca le había hecho caso.

--Ni por todos los cobres del mundo, porque no me gustás... sos muy feo y no te bañás, --le dijo Rosaura con desdén en su acento paisa, una vez que le ofreció pagarle en mi presencia. Ciertamente a ella le gustaban los hombres pulcros, y quizás por eso le gustaba yo, más que por otra cosa, si es que realmente le gustaba.

El policía, un tipo flaco y desgarbado, con un bigote muy bien cuidado y que según pude ver y entender era cabo, me explicó la razón del interrogatorio. —Anoche mataron a un tipo, al abogado Linares Andueza. Le metieron un balazo en el pecho y dicen que todo fue culpa de la tal Rosaura, por celos. Ya tenemos detenido al que lo mató y también a la ciudadana. Oiga, Usted no se pierda de vista que a lo mejor mañana lo mandamos a buscar para que se presente en la comandancia y declare. Y a Usted también Pereira, y cuídese, con tantos escándalos un día de estos le cierran el negocio...

El cabo anotó mi nombre y número de cédula en una libreta, me dio la espalda y salió, por lo que opté por alejarme inmediatamente del sitio. Así que todo el bullicio de la mañana era por Rosaura. No había reconocido sus gritos desteñidos cuando la detuvieron. Quizás quiso decirme algo y no le presté atención...¡Qué bruto soy!.. Quizás no me nombró para no involucrarme...Ella estaba nerviosa por algo.

Ese día, que era domingo, caminé todo la mañana de un lado a otro pensando en qué debería hacer, anestesiado de tanto beber agua, a veces no tan potable. Me senté en el banco de una plaza en el centro de la ciudad y desde allí me dediqué a contemplar los edificios de sus alrededores, tratando de distraer mi mente en pensamientos menos agoreros. En la cúpula de una iglesia el rastro de las lluvias pasadas formaba ríos de humedad que ineludiblemente morían en los bordes de cemento y loza, como si fueran las huellas de las lágrimas del cielo. Recordé cuando mi madre estaba grave en el hospital de Cabimas y en la desesperación de mi impotencia yo acudía diariamente a la iglesia de San José a pedirle a Dios y a todos los santos por su recuperación, haciéndoles todo tipo de promesas. Que caminaría de rodillas, que llevaría una cruz, que me pondría una corona de espinas, y no sé qué tantas otras estupideces. Todo para nada. Y luego me metí a evangélico por reconcomio. ¿A quién acudo ahora?

Cuando la tarde pesaba como cien elefantes y mis zapatos ya no resistían el calor del asfalto fui a la comandancia de la policía, pero me dijeron que no podía hablar con Rosaura, porque dizque estaba incomunicada por desacato a no sé qué cosa, pero que a lo mejor la soltaban al otro día. Cuando salí a la calle de nuevo ya era de noche y comencé a sentir un hambre atroz que ya no se apagaba con respirar profundo ni tampoco con sólo tomar agua, como a veces me ocurría. No tenía dinero y Rosaura estaba detenida en la Comandancia, así que esta vez no podría acudir a ella como en tantas otras ocasiones. Iría al cuartucho que le alquilaba Pereira y buscaría allí alguna sobra, algún mendrugo de pan que a las cucarachas y las ratas se les hubiera escapado. Por lo menos allí podría dormir en una cama. Mañana buscaría a Wilson Leal Fuenmayor en la Escuela de Leyes. Recordé que estudiaba allí aunque tenía tiempo sin verlo, desde que se graduó de bachiller y se fue del Barrio El Mono con la beca de la Compañía. Quizás me ayudara con Rosaura...y quizás me invitara a comer.

Esa noche finalmente me quedé dormido tratando de recordar algún episodio de mi infancia o mi adolescencia en el que Wilson y yo la hubiésemos pasado bien, de modo de poder mencionarlo cuando lo encontrara, y quizás así motivarlo un poco para que me ayudara a sacar a Rosaura de la cárcel. Aparte de muchas partidas de béisbol, competencias de atletismo y juegos colectivos en que participamos varios muchachos del barrio, no pude realmente recordar algún evento especial en el cual sólo hubiésemos estado involucrados él y yo. Así que tendría que recurrir a las anécdotas en que otros eran los protagonistas, principalmente las de mi estimado Melvis Beltrán. Pero lo que me vino a la mente casi de inmediato fue el recuerdo completo, como una película, de una de mis más vergonzosas aventuras en mi de por si vergonzosa adolescencia, con pelos y pezuñas.

8

Los cuatro mozuelos de gorra y franela nos deslizábamos por el laberíntico peñasco uno tras otro, boca arriba y con las piernas por delante, sosteniéndonos con los brazos para no caer. La bolsa de solomo crudo atada a mi cuello se movía de lado a lado y atizaba mis pulmones con su fuerte olor a especias. Bajábamos por la peculiar ladera con extremo cuidado, sin poder impedir embarrarnos las manos con la arcilla amarillenta y húmeda del suelo, la cual, a causa del constante palanqueo, se enterraba en los espacios al borde de las uñas, mordisqueando la carne viva de los dedos.

Ese día, desde muy temprano, había amenazado con llover en San Genaro de la Costa y sus alrededores, más, aun así, con el presagio de agua en el viento, habíamos decidido llevar a cabo nuestro mini torneo de atletismo. —¡Cuidado! —alertaba yo a cada momento, al ver cómo las botas de goma *US Keds* nuevas que nos había regalado la Compañía, y que todos llevábamos puestas, se resbalaban a cada rato en la lodosa superficie. La fricción del calzado con las paredes del irregular camino hacía desprender pequeños trozos de tierra en tanto que algunos terrones más grandes, ya sueltos, rodaban hasta el fondo de la hondonada, unos treinta metros más abajo. Me preocupaba que alguno de nosotros se fuese a lastimar y no pudiese competir.

El catire Melvis, primero en llegar al sendero en terreno plano, recogió un puñado de tierra húmeda, la apretujó para formar una bola y la lanzó contra quienes le precedíamos en la pendiente.

— ¡Vái, que le cae tierra al solomo! —grité desde arriba—. Si lo ensuciáis tenéis que pagarme.

—No seáis bobo, Eriberto. ¡Cómo le va a caer nada, si lo tenéis embojotado! —refutó el catire, mientras me lanzaba otro puñado que casi aterriza en mi rostro. Me enfurecí al saborear el polvo ocre en la comisura de los labios. Agarré la piedra más cercana y se la lancé sin atinarle, por lo que casi pierdo el equilibrio y me voy de bruces.

— ¡Dejá —protesté—, o me regreso ahorita mismo!

—Váispue ¿qué estáis esperando? A mí me da lo mismo —dijo el catire con displicencia.

—A la jaiva, déjense de tonterías o de verdad nos regresamos —dijo Wilson Leal, el mayor del grupo, y ya nadie habló mientras terminábamos de deslizarnos.

Llegamos todos abajo y nos dirigimos al banco de la quebrada. El escuálido curso de agua se escabullía a mitad de la explanada, hacia el oeste, casi imperceptiblemente, como si no quisiera que uno se diera cuenta de su furtiva huída. Allí en el banco, al cobijo de una docena de bambúes que ahora se mecían rítmicamente con la fuerza del viento, estaba nuestro rudimentario campamento. Lo habíamos levantado con los restos de un viejo encerado de camión como techo y algunos tubos oxidados, tomados del basurero de la Creole, como columnas de soporte. Un decrépito escritorio de latón servía de mesa técnica y una rústica banqueta de madera para que se sentara quien fungiera de juez. La chatarra reciclada la habíamos bajado hasta el sitio con la ayuda de los otros muchachos que competían en los juegos, quince con nosotros. El Sambito Williams nos había ayudado trasportándola en su camioneta hasta el borde del peñasco, pero no había sido nada fácil bajarla hasta el sitio y en esa bajada se terminó de esperolar.

El playón del arroyuelo era amplio, como de veinte metros, con rastros aquí y allá de los arbustos que habíamos arrancado para despejar el área y poder demarcar una tosca pista para las carreras. La pista de cinco carriles marcados con cal, aún visibles después de una semana, corría a lo largo del riachuelo, extendiéndose como ochenta metros hasta el cañaveral. El arenoso cauce se perdía entre piedras y raíces, adentrándose en la cañada que se divisaba al final de nuestra precaria faja de competencias.

— ¡Miren cómo creció la curtiembre! Estarán lavando cueros a que Don Pedro —observó el Pelón Montiel, llevándose una mano a la nariz. El olor que emanaba de la espuma blancuzca que cubría las aguas del arroyuelo era realmente desagradable.

—! Fote! ¡Qué hediondez! Así no se puede —exclamó finalmente el Pelón. El Pelón era primo del Venado Charles, quien había derrotado varias veces al velocista internacional Hortensio Fusil cuando éste comenzaba a ser conocido. Todos decían que el Pelón tenía más potencial que el Venado, y que si no fuera por su falta de disciplina y por lo bruto que era, ya estaría en la selección juvenil de la Compañía.

— ¡Sí, qué hediondez! —repetí, como para complacerlo. Siempre trataba de llevarme bien con él, aunque nunca había podido lograr su confianza, ni sentirme su amigo. Ni de ninguno de los otros muchachos, a fin de cuentas, quienes sólo parecían tolerarme por gozar de la estima del Sambito, aun cuando Melvis no lo pasaba.

—No le hagamos caso al puto olor, que pasa rápido y nos acostumbramos —dijo Melvis, al tiempo que me quitaba la bolsa con el kilo de carne que habíamos comprado para el asado. —Pelón, dame la sartén. Hay que hacer el fogón antes de que comience a ventear más fuerte. Las piedras que dejamos la semana pasada parece que todavía sirven—. Melvis hablaba sin parar mientras se ocupaba de limpiar la parrilla de alambre que habíamos ocultado. Al terminar su tarea puso allí los trozos de carne tasajeada previamente aliñada y se dispuso a tratar de rescatar las brasas que aún quedaban, enterradas como estaban en las viejas cenizas. El aroma del ajo se mezclaba con el de la curtiembre, peleándose con su mal olor por la hegemonía de los olfatos.

— ¡No, no, Melvis! —dije, protestando de nuevo—. Primero hay que hacer la competencia. La fosa que hicimos todavía está buena y el aserrín está seco. Nada más hay que buscar unas varas más suaves. El domingo amanecí con unas ronchas en la barriga y las piernas. Creo que fueron las cañas bravas que usamos para los saltos la semana pasada.

—Eriberto, no seáis bobo —dijo con aire despectivo el catire—. ¡Qué competencia vamos a hacer si somos nada más que cuatro! No veis que Altuve y los demás no van a venir. Con lo flojos que son y con ganas de llover. Lo más seguro es que se metan en la casa esa desocupada del desfiladero y se pongan a mirar fotos de mujeres desnudas y a hacerse la manuela, como que les encanta ver a quien le llega más lejos la leche. Si se la pasan embarrados, mirái que yo a ninguno de esos le doy la mano. El Pelón nos jode a todos de cualquier modo. Ya sabemos quién va a ganar. ¿Vos le vais a ganar en las carreras? Y a Wilson, ¿le vais a ganar en la garrocha o la jabalina? Y si saltamos, ¿cuál de los tres me va a ganar a mí? ¿Vos? Sabéis que vais a quedar último en todo, así que ¿para qué queréis que compitamos? Sacá la libreta esa donde anotáis todos los resultados y decíme en qué has ganado alguna vez…

—Pero si es nada más que por competir, catire. ¿No es verdad Wilson? ¿Qué importa quién gane? —pregunté mirando a Wilson y luego al Pelón, quienes no parecían estar escuchando, quizás molestos también por el mal olor que persistía a pesar del ajo y los demás aliños.

Wilson finalmente no dijo nada, aunque a cada rato miraba al cielo, abriendo sus manos como tratando de percibir gotas de lluvia. El Pelón tampoco dijo nada. Seguramente estarían de acuerdo con Melvis.

—Por allí hay muchas iguanas, voy a ver si agarro una —dijo El Pelón dirigiéndose hacia el cañaveral, dando por terminada la discusión. Al rato veíamos su enjuta figura adentrarse en la espesura hasta perderse de vista entre los juncos. Había sacado su cauchera y la llevaba lista para disparar los balines de rolinera que usaba para cazar.

—Mirái, tené cuidado —le gritó Wilson—, que por ahí se la pasa el loco que se cree Tarzán, el que anda con el guayuquito y en alpargatas, con un cuchillo amarrado a la cintura. Dizque no le gusta que se metan por sus tierras. A más de uno lo ha asustado y dicen que ha cortado a varios...

Pero el Pelón no pareció escucharlo y siguió. Luego las plantas a su alrededor dejaron de moverse y nos quedamos callados por un rato, quizás pensando qué deberíamos hacer ahora.

— ¡Vamos a ver quien la tiene más grande! —exclamó Melvis de repente, rompiendo el corto silencio—. ¡En eso si compito con el que sea!

Dejó la carne sobre la parrilla y se acercó a la orilla de la quebrada. Se bajó el *short*, sacó su órgano y moviéndolo de lado a lado comenzó a orinar, tratando de erradicar con el chorro parte de la espuma grisácea que cubría las aguas del riachuelo.

—Vais a acabar de asfixiar a las pobres guabinas —dijo Wilson en tono jocoso, alejándose de él para que no lo chispeara—. ¡Mirá como saltan despavoridos los sapitos!

—Vos lo que estáis es envidioso —ripostó Melvis, quien seguía con la paloma al aire.

—Eso es lo que vos créeis —dijo Wilson—. Vos lo que estáis es enamorado de vos mismo y me han dicho que te la pasáis persiguiendo a la burra de Sambito. Un día de estos la vais a preñar y vos vais a ser padre de varios burritos. Te imagináis, los burritos Beltrán, catiritos como vos, pidiéndote la bendición con un rebuzno.

—Si, Wilson, cualquiera te escucha y va a creer que vos sóis un santo como Eriberto. Mirá, seis dedos completicos —le dijo Melvis con gesto retador, caminando hacia él.

—Ajá. ¡Narcisista! ¡Y a los quince años! Vái, ni que la tuvierais de hombre. Si más bien parece de perrito. Y no creáis que no lo sé, vos también te la pasáis masturbándote con la pandillita de Altuve mientras miráis esas fotos de las revistas que les vende Machado, pensando que te va a crecer más del puro ejercicio. Te vais a quedar sin leche de tanto gastarla para nada, y despúes vais a ser como el palo seco que está en el patio de mi casa, que no sirve ni para leña —dijo ahora Wilson, sin dignarse mirarlo y esperando haberlo impresionado con el uso de la palabra narcisista, cuyo significado él sabía muy bien que Melvis no conocía.

Pero Melvis ni siquiera escucharía la palabra, o quizás prefirió ignorarla por completo, aunque siguió defendiéndose. —¿Y vos qué decís, Wilson? ¿Acaso vos no te la hacéis? Vos, que te la pasáis cazando a la vieja Pancha cuando se emborracha, para que te deje quedarte con ella de gratis. ¿No te da pena? Ella podría ser tu abuelita. ¿O será que a vos te gustan ancianitas? Vení, Eriberto, vamos a medírnosla. —dijo por último Melvis, riéndose de lo que decía, al tiempo que se daba vuelta y me mostraba sus genitales, descaradamente.

—Voy a buscar leña —dije, dándole la espalda y saltando apresuradamente de piedra en piedra hacia las cañas del otro lado de la quebrada.

—Ese es otro que tampoco se la hace, seguramente —le escuché decir con sorna, mientras me alejaba.

—! Tené cuidado! ¡Mirá que Tarzán también anda por ese lado!

Caminé un buen trecho entre las breñas, sólo por no tener que afrontar al catire y sus estúpidos retos. De verdad que me enervaba con sus groserías que cada vez se hacían más frecuentes. Si no fuera porque me gustaban tanto las competencias atléticas que hacíamos ni siquiera me le acercaría a una cuadra de distancia. Comencé a calmarme, y al poco tiempo, entre las cañas bravas, pude divisar al Pelón que desde el fondo de la hondonada hacía señas y silbaba como para que lo siguieran. Wilson y Melvis corrieron hacia él al darse cuenta por sus gestos de que parecía ser algo importante. ¿Habría cazado alguna iguana? Yo también corrí desde el otro lado de la quebrada, aunque ellos no podían verme. ¿Qué le habría pasado?

Escuché al Pelón hablar en tono muy excitado. —Es la loquita Petronila, la hija de Don Pedro—, decía, hablando en susurros que el viento me dejaba entender claramente—. Se está bañando en el pozo, desnuda…

Los tres se perdieron de inmediato entre los tupidos tallos del cañaveral. Yo también me dirigí al pozo, acuciado por un súbito y secreto deseo. Seguramente lo alcanzaría primero, ya que ellos tendrían que dar una vuelta completa por el camino del desfiladero. En pocos minutos lo encontré.

Recuerdo como si fuera hoy que la espié por entre los delgados y verdosos tallos, con la hambrienta mirada llena de inconfesables anhelos. La transparente cascada de plata le caía como ilusoria desde un pequeño talud alfombrado de musgo. El hilillo de agua se deslizaba perezoso sobre los contornos de su piel. Una piel que se apreciaba tierna, casi brillante como la porcelana china de mi abuela, relampagueando al toque furtivo del sol. Ella se frotaba los senos y se frotaba el vientre, se frotaba las caderas y las rodillas, como invitando a la brisa a envolverla con sus suaves soplos. Ella se frotaba suavemente con sus dedos los pezones erectos y luego los enrollaba con el vello que se desprendía de su pubis. Sentía como mi aliento se calentaba, como mis dientes parecían de cera y como la sangre se me agolpaba entre los muslos.

Las voces de los muchachos al llegar me causaron gran sobresalto. Temí que me avistaran, pero sólo tenían su mente puesta en la joven. Ella los vio venir. Su rostro ni siquiera se inmutó, apenas quizás un ligero parpadeo.

—Te vamos a ayudar a bañarte —dijo Melvis.

—Yo voy primero, yo la vi antes —repetía el Pelón.

Pero Melvis ya se había bajado el *short* hasta las rodillas, y como no usaba ropa interior ya la abrazaba brutalmente, atenazándola contra el muro de piedra sin que ella lo rechazara. No parecía molestarse por el atolondrado ataque de los jóvenes, y más bien parecía como si los hubiese estado esperando.

Al cabo de un tiempo, no sé cuánto, la voz lacerante de Melvis traspasa mis sienes, como un eco trepidante que me humilla y me desvanece.

— ¡No seáis maríco, Eriberto! ¡Vení, hacéte hombre con la Petra! ¡No te escondáis! ¡Sé que estáis por ahí!

Melvis seguía gritando como desaforado. — ¡Eriberto, vení cogétela! ¡Hasta cuando vais a ser virgo!

Los gritos de Melvis no habían pasado desapercibidos para la gente de la curtiembre, que no quedaba muy lejos de allí. Al rato sentimos el alboroto que hacían varios perros al acercarse.

— ¡Coño! ¡Qué viene Don Pedro con sus dobermans!

— ¡Perra puta! ¡No le pude! ¡Soltáme maldita!

La joven mujer se aferraba a Melvis que la penetraba por tercera vez y se reía. Finalmente éste pudo desprenderse de su abrazo y salirse del agua. El temor que sin duda causaban los latidos de los perros había hecho apagar en un instante el ardor de los muchachos y también el mío.

— ¡Vámonos! Berto, ¿Dónde estáis? ¡Eriberto, Eriberto! —gritaba Wilson mientras él y los demás, desesperados, apartaban con sus manos los apelusados tallos del camino, sin importarles la molestosa piquiña que les causaría luego, sólo buscando salir a la playuela.

En mi apuro por dejar el escondite desde donde los espiaba, a mi vez me arañé el rostro y los brazos con las delgadas hojas de las cañas, en tanto que varias espinas me rompieron la piel. No quería darle a Melvis el gusto de decir yo sabía que estabas por ahí de mirón, pero finalmente respondí aquí estoy, ante el temor de quedarme solo y de que me atacaran los perros. Al salir del cañaveral me pareció ver al hombre que llamaban Tarzán agazapado entre las breñas al otro borde de la hondonada, aullando cuchillo en mano, todo ensangrentado y desollando a uno de los perros; pero quizás sólo fue mi imaginación, alterada por el pánico.

El catire había tomado la delantera. Desde que lo mordiera la perra de Sambito sentía pánico cuando un perro le ladraba y ahora mucho más. Se había perdido de vista, y seguramente ya subía por la cuesta. Wilson y el Pelón me esperaban, titubeantes, al borde de la quebrada donde comenzaba la pista.

— ¡Apuráte! No faltaría más que el viejo te agarrara a vos. Debe traer la escopeta con tiros de sal.

—Si nos agarra ese desgraciado nos saca los ojos y deja que los perros nos coman —decía el Pelón mientras se abrochaba el cinturón.

Al salir al campo despejado todos corrimos hacia el sendero que nos llevaría de nuevo al tope del peñasco, desde donde seguramente estaríamos a salvo de nuestros perseguidores.

— ¿Y la carne? ¿Vamos a dejar la carne? —pregunté.

— ¡Ya la habrán olido los perros! ¡A quién le importa!

Nuestros afanados saltos se comían los unos a los otros en el polvo. En mi atribulada carrera caí dos veces, rompiéndome los labios y llenándome la boca de tierra, sintiendo a los perros cada vez más cerca. Me levanté como pude y seguí corriendo, muy asustado. Los perros ladraron por largo rato y de pronto dejaron de hacerlo. Seguramente habrían encontrado el solomo aliñado.

—La hubiéramos envenenado —dijo el catire Melvis cuando lo alcanzamos en la pendiente—. Se estarían revolcando y babeando de muerte ahorita mismo los muy malditos.

Tanto él como Wilson y el Pelón parecían satisfechos de su aventura. A pesar del jadeo que acompañaba su respiración, sonreían. En ese momento comenzó a llover y la lluvia, aunque hacía más difícil el ascenso, fue apaciguando los ánimos. Desde los cañaverales, desentonando con la armoniosa tonada del incipiente aguacero, se escuchaban los gritos de dolor de Petra, seguramente azotada por su padre.

Cuando llegué, exhausto, sudoroso y ensangrentado al tope del peñasco, Wilson puso su brazo mojado alrededor de mi hombro y sonriendo, como si no comprendiera, me preguntó: —Bertico, ¿por qué no quisisteis con la Petra?

De momento no supe que responderle. Luego de un corto balbuceo le dije, sabiendo vagamente que mentía: —Por que anteayer me confesé. Ayer fue Primer Viernes y comulgué.

—Qué Eriberto tan tonto —dijo Melvis, que nos escuchaba—. Yo también me confesé y comulgué en La Concepción, pero eso no quiere decir que no voy a aprovechar la oportunidad…

Wilson y el Pelón rieron. También se habían confesado y habían comulgado, pero no lo dijeron.

—Ojala no nos haya pegado alguna ladilla —dijo al cabo de un rato Wilson, rascándose la entrepierna. El Pelón y Melvis también comenzaron a rascarse. Ya no reían. Y menos a los días, cuando descubrieron que la hija de Don Pedro en efecto les había pegado la gonorrea.

No creo que a Wilson le hiciera gracia que le recordara eso si lo veía.

9

Cuando desperté temprano al otro día, el sentido de urgencia que yo le había impregnado a la tarea de buscar a Wilson tuvo el efecto de hacerme olvidar que tenía casi dos días sin probar bocado. De hecho me sorprendió no sentir hambre, así que me vestí apresuradamente y salí a la calle.

Después de mucho preguntar y caminar, al mediodía encontré a Wilson en una toma que hacía el Centro de Estudiantes de la Universidad del Zulia por los lados del Hospital Central. Según pude averiguar él era uno de los líderes del Centro y como tal encabezaba a un grupo de bachilleres que pretendían que alguien les entregara un grupo de viviendas recién construidas por el gobierno nacional, para utilizarlas como residencias estudiantiles.

Wilson se notaba molesto. Él y un numeroso grupo de universitarios rodeaban a un hombre alto y robusto que sudaba copiosamente y movía la cabeza de un lado a otro, como negándose. Traté de prestar atención a lo que Wilson decía.

—Pero Usted es el gerente. Usted tiene la autoridad —afirmaba Wilson, enfatizando sus palabras con un movimiento rítmico de su mano, con un dedo a manera de batuta, una costumbre que seguramente habría aprendido de su papá, que por lo que yo recordaba hacía lo mismo cuando se dirigía a sus compañeros de trabajo del barrio. Al ver a Wilson discutir así, comencé a notar los otros rasgos tan parecidos a los de su padre. El mismo rostro anguloso, las mismas espaldas anchas y huesudas, el mismo pelo negroide, la misma voz restallante y de súbitas pausas.

— ¡No es cierto! — refutaba a su vez el supuesto gerente—. Yo no puedo entregarle las llaves sin una orden por escrito del Ministro o del Presidente del Instituto de la Vivienda.

—Pero aquí tengo una orden del Presidente de la Asamblea Legislativa para que me las dé.

—El Presidente de la Asamblea no tiene ninguna autoridad sobre mí o sobre este proyecto. Si ustedes quieren, pueden forzar las cerraduras de las puertas o tumbarlas, pero las llaves no se las voy a entregar sin cumplir con los canales normales. Si lo hago entonces me estoy poniendo la soga al cuello y me pueden demandar e incluso meter preso. ¡Entiéndame! A mí no me interesa enfrentarme a ustedes, pero menos servir de chivo expiatorio...

Wilson siguió discutiendo con el gerente hasta que llegó al sitio un tal Díaz, quien según pude entender era comisionado del gobernador. El emisario, a quien el gerente parecía conocer, también le pidió las llaves, pero Orvalles, que así se llamaba el gerente, se siguió negando rotundamente a hacerlo.

—Me extraña que el gobernador esté de acuerdo con esto —decía con voz ronca—. Esas viviendas están asignadas a gente que incluso ya hizo un primer depósito. Gente por lo demás muy necesitada.

—Pues llévenlas a otro lado porque esas casas nos las prometió a nosotros el gobierno estadal... se firmó un acuerdo... por escrito... que aquí lo tengo —vociferaba ahora Wilson mientras mostraba el documento.

La discusión seguía y yo me impacientaba. Al rato el gerente Orvalles se retiró, aunque inicialmente los jóvenes le impedían el paso y hasta golpes le propinaban. Wilson se reunió con un grupo de ellos hablando en voz baja, y luego parecieron desistir momentáneamente de su petición. Cuando tuve oportunidad me le acerqué.

A primera vista pareció no reconocerme, claro, yo andaba muy mal vestido y supongo que la barba de varios días y el hecho de que no me hubiera cortado el cabello en tanto tiempo tampoco ayudaba. Se mostró complacido de verme, pero cuando le expliqué el problema de Rosaura me dijo que lamentaba no poder auxiliarme ya que por esos días estaba muy atareado con la cuestión de la toma y las elecciones estudiantiles. Me dijo que lo buscara la próxima semana etcétera, y le dije no hay problema yo te busco, pensando que no lo haría y que quizás ya sería muy tarde para Rosaura. Nos despedimos y se fue en un autobús con sus compañeros de estudio. No ofreció llevarme a ninguna parte; a lo mejor no habría lugar en el transporte. Tampoco me invitó a comer, ni me dio la oportunidad de solicitarle un pequeño préstamo, aunque desde la ventanilla del autobús en marcha vi que me gritaba algo que no pude entender, y que pareció haber recordado de repente.

Me quedé parado allí por largo rato, sin saber qué hacer. Decidí volver a la comandancia a tratar de visitar a Rosaura. ¿Qué estaría ella pensando de mí? Pensaría que era un ingrato, un malagradecido... Tendría que apurarme. Quizás necesitase de ropa o de alguna otra cosa.

Tardé cerca de una hora en llegar. Caminé lo más rápido que pude y aun cuando sentía que las plantas de los pies se me hinchaban, ello no me detuvo en mi afán de tratar de verla. Un afán que se me hacía cada vez más imperioso, como si de pronto me estuviera dando cuenta de lo importante que ella era en mi vida ahora. Realmente no me había puesto a pensar con seriedad en lo que significaba para mí, quizás por el temor de encontrarme con algo sorpresivo, que incluso escuchaba bullir en algún recóndito rincón de mi cerebro.

Entré a la antigua edificación policial, casi frenético, lleno de grandes temores. Pregunté por Rosaura y un sargento que estaba de guardia me indicó que en ese momento ella estaba en la oficina del comandante, en compañía de otra persona. Esperé por cerca de una hora hasta que finalmente le pedí al sargento que constatara a ver si seguía en la oficina del comandante. Con pausada calma accedió a mi solicitud y al poco tiempo regresó.

—Negativo —me dijo sin mirarme a los ojos—. Ya se retiró.

— ¿Pero cómo? No entiendo.

—La dejaron en libertad. El ciudadano que la acompañaba era su abogado y él se la llevó por la salida lateral.

Al momento no supe cómo reaccionar. Le pedí al funcionario que me indicara la salida lateral y hacia allá me dirigí, con la esperanza de poder hablarle antes de que se fuera.

La salida daba a un estacionamiento. Había varios automóviles aparcados, pero el sitio lucía solitario y lo único que destacaba era la fuerza con la cual los parabrisas reflejaban los rayos del sol de la tarde. Seguramente el abogado la habría llevado a la pensión de Pereira.

Debería alegrarme de que estuviera libre, pero no lo sentía así. Yo había fallado. Había pensado en que su libertad dependía de que yo la ayudara pero no había sido así. Ella en verdad no me necesitó. Tenía otros amigos. Amigos que no le quedaban mal. Seguramente habría sido uno de sus tantos clientes. La puta esa, menos mal que estaba libre. Me estaba empezando a sentir culpable de no haberla ayudado cuando se la llevaron.

Mis pasos tomaron el rumbo de la calle de ratas donde vivía. No sentía mucha prisa en llegar, quizás porque no sabía realmente que decirle a Rosaura. Me sentía muy confundido y decidí pasear un poco por el malecón antes de ir a la pensión. La tarde comenzaba a caer y los rayos solares ya no asemejaban espinas de fuego desprendidas del cielo. La brisa del mar me traía recuerdos de San Genaro de la Costa. Ciertamente allí nunca pasé hambre, pensé. Éramos pobres, pero jamás había tenido esta amarga experiencia que me nublaba los sentidos. El aire marino, con sus aromas, me hacía experimentar una placidez alucinatoria que me transportaba por instantes a sitios lejanos. A Topeka quizás, a lo que pudo haber sido. Las olas se estrellaban contra los pulidos y verdosos palos que sostenían los muelles, saturando el aire con una bruma espesa y pegajosa. Esas aguas siempre tan invitantes, tan engañosamente cristalinas. Pero que sabían a aceite salado y se adherían a tu cuerpo como un manto invisible que te atrapaba una y otra vez, dejándote como tieso, con un deseo irrefrenable como de desconcharte. Me sonreí para mis adentros. ¿Sería eso lo que sentía por Rosaura? ¿Ganas de desconcharme?

De nuevo me dirigí a la pensión. No tenía porque sentirme mal por lo que le había sucedido a ella. En última instancia no había sido mi culpa y verdaderamente me había preocupado por ayudarla. Se lo contaría. Le diría de mi conversación con Wilson. Quizás ella estuviera cansada y decidiera quedarse en el cuarto, quizás me invitara a comer. Apresuré mis pasos y ya era de noche cuando llegué a la calle de ratas donde estaba la pensión. El viejo Remigio no estaba sentado al lado de la puerta y me alegré. No me gustaba ver su rostro impasible ni ver su cuerpo encorvado que despedía olor a cementerio. Iba a subir al piso de arriba cuando escuché la voz chillona de Pereira.

—Buenas noches, Señor Ferrer Gúson, como se llame. ¿A dónde va tan de prisa?

No le contesté y quise seguir mi camino.

— ¡No! ¡No! ¡No! Señor Don Juan. Ya la señorita amiga suya no vive aquí.

Pereira disfrutaba cada palabra de lo que me decía. Al ver mi cara que seguramente reflejaba una gran desazón se me acercó con los brazos cruzados sobre su pecho.

—Se fue. Agarró sus trapos y se largó, amiguito. Si... Se largó con otro de sus patiquines. Y por lo que veo como que no le dijo nada a su merced. Así que Usted como que también va a tener que recoger sus trapitos, si es que los tiene y desalojarme la habitación que ya la tengo alquilada. ¿Me entendió, Señor Ferrer? Así que le doy quince minutos para que suba y saque sus corotos.

De nuevo sentí no saber cómo reaccionar. El ritmo de mis latidos había aumentado considerablemente, igual que me había ocurrido cuando Sambito me informó de la muerte de Yeici Woodson. Igual que cuando me enteré de la grave enfermedad de mi madre. Igual que cuando vi a mi abuela dormir tan serenamente en su lecho de muerte. Subí al pasillo y abrí la puerta con la remota esperanza de que el desgraciado ese de Pereira me estuviera engañando, sólo para reírse de mí.

110

Pero Rosaura no estaba en la habitación. Tampoco estaba su ropa. El alambre del cual colgaban sus vestidos se había desprendido de la pared y pendía inerme y desnudo. En un acto mecánico traté de acomodarlo otra vez en el clavo que lo sostenía a la pared. Pero ahora el clavo se desprendió y aunque intenté meterlo de nuevo en el agujero, seguía cayéndose, impertérrito, insensible ante mí desespero. También mecánicamente comencé a recoger las pocas cosas que me pertenecían y que guardaba en el destartalado escaparate, ropa interior más que todo. También debería recoger mis pinceles, la paleta y la tela que aún no terminaba. En ese momento alguien más entró al cuarto. Era Gisela, una de las mujeres que vivía en el mismo pasillo, a quien a veces Rosaura invitaba a comer con nosotros.

—Rosaura tuvo que irse, me dijo luego de sentarse en la única silla disponible. Habló conmigo antes de salir. Si no se iba corría peligro de muerte. La esposa del hombre que murió la amenazó con mandarla a matar. El abogado que la sacó de la cárcel le recomendó que se fuera para su casa en Valledupar, y él mismo la llevó al terminal de pasajeros para que se fuera de inmediato para Maicao. Ya debe andar por territorio colombiano.

Respiré hondo y no dije nada, pero mi rostro debe haber sido un poema. Ella siguió hablando.

—Escuché lo que le dijo el Pereira ese allá abajo. Si quiere se queda conmigo esta noche. Y come, que no se ve muy bien—. Luego, como recordando algo que había olvidado cambió el modo de hablar. —Usted sabe... Rosaura me regaló la cocina y me dejó a la Chinita para que se la cuidara, y me dijo que si venía por aquí, que le dijera que también a Usted lo había regalado...a mí. Así que ahora Usted me pertenece. ¿Qué le parece?

Solté una carcajada, medio fingida. No sabía si Gisela estaba hablando en serio, pero fuese como fuese yo comenzaba a sentir como un segundo aire. Ya no se me hacía tan difícil respirar y el ritmo de mi pulso tendía a normalizarse.

—Dígame... ¿Qué le parece? —insistió. Tenía la cabeza inclinada sobre un hombro y las cejas levantadas. Sus ojos y labios eran grandes y los pómulos salientes, la tez morena y tersa. Tendría como veintitrés años. Era la primera vez que la miraba realmente como se mira a una mujer, y sin duda era una mujer atractiva a pesar de no ser una reina de belleza. Abrí los brazos ampliamente y hacia atrás, como lo hacía mi amigo Sambito Williams, y sonreí. Finalmente se me ocurrió algo y dije, tratando infructuosamente de darle un tono de jocosidad a mi voz: —Pues me parece una oferta que no se puede rechazar, Gisela, especialmente cuando las tripas me están gruñendo.

—Pues vamos. Pereira se va a volver loco tratando de adivinar dónde se metió.

Qué bien que eso suceda, me dije para mí. ¡Qué bien!

Conocer a Gisela Mejía resultó ser una bendición y una revelación. Los cuatro meses que viví con ella como su amigo, amante y confidente no sólo sirvieron para mantenerme con vida y resollando, sino que me ayudaron bastante a sacarme de adentro muchas de las frustraciones y algunos acomplejamientos que sentía. Por una parte no era una ignorante como Rosaura, que apenas si leía y escribía, sino que había terminado el bachillerato e incluso estudiado dos años de medicina en la Universidad Central; y por la otra era muy perceptiva y paciente, por lo que no me fue difícil contarle de todas mis vicisitudes y de todos mis temores. No sólo estaba equivocado con respecto a su oficio, era la administradora del Bar Coriano y no vendía su compañía como Rosaura, sino que además tenía aspiraciones de volver a la Universidad y terminar sus estudios. Casi todo lo que ganaba lo ahorraba ya que decía que la medicina era una carrera costosa, a la cual había que dedicarle todo el tiempo.

Lo primero que hizo fue obligarme a hacerme un examen médico, y especialmente a averiguar si estaba infectado con alguna enfermedad venérea.

—Rosaura andaba con muchos tipos —me explicó—, y no es de descartar que alguno le haya pegado alguna enfermedad infecciosa y que también la tengas. Es preferible que lo sepas ahora cuando todavía hay tiempo de curarse que después, cuando ya esté más avanzada y no se pueda hacer nada.

Afortunadamente para mí sólo tenía una infección muy leve que desapareció con una crema que me recetó el médico. Cuando la afección desapareció Gisela me invitó a compartir su cama y ya no tuve que dormir en un colchón en el suelo.

—No me importa lo que diga la gente —me confesó esa noche—, vivo en esta posada porque pago poco y está cerca de mi trabajo. Sabes, el dueño es amigo mío, él está enfermo y acepté encargarme de su negocio porque me tiene mucha confianza. Lo conocí en el Hospital Central, donde yo trabajaba como ayudante de enfermería y él era uno de los pacientes que trataba. Me ofreció un sueldo y un porcentaje de las ganancias y aquí estoy...En parte acepté porque tengo una tía a la que admiro, hermana de mi mamá, que es muy emprendedora y regenta una farmacia en Betijoque, donde vive sola. Ella no tuvo miedo de dejar a sus hijos con nuestra abuela materna en Valera y afrontar ese reto. Hasta carro tiene y ella misma busca sus medicinas en las droguerías de Valera, de aquí y de Barquisimeto, cuando hace falta. Me dije, si ella puede, yo también. Soy de gustos muy frugales y creo que en un año debo tener lo suficiente para volver a Caracas e inscribirme de nuevo en la Facultad. Además no hay muchos empleos por allí que digamos, y hasta que el gobierno no termine de construir todos los hospitales que se han proyectado no habrá muchas oportunidades en esa área.

— ¿Y por qué te viniste a Maracaibo a trabajar en el hospital?

—Es una larga historia, muy complicada…algún día te la cuento…

Otra noche que regresábamos del cine me habló de cómo había conocido a Rosaura.

—Fue poco después que me mudé para acá —me dijo—. Hace como año y medio. Estaba muy borracha y se había quedado dormida a la entrada de su cuarto al que no había podido entrar porque había extraviado la llave. Me la llevé al mío y allí pasó la noche y la resaca. Nos hicimos amigas, por lo que cuando te conoció, me alegré porque me di cuenta que no eras un patán como sus otros novios, que la golpeaban y le quitaban su plata para beber. Ella es una muchacha que ha pasado por muchas cosas para su corta edad. Tenía un hermano. No sé si sabes que la mamá los abandonó de niños en Colombia porque dizque venía a Venezuela a trabajar. Los dejó con una abuela en Cartagena, y al comienzo les mandaba dinero, pero al cabo de un par de años en que no supieron más de ella, ambos decidieron venir a buscarla. Vinieron con un supuesto amigo, que como se dieron de cuenta después lo que quería era meterlos en la trata de blancas. El hermano menor de Rosaura, Alejandro, se enfureció con el tipo cuando vio que había puesto a trabajar a su hermana en un prostíbulo y en una pelea lo mató a cuchilladas. Lo apresaron y condenaron a 15 años en Sabaneta, pero a los tres años allí dizque contrajo tuberculosis y al poco tiempo murió sin haber cumplido los 22. Desde entonces Rosaura vivía como hipnotizada, borracha y sobreviviendo. Tú le diste una pequeña esperanza de humanidad y por eso se sentía agradecida.

Otra vez le pregunté cómo era qué sabía tantas cosas de mi: —Cuando podíamos hablar ella me contaba sobre ti, que eras huérfano, hijo de un gringo y todo eso, así que yo ya te conocía, Eriberto, y me alegré cuando antes de irse vino y me propuso que te ayudara. Ella me había hablado antes de la posibilidad de ofrecerte trabajo en el bar, pero yo no estaba segura de que pudieras adaptarte.

— ¿Por qué? ¿Acaso soy muy bruto para esas cosas?

—No. Simplemente me parecía que eras como muy independiente y muy orgulloso, que no aceptarías un trabajo donde todos te mandaran y hasta te molestaran, como suele ocurrir allí en el bar.

—Pues ya ves que no era cierto. Me adapto a todo. Ahora hasta soy amigo de Pereira, ¿no es eso extraordinario? Fíjate que yo, que antes era seguidor furibundo del Cabimas, ahora también soy fanático del Rapiños. ¿Te gustaría ir a un juego de béisbol? La temporada acaba de empezar.

— ¡Si, podemos ir un domingo en la tarde! Me encanta la pelota. Cuando estaba en la Universidad fui a muchos juegos y era aficionada de los Industriales del Valencia. Hace tres años quedaron campeones en la Central en un campeonato muy reñido con el Oriente y Pampero. Ese año también hubo juegos interligas con los equipos de la República Dominicana. Luego le ganaron al Rapiños el *play off* que se hizo con los equipos de la Liga Occidental. Recuerdo que los barrimos en cuatro juegos. Y como tú sabrás, el año pasado volvieron a ser campeones. Es más, mi pelotero favorito es Teodoro Obregón y sigo el desempeño del equipo por los periódicos.

— ¡Vai Gisela, vos sí que estáis llena de sorpresas!

—Soy de Mosquey —me contó cuando le pregunté de sus raíces—, una vecindad cercana a Boconó, en el Estado Trujillo, donde mi abuelo Rosendo Mejía tenía una hacienda de café muy grande. Mi madre Rosa Inés tuvo que salir muy joven de allí, creo que en 1935, por causa de los prejuicios de esa época. Mi mamá era una muchacha que todavía no había cumplido los diecisiete cuando un primo nuestro que se había ido para Caracas a trabajar regresó un sábado con un carro, un Ford de esos de manivela. El primer carro que llegaba al pueblo, y por supuesto mi mamá y su hermana Julia, que eran de un espíritu muy libre, aceptaron de inmediato la invitación del pariente para ir a pasear en el auto, llevándose con ellos a la hermana menor, Hortensia. Pues todo el día anduvieron para arriba y para abajo en el Ford por la única carretera que había, mostrándole su alborozo a todos los vecinos de por ahí. Pero cuando mi nono Rosendo se enteró del asunto y de lo que la gente decía de mi mamá y de mis tías, les prohibió volver a salir de la casa, por la vergüenza que le habían hecho pasar a él y a la familia. Mi mamá y Julia no aguantaron el encierro. Mi tía se fue a vivir a Valera y mi mamá en la primera oportunidad que tuvo, como a los dos años, se fugó con el primo y se fue para Caracas, donde conoció a mi padre, un porteño que vendía artefactos de cocina y que nos abandonó cuando yo tenía cuatro y mi hermanito tres. En cambio mi tía Hortensia se quedó y todavía hoy sigue siendo una solterona, encerrada en ese caserón viejo de la antigua hacienda, donde vive con mi hermano y un montón de perros y gatos.

—A la jaiva, ¿y de dónde vienen esas costumbres tan extremas?

—Mira, esa gente era sumamente puritana…a Boconó y a esos lados de Trujillo llegó mucha inmigración campesina de Italia, de Portugal y de España, gente que vivía una vida muy recatada desde quién sabe cuántos siglos, a lo mejor desde los tiempos de la Inquisición, cuando quemaban a los que pecaban. Mi abuela decía que ella nunca, cuando vivía con mi abuelo Rosendo como su mujer, llegó a verlo desnudo, ni él a ella. Tenían relaciones no sé cómo, en la oscuridad y tapados por las cobijas, o vestidos a medias… y tuvieron esas tres hijas y un varón que murió de bebé. Lo cierto es que ella no se bañaba desnuda en el chorro, y si era con totuma menos…lo hacía con el camisón de tafetán puesto o con esas fundas blancas tan feas que usaba debajo de su ropa, y con la pantaleta.

—A la jaiva, ¿Y cómo hacía para cambiarse cuando terminaba?

—Bueno, primero era todo un proceso para secarse, y luego cambiarse de ropa interior…aprovechar para terminar de lavar la ropa que tenías puesta y que se había mojado.

— ¿Y no hubiera sido más sencillo taparse los ojos y bañarse desnudo? Vai, Gisela, lo voy a intentar la próxima vez que me duche, pa' que vos veais…Aja ¿y cómo hacía para revisarse cuándo tenía alguna infección en sus…vos sabés, en sus partes íntimas?

—Mira, eso nunca se lo pregunté. Y seguro me hubiera dado mi pescozón, por grosera. Ni ella misma se veía desnuda en esos momentos tan íntimos porque dizque se avergonzaba… y de mirarse en el espejo así, jamás de los jamases…correría el riesgo de quemarse eternamente en el infierno. A mi hermano Fernando y a mí nos obligaban a bañarnos en ropa interior hasta casi los siete u ocho años, y eso porque nosotros mismos nos rebelamos. Mi tía Hortensia sin embargo todavía hoy en día lo hace, y creo que también la muchacha que ella crió, pobrecita, en pleno siglo veinte. ¿Puedes creerlo?

— ¿Y sus hermanas?

—Mi mamá y mi tía Julia no…que va, ellas se quitaron esas ideas oscurantistas de encima como a los quince, desde que empezaron a ver la moda en las revistas de Caracas y a leer escondidas las novelas de Vargas Vilas, que andaban de mano en mano y las chicas se las intercambiaban; y el cine, al que también asistían a escondidas, también les enseñaba que había todo un mundo más allá de esos inmensos cerros. Además la maestra de la escuela que les tocó a ellas cuando cursaban quinto y sexto, que hasta allí llegaron en Mosquey, dizque era muy liberal, y se horrorizaba de las viejas costumbres de la gente campesina de por esos lados.

— ¡Vai, que abuelos tan tiranos!

—No, no, Eriberto, no todo era opresión. Fíjate que mi abuelo le daba a cada una un pedazo de tierra para que sembraran y lo que obtuvieran con la venta de la cosecha, casi siempre caraotas, era para ellas. Con lo que ganaban compraban telas para sus vestidos y se mandaban a arreglar los dientes.

— ¿Los dientes? ¿...y eso?

—Pues ellas cuando había molienda se la pasaban bebiendo espuma y comiendo caña, por lo que después de varios años en ese plan perdían los dientes con tanto dulce. Todas ellas, al igual que mi abuela, usan dentaduras falsas. Se las quitan en la noche antes de irse a dormir y las ponen en un vaso con agua, a remojar. Después de las comidas también se las quitan para cepillarlas y lavarlas, para que no se dañen. ¿Qué te parece?

—Qué desastre, ¿no? Ajá, y con razón vos trancáis la puerta del baño cuando te laváis...pa' que yo no te vea como una viejita desdentada mascando el agua.

— ¡Mentiroso!

— ¿Y dónde está tú mamá ahora?

—Mi mamá se arrejuntó después con un señor de Valencia y allá vive todavía, con él y los tres hijos que le dio. A ella le ha ido bien y de cuando en cuando le escribo. No la veo desde hace tres años, desde que me vine a Maracaibo a trabajar en el hospital nuevo. Mi abuelo Rosendo ya murió y mi abuela vive en Valera con mi tía Julia, y de la gente de Mosquey sólo me quedan mi tía Hortensia, quien en verdad me crió, mi hermano menor Fernando, a quien ella también ha criado, y un montón de primos de los que sé muy poco, ya que la mayoría se han ido a otras partes, a estudiar o trabajar. Uno de ellos estaba estudiando en Bogotá y ahora está en Estados Unidos. Me cuentan que vive en Oklahoma, donde estudia Química. No queda muy lejos de Topeka y de repente si vas por allí lo puedes visitar.

—Sii, como no. Mañana paso por su casa. ¿Y qué ocurrió con la hacienda de caña y café?

—Mi abuelo la perdió. Se la quitó un tal Sarti quien tenía un abasto que surtía de todo a los campesinos de la zona. Mi abuelo era analfabeto y el Sarti ese se aprovechó de que Rosendo Mejía no sabía nada de leyes ni de propiedades y por una deuda, con la ayuda de algún leguleyo tramposo, lo desposeyó de la mayor parte de sus tierras. De broma le dejaron la casa y un pedazo para sembrar caraotas. Me enfurece nada más recordarlo así que dejemos el tema.

A pesar de todo, Gisela tenía una actitud muy positiva ante la vida y eso para mí fue muy reconfortante. Ella como yo, había pasado por muchas penurias, por tragedias personales que no me había contado pero que yo intuía y que a mi manera de ver habían servido para fortalecer su carácter y para que se sintiera más conectada conmigo. Una de las cosas que logró cuando conviví con ella, aparte de enseñarme el oficio de preparar bebidas alcohólicas en el Bar Coriano y hacerme volver a disfrutar el cine, leer la prensa y reintegrarme a la humanidad, fue la de motivarme para que terminara mis últimos dos niveles de inglés en el Centro Venezolano Americano, y de pintura en la Academia de Bellas Artes, y de que no pintara más cuadros por mi cuenta hasta tanto dominara por completo la técnica y que estuviera seguro de lo que hacía. Me convenció para que los cuatro cuadros que yo había terminado estando con ella los llevara a una galería de arte wayúu en el mercado de Las Pulgas, donde conocí a una señora que elaboraba bellísimos pendones guajiros y donde además vendían hamacas, chinchorros y vestidos de confección artesanal.

— ¿Eriberto, y cuál es la diferencia entre una hamaca y un chinchorro? — me preguntó allí Gisela para fastidiarme, pero yo sabía; porque mi abuela y mi madre eran expertas en tejer las camas del guajiro, y yo en ayudarlas, y sólo dejaron de hacerlo cuando vieron que los vestidos se hacían más rápido y se ganaba más. Todavía estaba el viejo telar de estacas arrumado en el patio de la casa aunque muchas veces había pensado botarlo a la basura.

—Vai, la hamaca es compacta y pesada, de un tejido paleteado, mientras que el chinchorro es elástico y de tejido suelto. ¿Vos véis? —le respondí delante de la dueña de la tienda, quien asintió aprobando mi explicación, la cual me ganó un beso en la mejilla de Gisela.

Mis cuadros se vendieron en menos de tres semanas y con el dinero que obtuve de mis pinturas pude comprarme unos zapatos nuevos que buena falta que me hacían, una gramática de la lengua wayúu, alguna ropa y hasta un brazalete de plata para Gisela, al que le mandé grabar una inscripción personal. De paso me compré un libro que la señora de la tienda me dijo que debería leer, la novela Sobre la misma tierra, de Rómulo Gallegos, que trataba sobre los guajiros. Y mucho más importante, Gisela también logró convencerme para que fuera al consulado norteamericano a hablar con el Coronel Baxter; así que un día me decidí y fui a verlo.

Habían transcurrido más de dos años desde mi última visita a esa oficina y seguramente ni se acordaría de mí. Pero al Coronel lo habían transferido a Panamá y ya no estaba en el consulado. No sabía qué hacer y finalmente fui a ver a la bibliotecaria que me había ayudado, la Señora Alice Payton, quien a pesar de los estragos que en mi cuerpo había hecho la vida algo estrafalaria a la cual había estado sometido, y de mi abundante cabello, de inmediato me reconoció.

— ¿Qué pasó con Usted? El Coronel Baxter lo estuvo esperando y varias veces me preguntó si había vuelto. Creo que tenía información sobre su caso, pero por supuesto a mí no me la dio a conocer.

Le expliqué algo de lo que me había ocurrido y me prometió averiguar. Me dijo que trataría de localizar al Coronel para que le informara si había podido obtener información sobre el teniente Woodson, y quedamos en que yo regresaría en treinta días para ver si había alguna novedad.

Cuando regresé de mi visita al Consulado encontré a Gisela llorando en la cama. Al pedirle que me dijera el motivo de sus lágrimas me mostró un recorte de prensa donde destacaba un titular que al momento no entendí, "Joven estudiante asesinada a la entrada de academia". Pero luego al leer la breve reseña periodística, yo también me sentí muy mal, sin saber cómo expresar la angustia que me llenaba el pecho. Decía en la nota que a Rosaura Ruiz, estudiante de peluquería en la Academia de Belleza Paris, un hombre, posiblemente un sicario, le había disparado hiriéndola mortalmente. Ella había fallecido posteriormente camino al hospital. A un lado de la reseña de prensa había una nota a mano en que se leía "Diario de Cartagena, 15-10-1964". Como me explicara Gisela después, una de las muchachas que trabajaba en el Bar Coriano había ido de visita a su tierra por esos días y casualmente vio la noticia en la prensa. Ella conocía tanto a Rosaura como a Gisela y por eso le había traído el recorte esa misma tarde.

Al día siguiente, aun compungidos por la triste noticia, los dos fuimos a ver al abogado que defendió a Rosaura antes de su partida, el cual Gisela conocía, para buscar enterarnos de los detalles del suceso; pero el hombre no sabía nada de lo ocurrido. Tomó nota de todo, y prometió informarnos de cualquier cosa que averiguara, pero por el tono de su voz y la premura con la cual nos despachó dedujimos que de su parte jamás sabríamos nada más del asunto. Nos recomendó no obstante que nosotros no debiéramos interferir en el caso que se le seguía a la autora intelectual por el otro asesinato, el de su marido, ya que como era obvio, ella era una mujer desquiciada y sin escrúpulos. Pero a pesar de sus consejos, fuimos a ver al fiscal acusador y le entregamos la reseña del periódico colombiano. Nos dio las gracias y dijo que de inmediato contactaría a la fiscalía de Cartagena para pedir copia del expediente. Eso alivio un poco la carga de pesar que abrumaba nuestros corazones y nos permitió de alguna manera volver al trajín normal del día a día. Sin embargo Gisela ya no volvió a cantar cuando se duchaba, lo que siempre me alegraba el ánimo y me hacía sonreír.

Quince días después decidimos volver, a preguntar si había noticias. En efecto el fiscal nos informó que no sólo había recibido ya los primeros recaudos del caso, sino que le habían dado a conocer que Rosaura tenía 5 meses y medio en estado de preñez al momento de su asesinato por lo que eran dos las víctimas, y que igualmente habían atrapado al hombre que conducía la motocicleta aun cuando el autor material, ya plenamente identificado, aún estaba siendo buscado.

Salimos de la fiscalía muy perturbados. Gisela y yo no hablamos de ello sino hasta llegar a la pensión. Gisela se sentó a mi lado en la cama y tomándome de las manos me dijo: —No podemos hacer especulaciones sobre quién era el padre de ese bebé…pudo ser el esposo asesinado. Rosaura a lo mejor se descuidó y no se protegió. No sabemos eso ni nunca lo sabremos, Eriberto, así que de nada vale ponerse a pensar en ello.

Me quedé callado. Pero sabía que una de las cosas a las que Rosaura le tenía mayor pavor era a quedar embarazada y en su cartera siempre había por lo menos una cajita de condones. Yo lo sabía, porque cuántas veces no los había sacado y los había contado lleno de celos, uno por uno, mientras ella dormía. Así que no iba a discutir con Gisela un tema tan vergonzoso para mí.

Por esos días, en noviembre, sucedió otro imprevisto; y que, sin que nadie lo esperara o quisiera, terminó con nuestra relación en Maracaibo. El dueño del Bar Coriano murió y de repente hubo que cerrar el negocio mientras se aclaraba la situación con los supuestos herederos del occiso, unos hijos que había tenido con dos de sus concubinas. Gisela se vio obligada entonces a adelantar sus planes de regresar a Caracas y probar suerte en la Universidad. Tenía pensado primero ir a Betijoque y visitar a su tía, donde quizás se quedara un tiempo a ayudarla con la farmacia, y luego quizás ir a Boconó. Me invitó a que me fuera con ella, pero entendí que sólo sería un estorbo y que además yo tenía que esperar a averiguar lo de mi padre y ahora lo de Rosaura, cosa que no le dije. También entendí que era hora de regresar a San Genaro de la Costa y averiguar si había noticias de Kansas. Aún había tiempo de realizar mis sueños. Después de todo, como me había señalado Gisela, yo sólo tenía veinte años recién cumplidos.

Así que después que se fue Gisela rumbo a Betijoque, volví a la fiscalía y con mucha perseverancia conseguí que me dieran la dirección del lugar donde estudiaba Rosaura en Cartagena. Recogí mis pocas posesiones, rematé mi última pintura en la galería de arte y me compré un pasaje de autobús vía Maicao. Iría a Cartagena, a la tumba de Rosaura y de su hijo, y pagaría mis últimos respetos a la mujer que sin proponérselo me había rescatado de una adolescencia oscura, de una juventud invisible, y para mi mayor redención y agradecimiento eterno, me había puesto en el camino a Gisela.

Tal como me habían informado, en la frontera sólo me exigieron el pasaporte para entrar al país vecino. El viaje en carro hasta Maicao transcurrió sin inconvenientes, más o menos cómodo en un carrito por puesto, y sólo comencé a sufrir cuando al filo del mediodía abordé el autobús que me llevaría directo a Cartagena. No estaba acostumbrado a estar tanto tiempo en un vehículo y las casi 10 horas que duró el recorrido me dejaron con todo el cuerpo buscando cama; y como llegamos casi a la medianoche pues así lo hice, alojándome en una pensión cercana a la estación terminal de pasajeros. No tardé mucho en dormirme, ya que realmente estaba agotado tanto física como mentalmente. Ni siquiera tuve tiempo de maravillarme de cómo alguien tan timorato como yo se había atrevido a tanto sin que ninguno de los temores que se escabullían agazapados en mi cabeza, atormentándome silenciosamente, se hubiera hecho realidad durante el viaje.

Pero aun así me desperté sobresaltado. Volví al Terminal y luego de tomar café pregunté por la dirección que me habían dado. Me indicaron cómo llegar usando el transporte público y eso hice, por lo que a media mañana, después de mucho caminar llegué al sitio. Realmente era una peluquería y estaba abierta. Yo me había asegurado de andar vestido decentemente, no fuera a ocurrir que me confundieran con algún matón de barrio, así que entré al negocio tratando de que mi nerviosismo no me traicionara. Me identifiqué ante quien pensé pudiera ser la encargada o dueña, e incluso le mostré mi pasaporte. Le expliqué a qué había venido y luego pasó algo increíble. Ella comenzó a llorar y llamó a las otras dos muchachas, a quienes entre sollozos les dijo: —Es el gringo de Rosaura.

Al rato todos estábamos allí, ellas y yo, sentados, sin duda muy compungidos. —Era mi prima y vivía en mi casa —dijo la que yo había identificado como la dueña—, y aprendía a peinar con nosotros. Cuando la mataron salía a su cita con el médico. Había ahorrado dinero y estaba muy ilusionada con la idea de ser madre. Nos hablaba mucho de Usted, de sus pinturas, de su talento.

Una de ellas se ofreció a acompañarme hasta el cementerio y esa misma tarde fui hasta su tumba. La joven que me llevó se alejó y yo quedé solo contemplando la lápida con su nombre. Le había comprado flores, así que las acomodé lo mejor que pude para que el viento no las desarreglara posteriormente. Recordé tantas cosas de nuestra vida juntos y finalmente, acuclillado allí, me rendí, y sin contenerme y entre sollozos le pedí perdón, por todo; por no haberla querido, por no haberla apreciado, por no haber sido capaz de reconocer su amor, por no haberla ayudado a superar los traumas de su adolescencia, por ignorar sus gritos sordos clamando por compasión, ensimismado como estaba en mis propios delirios.

Más tarde la prima, de nombre Catalina a quien le decían Cata, me invitó a cenar en su casa, donde conocí a la abuela de Rosaura y todo el drama restante de su fatídica existencia. La nona me contó que Rosaura pensaba llamar al bebé Roberto si era varón y Roberta si era hembra.

Durante el regreso a Venezuela no dejé de maravillarme una y otra vez cómo estas personas que dos días antes ni sabían mi nombre, pudieran abrirme su corazón y tratarme como si me conocieran de toda la vida. Me habían reiterado en carne propia una lección tan vieja y porfiada como la humanidad misma, que esperaba no obstante jamás olvidar: todos, sin importar nuestro nivel de vida, pobres o ricos, sabios o idiotas, pasamos por algún sufrimiento no una sino muchas veces durante nuestra existencia. Lo que nos hace fuertes y merecedores del paraíso terrenal, sea cual sea para cada quien, no es nuestra habilidad en evitar los conflictos o en salir ilesos de ellos, sino la voluntad de levantarnos de nuestras caídas tantas veces como sea necesario y seguir adelante con el mismo espíritu de lucha. Ojala esa lección la pueda aplicar en mi propia vida, sin importar los golpes que me puedan derribar y llenar mi boca de tierra, las heridas que pueda sufrir.

10

Al volver a San Genaro de la Costa maleta en mano temprano en la mañana un lunes, después de casi dos años de ausencia, en época de Navidad, me encontré con un par de pequeñas grandes sorpresas. La primera fue que mi casa había sido invadida por el inefable Melvis Beltrán, quien se había mudado allí con su mujer y un hijo recién nacido de ambos. Según pude averiguar por los vecinos, Melvis ahora era un miembro de la Dirección General de Policía (Digepol), ya que había hecho un curso y se había graduado de detective y parece que eso le había convertido ahora si oficialmente en el bravucón del barrio. Parece que después de que yo me fui tan intempestivamente del vecindario, como a los nueve meses él había llegado diciendo que yo dizque le había vendido la casa. Así que cambió el candado de la puerta y al otro día se mudó con todo y mujer. La otra sorpresa fue aun mayor para mí; Sambito se había mudado, o mejor dicho, Zoraida lo había sacado de su casa porque le descubrió la querida que tenía por Los Jabillos y la gorda le echó sus peroles a la calle. Lo primero que me vino a la mente fue qué habría pasado con mi correo, las cartas que me pudo haber mandado la Sra. Shelby desde Kansas.

Así que haciendo de tripas corazón y tratando de calmar mi enojo decidí hablar con la mujer de Melvis, ya que Melvis dizque estaba en comisión y fuera de San Genaro. Me le presenté muy amablemente y sin entrar en discusiones por la casa invadida, le pregunté por las cartas o sobres que pudieran haber llegado a mi nombre o el de mi tío Aimar. Ella me dijo que las únicas cartas que habían llegado, se las había llevado el cartero, ya que ella le había dicho que yo ya no vivía allí y que no sabía dónde localizarme. Igualmente me informó que todos los papeles que estaban en la cómoda de mi cuarto los tenía guardados Melvis. Así que le di las gracias y me fui. Pero sólo caminé hasta la esquina, a la casa de Wilson Leal, que afortunadamente para mí estaba de vacaciones y visitaba a su padre enfermo. Le conté lo que Melvis había hecho y sorpresivamente, ya que no me lo esperaba, enseguida se ofreció a ayudarme a recuperar la vivienda, no sin antes refunfuñar unas cuantas imprecaciones sobre nuestro apreciado compañero de infancia. Me pidió la información pertinente que yo pude recordar, le di los documentos de propiedad que yo tenía en la maleta y quedamos en que al otro día iríamos a la alcaldía a iniciar la solicitud del procedimiento de desalojo. Me dijo que el tío Aimar había sido muy sabio al pasar la titularidad de la casa, que estaba a nombre de mi abuela, al mío, ya que ahora todo sería más fácil. También me dijo que ya él conocía de los detalles del caso porque él estaba en El Mono esos días cuando Melvis se metió en mi casa. Luego hablamos de otras cosas y yo realmente fui más bien parco ante sus preguntas. Me dijo que "El Pelón" Montiel trabajaba como buzo en una empresa de reparación de tuberías submarinas, y que le iba muy bien, que incluso lo habían enviado a Nueva Orleans a hacer unos talleres…Y que ya él cursaba cuarto año de leyes en LUZ.

Luego de ver a Wilson decidí visitar a Zoraida. Sabía a lo que me exponía ya que ella podría suponer que yo a lo mejor conocía de la mujer de Los Jabillos y lo había alcahueteado; pero vai, no me quedaba otro remedio.

Cuando llegué a su puerta ella enseguida me abrazó y de inmediato comenzó a llorar. Nos sentamos en la sala frente al sempiterno espejo de marco de madera acanalada que servía de adorno principal y cuando dejó de sollozar pudimos conversar. Me contó lo que había pasado, detalle a detalle. Cómo ella había ido hasta Los Jabillos pa' convencerse y los había encontrado muy abrazaditos en el porche de la casita que Sambito "le había puesto". —Vértica, ¿Vos podéis creer, Eriberto, más arregladita que mi propia casa?, con su jardincito y todo—, y luego de una pausa siguió: — ¿Y vos sabéis qué me dijo el muy desgraciao?: Vai, Zoraida, no es lo que vos creéis. Es que va a tener un bebé y me dio lástima.

Después que se desahogó le pregunté cómo hacía con los gastos y me dijo que Luisito, el hijo mayor, ya estaba trabajando como mecánico a tiempo completo en una empresa que le hacía trabajos a la Creole, que le pagaban bien y que él le pasaba una mesada. Además ella seguía confeccionando tortas para la venta y una pastelería del centro le compraba diez a la semana. —Vos véis, ese maldito no me hace falta…Que se quede con su cagona parturienta. ¿Y sabéis que después tuvo las bolas de mandar a su mamá, que ya debe andar por los sesenta y pico, a decirme que esa era una costumbre guajira, que los hombres estaban autorizados por la ley a tener varias mujeres como los mormones? ¿Vos podéis creer? Que más bien él había sido muy "con-si-de-ra-do" hasta ahora en sólo tener dos. Le dije, señora me va a perdonar pero yo no soy guajira ni wayuco ni que ocho cuartos…yo soy católica y me rijo por la ley de Dios. Hasta ahí llegó la doñita con su encomienda y mirái, se quedó calladita.

Luego de degustar una buena taza de café y comer un pedazo de torta de plátano en el comedor, bajo la mirada inescrutable de la foto a colores de Rafael Caldera, y de la mirada martirizada de una litografía del sagrado corazón de Jesús, que colgaban de la pared una al lado de la otra, ambas montadas en vidrio, le pregunté si ella sabía algo de lo qué había pasado con mi casa.

— ¡Vai! Se aprovechó de que Sambito no estaba por aquí. Vos sabéis que él cuidaba tus cosas y yo iba a hablar con vos ya que Luisito, mi hijo, piensa casarse pronto y anda buscando casa, pa' ver si nos la vendéis si te váis de San Genaro. Mirá, se metió a medianoche, sin que nadie se diera cuenta. Llegó con un camión y metió sus cosas y listo. Les dijo a todos los vecinos que tú le habías vendido la casa, cosa que nadie le creyó. A sus amigotes dizque les decía que tú estabas perdido por la botella en Maracaibo y que un día de estos aparecíais muerto debajo de un puente sino te mandaban pa' un manicomio. Mirái, el hombre anda armao y es más peligroso que un mono con hojilla. Se emborracha y empieza a soltar tiros. Se la pasa en comisión de servicio por fuera, unos dicen que persiguiendo o buscando a los estudiantes y profesores de secundaria que le dan apoyo a las guerrillas, otros que en casa de su otro frente en Cabimas. Nadie lo puede creer, cómo puede ser tan falso... Líder de izquierda en el liceo y ahora un digepol. Hasta a mí que soy copeyana me da asco ese tipo tan sapo. Siempre me lo dio, pero ahora con más razón...

Llegó otros de sus hijos y la conversación saltó a otros temas. Finalmente, cuando tuve chance, con mucho tacto me atreví a preguntar dónde podría encontrar a Sambito, para saludarlo.

—Verga, ¿dónde más va a ser?, en su nueva casa—, y luego me dijeron más o menos cómo llegar y qué transporte público tomar. Así que, como aún era temprano, dejé mi maleta con Zoraida y salí en busca del zambo, no sin antes informarle que pensaría lo de venderle la casa para su hijo si me marchaba.

—Dile que digo yo que se quede con su zorra, que no me hace falta y que yo ya tengo otro más hombre que él—, dijo Zoraida desde la puerta.

Atravesé buena parte del pueblo primero en autobús y luego en carrito por puesto y caminé un buen trecho preguntando aquí y allá hasta que finalmente logré llegar a lo que me indicaron sería el nido de amor de mi amigo, en los arrabales del pueblo, sino en las afueras. El sol de la tardecita todavía arreciaba entre las nubes y con la caminata estaba bastante sudado. Afuera en la calle estaba estacionada la vieja camioneta de Sambito pero no había nadie en el pequeño porche, sólo dos sillas de hierro con asientos de tiras de plástico azul entrelazado. Noté que en un extremo un par de grandes helechos escondían una hamaca pero también estaba vacía; así que toqué la puerta. Al rato se abrió y desde la oscuridad apareció una joven, como de veinte, con un bebé muy rosadito en los brazos. Yo ciertamente no la conocía, ni nunca antes la había visto, pero ella enseguida gritó entusiasmada: — ¡Samuel, aquí está Eriberto!— y luego con una gran sonrisa cubriéndole el rubicundo rostro me invitó a pasar.

Sambito poco había cambiado. Seguía siendo tan negro como siempre lo había sido y su pelo también, sin una cana. Estaba en franelilla y en *shorts*, como acostumbraba vestirse al llegar a su casa. Después de un largo y emocionado abrazo me presentó a su concubina, de nombre Nereida, quien según pude escuchar era trujillana, de Tuñame y a su hijo, aún sin bautizar pero de nombre Carmelo, como el taita de la madre. —Bueno, dizque es hijo mío —dijo el negro con un gesto como de incredulidad—, pero dice el doctor que suele pasar, y que los demás vendrán uno café cubano, y los demás café con leche...cosas de la estética, vos sabéis.

—De la estética no, Samuel,...de la genética —le corrigió Nereida sonreída. Por lo visto ella era muy avispada y nada tonta.

Luego nos sentamos en el porche, donde enseguida comencé a contarle a grandes rasgos de mis andanzas en Maracaibo, sin referirle lo ocurrido con Rosaura ni ahondar en las intimidades de mi vida con Gisela. Luego él entró a otra habitación de la pequeña casa y al rato salió con un sobre marrón dirigido a mí y aún sin abrir. El remitente era la Sra. Shelby Woodson y tenía fecha del 5 de julio de 1963. Casi 10 meses después de la muerte de Yeici.

Al tener el sobre en mis manos casi de inmediato comencé a sentir un profundo miedo, más que todo a que ella me confirmara que ya no podría aspirar a viajar a Kansas y seguir las huellas de mi padre desde su lugar de origen. Así que con manos temblorosas comencé a romper el sobre desordenadamente. Sambito lo tomó suavemente de mis manos y sin mayores problemas despegó la pestaña y me pasó los dos sobres más pequeños que estaban dentro del de Manila. Uno era de Yeici, dirigido a mí y con una nota en inglés en letras grandes: "*Only in case of my death*". Lo abrí y allí había varios documentos, casi todos en idioma inglés. Al revisarlos por encima pude ver que uno era, extrañamente, una partida de nacimiento mía en original con el nombre mal escrito de Giovanni Spolento borrado y el de Jacoby Robert Woodson superpuesto. Otro parecía la copia de un testamento, y otros parecían ser documentos de propiedad, un sobre con algunas fotos muy viejas, y además una llave que Sambito identificó enseguida como el suiche de un automóvil. Supuse que tendría que revisar todos los papeles luego con más cuidado, quizás hasta buscar a un traductor para algunos.

La carta de la Sra. Shelby si era en español. Era una larga misiva de cuatro hojas que antes que nada me ofrecía excusas por no haber escrito antes, pero según decía, no había tenido tiempo de sentarse a pensar bien qué decirme. Y lo que me dijo volvió a llenar de regocijo mi alma. Me informó entre otras cosas que en vida J.C. había instituido un fideicomiso a mi nombre en un banco local para que pudiera ir a la universidad. Igualmente me dijo que mi abuela paterna, una mujer kiowa, la madre de mi padre, aún vivía. Ella estaba ansiosa por conocerme y para que fuera a tomar posesión de "lo que era mío", por lo que una vez en Kansas, decía ella, podría vivir con cualquiera de las dos, ya que la Sra. Shelby también podría darme alojamiento mientras hacía los trámites para ingresar a la universidad o incluso después puesto que ella también me consideraba como su nieto. Me dijo que no sabía exactamente que había en el sobre anexo que me había enviado. Sólo cumplía con la voluntad de su difunto esposo al enviarlo.

En esos momentos sentí que me habían quitado un gran peso de mis hombros. Me sentí tan feliz que le propuse a Sambito que fuéramos a celebrar y así lo hicimos después de ir a buscar mi maleta en casa de Zoraida, ya que, como había dicho el zambo, "lo consideraría una ofensa si no me quedaba en su casita". Yo sólo pensé en cómo lo tomaría Zoraida cuando lo supiera, aunque yo ya había decidido, así sin más, venderle la casa por cuatro mil bolívares, y esperaba que eso calmara su futura rabieta. Claro, primero habría que recuperarla de ese pequeño monstruo llamado Melvis Beltrán.

Entrando en confianza por primera vez en mi vida con el negro le comenté:
—Mirái, Samuel, y Zoraida no dizque era sagrada para vos… ¿Cómo fue que te agarró tan fuera de base, mi hermano?

—Coño, Eriberto, vos sabéis…Zoraida es la culpable de todo. Ella cree que por que ya tenemos varios hijos grandes, ya a ella como si le hubiera llegado la menopausia entonces significa que ya cumplió y no tiene que preocuparse por satisfacerme sino una vez por cuaresma. No chico. Eso no es así. Ella todavía es joven y uno sigue siendo hombre…sigue con la cachudera. ¿Y entonces? ¿Qué quiere ella? ¿Qué me vuelva monje? ¿O que me conforme con lo que me tire cuando a ella le lleguen las ganas? No chico. Yo necesito tener una mujer que me quiera y que esté lista a complacerme cuando las ganas se junten…Bueno, Zoraida no le entendió así y ahí están las consecuencias…

—Bueno… ¿y Nereida si se acostumbra al calor de San Genaro?

—Qué va, mi hermano, si se la pasa con un abanico pa'rriba y pa'bajo. A ver si reúno unos reales pa' comprar un aire…no vaya a ser que no me aguante la mecha y se me vaya pa' Tuñame.

126

—Vos sabéis —me dijo más tarde Sambito—. La razón por la cual Wilson aceptó ayudarte sin ponerte ningún pero, es porque se la tiene jurada a Melvis. Vai, Wilson le quitó la novia a Melvis, una muchacha de La Playita que también estudia leyes en Maracaibo. Wilson dizque estudiaba con ella y poco a poco la fue enamorando. Cuando lo supo Melvis, vai todavía no era Digepol, lo buscó y se dieron unos coñazos. Resulta que Wilson está en la selección de lucha olímpica de la LUZ y dejó a Melvis todo hinchao, con moraos por todas partes. Vai, el hombre dizque no salió por quince días de su casa…Pero se vengó hace como tres meses. Consiguió unos papeles chimbos donde aparecía una lista de supuestos colaboradores de las guerrillas de Falcón, y el último nombre era el papá de Wilson. Quién lo va a creer, pero al Negro Leal lo tuvieron como tres semanas preso en Cabimas, en el Cuartel. No dejaban ni visitarlo, y vos sabéis que toda su vida el Negro la ha dedicado es a la lucha gremial, a pelear por los derechos de los obreros petroleros, y él, como mi papá, todavía está en la Junta Directiva del Sindicato, en el tribunal disciplinario. Así que a fuerza de protestas y manifestaciones lo soltaron. Pero no lo dejaban tomarse sus medicinas para la tensión y allí mismo sufrió un infarto que casi lo mata y lo dejó muy maltrecho. Nunca quedó claro, pero lo que se dice es que Melvis agregó él mismo el nombre del viejo pa' joder a Wilson…Ni siquiera lo amonestaron.

—Pero me imagino que habrán hecho una investigación —dije mientras me tomaba la cerveza. Estábamos en una fuente de soda donde igualmente servían comidas y bebidas, por lo que ya habíamos pedido algo para picar.

—No, chico, que investigación ni que ocho cuartos. Si el coronel a cargo del cuartel se echa palos con el papá de Melvis. Se la pasan en el club de la compañía bebiendo güisqui del bueno y comiendo langosta importada. Vai, si tampoco es la primera vez. Melvis lleva varias desapariciones en su cuenta. Te acordáis de un muchacho a quien le decían "La pelvis zuliana" por que imitaba a Elvis Presley y lo invitaban a todas las fiestas pa' que bailara…Gutiérrez de apellido creo… pues dicen que entre él y el tipo que anda con él, que de paso dizque es más coño e' madre que Melvis, lo molieron a golpes y después no se supo más del muchacho, que estaba por graduarse de bachiller. El papá, que trabaja en el ferry, lo ha buscado por todas partes y nada…se lo tragó la tierra.

—Vái, Samuel, ya me tenéis asustao. ¿Qué me va a hacer a mi cuando sepa que lo voy a citar pa' sacálo de mi casa?

Finalmente llegó la bandeja de carne a la parrilla, picada con chorizo en una cama de ensalada de aguacate, lechuga, tomate, y cebolla; con patacones al lado. Allí aproveché para plantearle a Sambito el problema que tenía con los restos de mi tío Aimar. Le expliqué que le había prometido llevar sus huesos al cementerio de sus antepasados en Paraguaipoa y quería que me ayudara a cumplir mi promesa lo más pronto posible ya que los dos años para el segundo entierro se habían cumplido.

—Claro, no te preocupéis Eriberto —me dijo—. Hablá con Wilson pa' que te consiga el permiso pa' inhumar su cuerpo y yo me encargo del resto, porque ¿no tendrás pensao que volvamos a hacer lo que hicimos la otra vez, a medianoche y con un palo de agua que se asomaba? Ni locos ¿verdad?

Yo negué enfáticamente con la cabeza y él siguió: —Yo sé dónde vive la señora que nos ayudó con el entierro de tu mamá y tu nona y estoy seguro que no tendrán empacho en hacerlo de nuevo ella y su marido Chepito... Claro, hay que pagarles, y arreglarle unas cositas a mi camioneta, pa'que llegue allá.

Regresamos a casa al filo de las 10. Yo había quedado con Wilson en que nos veíamos a eso de las 8 y media de la mañana en la Alcaldía Municipal y la jornada iba a ser movida, ya que también pensaba llamar a la Sra. Shelby en Topeka, por lo que tendría que visitar la CANTV. Si me quedaba tiempo quizás pudiera ir a la Gerencia de la Compañía a ver si por casualidad no habría algún documento o paquete para mí allí. Afortunadamente contaba con Sambito que por ser ahora un trabajador a destajo podía tomarse el día libre cuando lo necesitaba...y ciertamente yo lo necesitaba, con todas las diligencias que tendría que hacer. Además, tendría que escribirle una carta a la Sra. Shelby, explicándole la razón de mi silencio desde que ella me envió el sobre con todos los papeles. Por lo demás, me echaría en la pequeña cama en la sala de la casita de Samuel y Nereida, y de nuevo volvería a soñar sueños que ya creía borrados de mi vida. Me hubiera gustado ir a echarme en la grama de la torre del oleoducto, al final de la calle de mi casa, bajo el manto de estrellas, pero la caminada de regreso sería demasiado larga.

Cuando me desperté como a las 7, ya Nereida había hecho café y preparaba el desayuno, que por los aromas intuía que sería de arepas andinas y revoltijo de huevos con tomate. Pedí permiso para usar el baño y aproveché para darme una ducha que mi cuerpo recibió como si las tibias aguas del chorro vinieran de alguna fuente de la juventud, robadas de los negros charcos de espeso betún que abundaban en la región. Me sentí tan lleno de energía, con tantas ganas de enfrentar las tareas de la vida que avistaba en los días por venir que hasta sentí ganas de cantar, o más bien de tararear por que en verdad pocas letras de canciones me sabía.

Cuando salimos de la casa después de desayunar comenzó a llover a cántaros, así de repente, como suele pasar en la Costa Oriental del lago. Seguramente sería una lluvia con borrasca, de esas borrascas tan fuertes que se llevan los techos de las casas de zinc y doblegan los platanales, inundando rápidamente los cañaverales cercanos. A los pocos minutos las calles eran pequeños ríos y ya algunos zagaletones se divertían pateando una vieja pelota de fútbol y chapoteando sin importarles empapar sus ropas. Sin duda las mismas costumbres de siempre, mil veces vistas.

Cuando llegamos a la alcaldía poco después de la hora indicada, Wilson Leal ya estaba en la oficina de catastro de la municipalidad, allí frente a la plaza Udón Pérez. Mi nuevo aliado había adelantado el procedimiento de solicitud de desalojo y cuando llegué me llevó ante un funcionario, quien era el encargado de procesar la solicitud Me hicieron firmar la cuartilla de exposición del caso en donde se detallaba lo ocurrido y luego la planilla de solicitud formal. Más temprano Wilson había adquirido las estampillas y había hecho la parte legal, así que ahora habría que esperar a que citaran a Melvis para informarle del procedimiento, y luego, me imagino, a darle unos días para que desalojara la casa. Quedaría pendiente si se entablaba un juicio por daños y perjuicios contra él, que era lo que Wilson quería que hiciéramos.

—No te preocupéis, Eriberto, que a ese coño é' madre lo vamos a joder, pa' que te desquitéis de todas las que te debe —dijo extrañamente Wilson mientras salíamos de la Alcaldía. Yo me quedé callado y pensé para mí que ahora si me quería ayudar, pero no lo había hecho cuando lo de Rosaura, en Maracaibo, que después resultó ser cuestión de vida o muerte. También le dije lo de pedir permiso para exhumar los restos de mi tío y me prometió ocuparse de ello tan pronto como pudiera.

En definitiva yo ya no quería volver a esa casa y cada minuto que pasaba me convencía más al respecto. Así que se la ofrecería ese mismo día a Zoraida para su hijo Luis, quien al fin y al cabo también era hijo de Sambito. —Bueno hermano, si vos queréis… la verda' te lo agradezco—, me dijo Samuel al respecto cuando se lo informé—. Me quita una preocupación de encima, vos sabéis, ya que él quiere llevarse a su mujercita pa' la casa y los hermanos dicen que ni se le ocurra, porque aparte no les cae bien. Eso sería un problema pa' Zoraida y pa' mí, y si vive en tu casa pues no sólo se resuelve el problema sino que está cerca pa' cualquier emergencia ahora que yo no estoy allí. Veré con cuanto puedo ayudarlo pa' que te paguen rápido, ya que vos váis a necesitar plata si te vas…

Lo que tenía que pasar con Melvis finalmente pasó, pero no de la forma como todos temíamos, especialmente yo, que no sabía cómo reaccionaría ante un Melvis ya hombre y armado. Ni siquiera hubo que esperar a que compareciera ante la autoridad municipal. Nadie parece saber nada, pero pocos días después de la denuncia la casa amaneció vacía y las puertas abiertas de par en par. Es decir la mujer de Melvis y su pequeño hijo se habían esfumado con muebles y todo, y sólo había quedado allí lo que me pertenecía. Y lo más extraordinario, no arrumado en un cuarto como uno podría esperar sino con los pocos muebles tal como estaban antes, más o menos, y aparentemente sin que faltara nada. Empolvados y sucios, pero completos. Claro, no me dejó lo que sería el dinero por el tiempo que pasó allí, que a fin de cuentas vino a ser de gratis.

—Mirái, qué astuto —comentó Sambito cuando constatamos lo sucedido—. Pa' no darle el gusto a Wilson…pa' que no lo fuera a demandar, y pa' que no lo fueran a amonestar en la Digepol. Sabía que tenía todas las de perder y evitó el escándalo que Wilson le tenía preparao'…lo dejó con los crespos hechos.

De todas maneras la forma como esto se resolvió alegró mucho a Zoraida, a quien yo ya le había participado de mi intención de venderle la casa a su hijo Luis. De inmediato ella y el hijo empezaron a planificar pintarla y hacerle una que otra modificación. Y claro, a buscar quien les redactará el documento de compraventa, ya que con la colaboración de Sambito igualmente se dieron a la tarea de reunir los cobres para finiquitar el negocio, y de paso dejarme a mí eventualmente en la calle. Pero había que decidir y eso era lo que se me ocurría por ahora. Mientras tanto me quedaría con el negro en su casita y pasaría la Navidad y Año Nuevo con ellos.

11

El otro asunto pendiente, los trámites de la exhumación, tomó unos días pero se pudo lograr sin mayores problemas porque el funcionario a cargo del cementerio era de raza guajira, del mismo clan epinayué, y conocía bien a mi tío. Me dijo que él le había adelantado algo con respecto a que yo mudaría sus restos a Paraguaipoa y que me prestara toda la colaboración.

Pagué los derechos correspondientes y una madrugada en enero, poco antes de clarear el alba, procedimos al rito, llamado anajanaa en lengua wayúu; pero no rompimos el féretro sino que montamos la urna cerrada, que aún se veía firme, sin fisuras de ningún tipo, en la furgoneta que Sambito había contratado. Según entendía, allí llevaríamos el féretro hasta la finca abandonada, donde se limpiarían los huesos si era factible y si no, se incineraría el cuerpo, y luego haríamos el ritual de costumbre con las cenizas. Sambito y yo iríamos delante en su camioneta, señalándole el rumbo al otro chofer, supongo. En la batea de la vieja Chevrolet *pickup* 52 nos acompañaban Chepito y la señora de la primera vez, quien ciertamente era su mujer. Ojala y no vaya a llover al igual que hacía dos años y pico con los restos de mi madre y de mi abuela, me dije para mí cuando salimos, porque el cielo estaba algo encapotado.

De todas maneras en esos días de espera por la exhumación yo había intentado hablar varias veces con la Sra. Sheryl sin ninguna suerte. Las operadoras de larga distancia me informaron que probablemente se hubiera mudado y cambiado el número de teléfono, lo que era muy posible dadas las circunstancias. Eso por supuesto me planteaba el problema de que si le escribía corría el riesgo de que la carta no le llegara, por lo que se me ocurrió enviarle un telegrama solicitándole su nuevo teléfono y dirección, si se había mudado. Pero aún no obtenía respuesta. Esperaría a regresar de Paraiguaipoa para enviarle una carta de todas maneras, ya que quizás el cartero de allá si supiera su nueva dirección.

El viaje por carro a las tierras ancestrales wayúu de mi familia, por decirlo de una manera, resultó tan tedioso y cansón como la primera vez. A ratos a Sambito le daba por conversar, más que todo cuando la carretera era más o menos recta y sin tantos vericuetos o huecos. El paisaje no era nada de resaltar, aparte de los lugareños que de vez en cuando se veían a los lados de la vía tratando de vender alguna mercancía o producto autóctono. En una de esas tandas me contó sobre sus padres, de quienes en verdad yo sabía muy poco.

—Mi viejo era trinitario, llegó a Venezuela por Oriente, con las primeras cuadrillas de obreros antillanos que trajo la Shell por allá por 1920, creo. Nació en Williamsburg, y cuando llegó aquí hablaba muy poco español. Después de dar vueltas por varios campos petroleros de Anzoátegui la Compañía lo mandó pa' la zona de Santa Rosa en Cabimas, como capataz de una cuadrilla. Eran obreros muy sumisos, que vivían casi como esclavos, en barracas, y vos sabéis que los de aquí los odiaban porque les quitaban el sustento y no se quejaban de nada; especialmente los pescadores que empezaron a notar como las costas se llenaban de petróleo y arruinaban la pesca, y los agricultores andinos que venían a buscar trabajo y se encontraban con que ya las plazas estaban ocupadas por toda esta gente que ni siquiera entendía lo que uno les decía. Mi papá poco a poco aprendió a hablar el español y pa' completá, a los tres años aquí se enamoró de una mujer del mismo clan de tu tío, el de los venados, o de los burros, dicen otros.

Eso fue un lío pero finalmente él pagó lo requerido y se casó con ella, con mi mamá pues. No sé cuántos chivos y vacas. Luego se nacionalizó, recién yo había nacido; y terminó metiéndose de lleno en la cuestión gremial porque ese sí que no le tenía miedo a las tropas que mandaba Gómez pa' matar las huelgas, y así con todo y su hablar enrevesao los obreros lo seguían. Se hizo muy amigo del viejo Leal, el padre de Wilson, y juntos lucharon en el sindicato por muchas de las reivindicaciones que finalmente lograron los obreros criollos...me han dicho que lo de los economatos fue una pelea de mi viejo. Fijáte que hasta lo condecoraron hace un par de años. El va pa' los 70 y vai, todavía está metido en eso aun cuando está jubilao y es un cargo honorario.

—Así que vos habláis guajiro? —le pregunté, medio envidioso.

—Si mi hermano, mi mamá me hablaba sólo en su lengua wayúu, y mi papá en un papiamento que a veces era inglés revuelto con español, o en el poco español que sabía en esos años.

— ¿Y ellos en qué idioma se hablaban?

—Mirái vos...imagináte...los dos hablaban mal el español. Será por eso que todavía viven juntos, porque nunca supieron como insultarse y que el otro entendiera el insulto. A mí me salvó la escuela, si no, imagináte que clase de español hablaría. Sería como el turco Rashid a quien ni los turcos le entienden lo que dice cuando se encuentra con uno de ellos…y menos cuando está borracho.

Cuando las conversaciones morían, Sambito trataba de que se escuchara la música de alguna emisora de radio local o colombiana. Por lo visto le encantaban las cumbias y los vallenatos, que a mí me parecían sino desagradables, demasiado bullangueras. Bueno, eso no era de extrañar porque mis gustos en música eran bastante limitados. Me gustaban las baladas, igual las de Pedro Infante que las de Paul Anka y de los Platters; las rancheras de Miguel Aceves Mejías, el *rock and roll* de Elvis Presley, Chubby Checker y cantantes similares cuyos nombres ni siquiera sabía, bueno, y los nuevos grupos ingleses como los *Beatles*. También me gustaba la música llanera de Adilia Castillo y más la de Juan Vicente Torrealba. Pero en realidad no conocía mucho sobre el tema, y apenas en los dos últimos años es que había venido a medio empaparme del ambiente musical, especialmente en el tiempo que pasé con Gisela, quien si era una amante de la buena música y que incluso escuchaba algo para mi totalmente nuevo y a veces intrincado como lo era el jazz. Lo que sí sé es que desde muy muchacho le cogí animadversión a las gaitas zulianas y cada vez que escuchaba alguna me traía malos recuerdos.

Cuando llegamos a la finca abandonada cerca de las 11 de la mañana, me esperaba una gran sorpresa. El sitio estaba invadido por no menos de cincuenta personas distribuidas aquí y allá en tarantines de troncos y ramas con techos de paja de espadaña, enramadas que llaman, con hamacas que colgaban por todos lados y hasta un corral con chivos y terneros que a pleno sol meridiano lucían tan asombrados como yo de lo que pasaba a su alrededor. También había un destartalado bus y varias camionetas, más viejas que la de mi amigo, que ya era bastante. Sambito me dijo que no me preocupara, que eran gente del clan de Aimar que venían a acompañarlo en su despedida. Qué bien, me dije para mí, y yo que esperaba un funeral más bien íntimo, lo más expedito posible…por lo visto la cosa era en serio y sería para largo.

—Vos sabéis que al viejo Aimar le gustaba cumplir la tradición —explicaba Sambito—, aunque no creyera mucho en eso. Él decía que lo de repartir comida en los velorios era una costumbre maldita porque los guajiros serios vivían solo para morir bien y no se ocupaban de vivir. Y que a medida que el guajiro se mudara a las grandes ciudades eso iba a desaparecer. Él ya no tenía una finca pa' mantener ganado así que guardó la plata pa' comprarlo y tenerlo listo a que Chepito para su anajanaa. Decía que no creía en todo esto, pero que había que hacerlo por si acaso…

Entre Chepito y varios de los hombres presentes sacaron el ataúd de la furgoneta y lo colocaron en la parte de atrás de la casa, sobre unos burros de hierro. Luego con mucho cuidado, me imagino que para no romper el vidrio ni violentar en demasía el cadáver, se procedió a tratar de abrir la parte superior del ataúd con unas pinzas que el mismo furgonetero había suministrado. Al cabo de un rato de laborioso empeño lograron abrir la compuerta encorvada y al poco tiempo comenzó la procesión de los visitantes que a la manera de los alijuna, querían ver al occiso una última vez antes de que se procediera, en la noche, según me había informado Sambito, a la incineración. Unas palabras me llamaron la atención porque a cada rato las decía Sambito a quienes se acercaban, "*anshi piá*", que después supe era un saludo mortuorio que significaba algo así como "has llegado, o ya llegaste". Después de verlo y tocarlo, la señora de Chepito consideró que sería muy complicado descarnar el cuerpo dado que este se había conservado muy bien y era más conveniente utilizar el fuego.

A todas estas ella ya había entrado en acción y enfundada en la misma bata que había usado en el entierro de mamá y la abuela, había avivado el fogón y en una caldera negra inmensa preparaba lo que sería un sancocho de chivo. Según pude constatar, en el resto de la ranchería también habría fogones para el mismo fin, de modo de poder darle de comer a todos los comensales que se esperaban durante el día y la noche. No lejos de allí su marido había montado una tabla gruesa sobre otros dos burros de hierro y preparaba los cuchillos sin duda para destajar los animales traídos del corral que irían en el calderón. Cuando comenzaron los primeros berreos me alejé a recorrer el resto del campamento, que poco a poco iba aumentando de tamaño.

—Deben venir como cien guajiros —había calculado Sambito—. Ahorita hay como treinta lumas…bueno, enramadas con techo e' paja.

Mientras pasaba entre las rústicas viviendas ante las miradas subrepticias y al mismo tiempo escrutadoras de los silenciosos parientes, pude notar que en una de las lumas varias de las mujeres estaban sentadas y otras paradas delante de un telar casero, elaborando lo que parecía un manto con una pictórica campestre. Después Sambito me informaría que era el que se usaría para cubrir el cuerpo de Aimar antes de proceder a su quema.

—Todo el mundo sabe quién eres vos, hasta los chicuelos que ves corriendo por ahí…el hijo de Rina y del alijuna gringo. No te hablan pero te respetan, Eriberto, así que no tengáis temor de que algo te pueda pasar aquí. Y tené presente que los gastos de todo, los chivos, las terneras, el miche, las patillas que están allá apiladas, las tejedoras, la tanquilla de agua, las múcuras, los platos de peltre, todo, ya lo pagó tu tío. Él me dejó la plata p'al festín porque sabía que este día llegaría. Me la dejó a mí porque no estaba seguro si vos estarías por aquí o si ya te habrías ido al norte...pero tú eres su representante más cercano, su heredero único, así que vos sois en verdad el anfitrión. Mirá, hasta la letrina la parapeteamos, con todo y poceta, pa' la gente fina como vos que no sabe cómo hacer pupú en un peladero...

¿Qué haría yo sin Sambito? Él había dicho como cien guajiros, pero sería más bien como cien familias guajiras...la gente llegaba y llegaba, sin cesar, acomodándose como mejor podían cerca de la vieja casa. El fogón no dejaba de arder, soltando humo como si fuera la fumarola de un pequeño volcán por explotar, y como a las tres de la tarde se comenzó a repartir la primera olla de sancocho de chivo, cada ración acompañada con medio plátano y una buena rodaja de patilla. El sitio parecía más un campamento minero que otra cosa y ante el fresco olor de la carne cruda ya se veían docenas de zamuros dando vueltas en el cielo, todavía temerosos de acercarse a los montones de hueso, vísceras y pellejo ensangrentados que adornaban un lado de la casa. Un anciano cuyos ojos apenas se veían en su cara arrugada se me acercó sonriente y señalando su plato lleno de trozos de carne con hueso me dijo algo como "*kaa-ula jemetaa*, bueno". Yo también le sonreí y asentí con la cabeza. Sinceramente deseaba que el tiempo volara y que todo este fantasmagórico espectáculo terminara. Sambito, que sabía que yo no dormía en chinchorro, había traído un catre al que le montó un colchón todo descosido y que ciertamente para nada invitaba a uno a echarse en él, menos a dormir. Pero después que yo también me comí un plato de *kaa-ula* bueno, el cansancio me venció y allí me quedé dormido, deseando que todo pasara, que todo pasara.

De pronto soñaba. Me encontré en una tienda de campaña lujosamente decorada montada por esclavos de piel morena en un esplendoroso oasis de un lejano y desértico país. Desde una mesa a ras de tierra se percibían los sabores de diversos manjares y unas bellas odaliscas ofrecían un vino ambarino y burbujeante, parecido a la champaña. Allí estaba mi abuela, parada como una estatua griega, su rostro adusto, con un vestido de mujer en las manos; a su lado sentada en el piso mi madre diciéndome *achon, achon* una y otra vez. Más allá mi tío Aimar, acariciando a un ciervo, como si lo arrullara. También Yeici, señalándome el camino del mar y en su horizonte unas islas casi perdidas en la bruma. Sentada en el centro de la tienda entre grandes almohadones estaba Rosaura, bella y angelical; como jamás la había soñado. Me invitaba a sentarme con ella y disfrutar de los exóticos platos, mientras susurraba con voz acariciante —No se preocupe mi príncipe que yo lo cuido—, y antes de que terminara de hablar, apareció el rostro angustiado de Gisela que me advertía de algo…de repente se desató una tormenta de arena que arrasó con todo y me empujó al suelo, quedando allí inerme y con la boca llena de tierra; tierra que sabía a betún, que sabía a salitre, que sabía a gusanos.

Sambito me despertó entrada la noche. El calor no cesaba ni cuando el sol se escondía, pero los hombres y mujeres que velaban a mi tío estaban acostumbrados al despótico clima de esos montes, donde a esa hora la tuna y el cují llenaban de un verde oscuro mentiroso los espacios, y las lagartijas corrían de hueco en hueco a esconderse apresuradamente de las lechuzas. En el lejano horizonte, hacia el oriente, ya el relámpago del Catatumbo había empezado a vibrar, una y otra vez, seguramente descargando su fiereza sobre las aguas siempre intranquilas del lago.

—Vos sabéis que los wayúu dicen que los rayos son la presencia de los espíritus de los guajiros caídos que resplandecen para enviarnos mensajes desde las alturas —dijo Sambito—. Debe ser que Aimar está contento.

—Ya es hora de sacar al difunto y montarlo en la cama. Todo está listo para echarle candela —agregó luego. Por el olor que despedía su aliento había estado bebiendo, pero no parecía que eso le afectara mucho.

—Ya los rezanderos y palabreros están rezando —continuó—, y sólo falta que vos, que sois el pariente más cercano, comience a abrir el resto de la urna pa' sacar el cuerpo. Está acostado sobre una lámina de lata con agarraderas laterales por lo que ello no debe ser muy difícil si se hace entre cuatro.

El aroma de la carne aliñada cocinándose se sentía por toda la ranchería. Las terneras que estaban en el corral obviamente habían sido sacrificadas y varias partes comestibles colgaban de unos ganchos al lado del fogón donde se doraba y se ahumaba la carne. A pesar del inmenso fulgor realmente no se veía mucho aparte de lo más cercano, aunque si uno observaba con cuidado podía distinguir luces que podrían ser de lámparas de aceite que alumbraban las lumas, aparte de las fogatas que igualmente servían de fogones y para mantener alejadas a las alimañas.

Afuera estaba Chepito con las ganzúas listas para abrir la parte inferior del féretro, pero en realidad no hicieron falta ya que el furgonero, que aún andaba por ahí, manipuló algún mecanismo escondido y todo se hizo más fácil. La señora de Chepito me tocó por un hombro y me entregó un tapaboca, haciéndome señas para que me lo pusiera; luego me pasó un par de guantes de plástico y de igual manera me indicó que los usara para manipular los restos. De nuevo me sentía como un autómata, realizando tareas que jamás hubiera hecho por propia voluntad. Tenía la mente en blanco y sólo seguía las instrucciones que Chepito igualmente enmascarado me hacía con sus gestos desde el otro lado de la urna. En pocos minutos, que a mí me parecieron una eternidad, sacamos el cerúleo cadáver, levantando limpiamente la lámina que separaba su cuerpo del fondo de la urna. Por lo que pude ver en los instantes en que la mirada me traicionó, el viejo Aimar se había conservado muy bien en los dos años de reposo mortal y sólo presentaba pequeñas llagas por toda la cara, que no obstante parecía como si le hubieran extraído toda la pulpa, dejando sólo la cáscara. Eso era lo único visible del cuerpo.

Con mucho cuidado lo trasportamos al mesón que le serviría de cama y allí lo acostamos de nuevo. Me aterraba que se fuera a desmembrar y yo tuviera que acomodar las partes, pero eso no sucedió. Abigail, la esposa de Chepito cuyo nombre finalmente averigüé, lo cubrió con la manta que las tejedoras habían tejido y que había sido rociado previamente con un destilado de panela que llamaban *yotshi* o *chirrinchi*. Comenzó a orar, por lo que enseguida la gente que circundaba la pequeña choza fúnebre, algunos de ellos piaches, le hizo coro, en *wayúunaiki* por supuesto, recitando oraciones que para mi vergüenza yo seguía sin entender. Nada había aprendido con el libro fúnebre que Gisela me había regalado.

Después de un tiempo, como una hora, se me pidió que diera inicio a la incineración. Sólo toqué la manta con un tizón enrojecido y en segundos las llamas envolvieron el cuerpo al que igualmente Abigail había rociado con un acelerador del fuego. Mientras esto ocurría las mujeres formaron un círculo a su alrededor y con las caras tapadas por las manos entonaron cánticos y lo que parecían salmos, aunque de vez en cuanto se escuchaba como un ulular.

Mientras el cuerpo se quemaba en su totalidad la gente comía carne con yuca y bollos, y bebía ron. Yo no llevaba la cuenta de las terneras sacrificadas ni las botellas consumidas pero la comelona se prolongó hasta la madrugada, cuando justo antes del amanecer se me pidió que recogiera las cenizas que quedaban en la lámina de lata. Abigail me entregó una pequeña pala cuadriculada y con las manos enguantadas procedí a transferir los restos de mi tío a una vasija de barro de como un metro de alto finamente adornada con la misma ilustración de venados pastando en un idílico campo que había visto en la manta tejida el día anterior. Una vez culminada la recolección en la que había restos de huesos que no se habían consumido por completo, Abigail le puso una tapa a la vasija y de inmediato se procedió a limpiar el mesón con agua. Luego se me indicó que había que proceder a llevar la vasija al cementerio wayúu, para lo cual se le colocó una especie de arnés que permitiera llevarla entre dos personas. Así que de repente marchaba de frente a un sol refulgente animado por los vientos tempraneros, camino a las próximas colinas. Me seguía todo el gentío que nos había estado acompañando desde la tarde anterior; presto a completar la última fase del adiós de Aimar al mundo de la carne y de su paso al mundo espiritual, al jépira, al paraíso de los guajiros más allá de la sierra de Perijá.

Después de completar la que vino a ser la tarea más extenuante, y de luego recibir cientos de abrazos de toda la comunidad epinayué, finalmente, a media mañana, sólo quedamos en el lugar Sambito, Abigail, Chepito, el furgonero de nombre Martín, y yo. Toda la comida se había acabado y todos se habían ido, muchos de ellos insatisfechos ya que querían que el festín siguiera. Nos acompañaban decenas de zamuros y perros salvajes que sin temor alguno ahora organizaban su propio banquete con los restos de comida que quedaron por doquier.

Se recogió lo que había que recoger. El furgonero Martín se ocupó de poner todas las botellas vacías en las cajas de donde se habían sacado ya que según nos dijo, después las vendería con los barriletes a la empresa fabricante del ron. Pero aun así, el área quedó adornada con cientos de colillas de cigarros, platos, vasos de cartón y papel de periódicos embadurnado de excrementos humanos, que seguramente la fuerza de los remolinos y de los ventarrones que por esos lados soplaban se encargaría de distribuir por toda la sierra, por la hoya lacustre, y sin duda hasta las mismas orillas del lago de Maracaibo. Pero mi tío Aimar estará feliz donde quiera que su espíritu se encuentre, sea con sus antepasados, reencarnado en otro organismo, o con el ente centellante y Místerioso que alguna vez creó el universo y del cual habla la literatura rosacruz que él solía leer. Aunque, a decir verdad, esa creencia de encontrarse uno con los antepasados al morir me parecía un poco difícil de tragar. Si cada quien cumple con ese precepto al pasar a mejor vida, pues me imagino que en él análisis llevado a sus consecuencias lógicas extremas significa reencontrarnos en el paraíso o con Adán y Eva, si creemos en lo que dice el Viejo Testamento o cualquier libro sagrado, o con el hombre del Cro Magnon, o más lejos aún, con los monos, si somos consecuentes con las teorías de Darwin sobre la evolución. Parece como mucha gente en cualquiera de los dos casos ¿No? Claro, podríamos ir aún más lejos y llegar hasta el inicio de la vida misma en un charco cenagoso. Lo que vendría a ser como absurdo.

12

De regreso en San Genaro de la Costa fui al correo y no había ninguna novedad. Al día siguiente por la mañana me trasladé a las oficinas de La Creole en Los Jabillos para averiguar si por casualidad allí tendrían alguna información que fuera de mi interés, especialmente en la Gerencia de Mantenimiento donde laboraba J.C. Woodson. Al verme la secretaria, una señora como de 40 años, se alegró mucho y me dijo que necesitaba hablar conmigo y que se desocupaba en unos treinta minutos. Mientras ella terminaba de hacer lo que en ese momento requería su atención, me acerqué al área del club, sentándome cerca de la piscina. Al rato comencé a recordar los buenos momentos que había pasado allí, cuando mi mamá me llevaba a compartir con los hijos de Yeici, usualmente los sábados por la tarde. Yo tendría cinco o seis años cuando la alberca era nuestro pequeño paraíso. Ellos me hablaban en inglés…y yo les respondía en inglés, sin saberlo…

—*Come on, Bert, pass me the ball!*

—*There it goes…catch it!*

—*Let me have it, let me have it!*

—*No, no…It's mine, it's mine. You gotta take it from me!*

—*Come on, Bert, that's not fair…give it to me!*

—*No way…There it goes, Johnnie…it's all yours!*

—*Come Cynthia! Come with me, we'll play by ourselves with the ball…We won't let them play.*

Increíble. Yo había olvidado todo eso. Los juegos en el agua. En el patio. Cómo defendía yo a Cynthia de sus hermanos, cuando no querían jugar con ella o la molestaban. Cómo ellos la empujaban a la parte más honda de la piscina y ella se asustaba y yo saltaba enseguida a sacarla, y ella se aferraba a mí, llena de pánico. Cómo ella me abrazaba y me besaba en un cachete cuando me iba con mi mamá. Como ellos decían que Cynthia dizque estaba enamorada de mi a esa corta edad.

—*Cynthia likes Bert!, Cynthia likes Bert*! —le repetían en su cara para molestarla, y ella se ponía rojita como un tomate y se metía en la casa.

—*Mummy, mummy* —gritaba Jonathan, cuando llegaba su madre a buscarlos a la pileta—. *Cynthia has a crush on Bert!*— y la señora Sheryl simplemente sonreía y decía: —*Oh really?*

Lo tenía todo en mi cerebro...guardado en algún oculto rincón. Esas estadías nocturnas en la residencia de los Woodson. Yo me quedé en esa casota muchísimas veces...ciertamente jugué cientos de veces con esos niños...ellos me enseñaron inglés, claro, y por alguna maniobra insondable de mi personalidad había elegido borrar ese conocimiento de mi memoria...sólo que aún estaba allí...esperando salir a flote, liberarse...con razón se me hacen tan tediosas y elementales las clases del Centro Venezolano Americano...oh, qué patético soy, seguramente también habré escondido la lengua de mi madre...seguramente también el wayúunaiki estará allí, presto a saltar en cualquier momento.

Concentrado en estas cavilaciones me encontró la Sra. Margarita, la secretaria de la Gerencia de Mantenimiento.

—Qué bueno que vinistéis, muchacho de mi alma —me dijo—. No sabéis cuántas veces he preguntado por vos y nadie sabía decirme nada. Vení, acompañáme a la oficina. La seguí y una vez allá me pidió que me sentara, mientras buscaba en un archivo, de donde finalmente sacó un sobre.

—Yo se lo dije a Melvis Beltrán, quien tengo entendido era tu vecino. El estaba una tarde tomando en el bar con unos amigos. ¿No te dijo nada? Hace como seis meses—. Yo negué con la cabeza y ella se mostró extrañada. Claro, nada lograría con decirle que él simplemente no me consideraba una persona.

—No sé si vos sabéis que el señor Woodson, que en paz descanse, tenía aquí en San Genaro unas acciones de una empresa de reparaciones e importaciones de maquinaria petrolera, y las utilidades de las acciones se las depositaban en una cuenta en el Banco Unión. Al saberse de su muerte el banco indagó en el consulado y una vez que le confirmaron de su deceso, los haberes de la cuenta pasaron a quien él había nombrado como su heredero en la planilla de datos. Esa persona sos vos Eriberto, y el banco no sabían a quién entregarle el último estado de cuenta. No te encontraron en la dirección que aparecía en la planilla y me la trajeron a mí. Así que tomá.

Finalmente me entregó el sobre dirigido a mi nombre con el logotipo de la institución bancaria. Con sonrisa de amable complacencia y los ojos más abiertos que de costumbre, me dio a entender que ya podía irme y revisar el sobre cerrado a solas y a mi conveniencia. Le di las gracias y salí casi corriendo a sentarme en la grama adyacente de una las veredas vecinas, ansioso por ver cuánto había en esa cuenta a mi nombre.

En la breve misiva se me indicaba que dadas las circunstancias debía pasar por la sede principal del banco a completar información referente a mi persona y para que se me entregará la correspondiente libreta de ahorros. Luego aparecía que en la cuenta tenía un total acumulado a la fecha de Bs. 12.321,25.

— ¡Vergación! —me dije en voz alta—. ¡Soy un hombre rico!

El viejo Yeici tenía más trucos que el mago Houdini.

Llegué al banco poco antes de las doce, y después de hablar con el gerente supe que ya me habían entregado una correspondencia en la dirección que aparecía en la planilla y que la misma había sido recibida por alguien allí, alguien con firma ilegible, que de inmediato supuse habría sido Melvis, pero que luego extrañamente nadie había venido al banco. Luego me llevó ante uno de los funcionarios de atención al público y le dio las instrucciones pertinentes, de modo que en poco tiempo salí de allí con mi flamante libreta de cuenta-ahorrista. Mi primera cuenta de ahorros, vergación, Sambito no lo va a creer. Y claro, Melvis se habrá muerto de la envidia y habrá resucitado aún más envidioso después de haber visto ese primer reporte. ¡Qué bien que se le atore hasta por el trasero! Y no me extrañaría que ya hubiera averiguado el valor de las acciones de Yeici, que debe ser un platero. Sí, que bueno…yo le había cumplido al viejo Aimar, eso me hacía sentir súper satisfecho. No había recibido respuesta de Kansas, pero aun así Yeici me estaba abriendo el camino para la tarea pendiente. Tendría que ir al consulado en Maracaibo a averiguar si había noticias de Panamá. Y vergación, tenía que dejar de decir vergación.

Mientras tanto Zoraida y su hijo Luis ya tenían listo el papeleo para la compra de mi casa. Yo no sabía qué hacer con los pocos muebles que tenía allí, así que también se los ofrecí a precios de remate. Revisé lo que podía ser útil y lo que era prácticamente basura. En esa revisión me di cuenta que de los papeles y libros que yo guardaba en mi cuarto y en el comedor muchos habían sido sustraídos, sin duda por mi querido Melvis. No sé por qué ni para qué se habría llevado revistas viejas y papeles sin valor, algunos escritos, pero seguro que no sería para nada bueno. Hasta varios afiches habían desaparecido. Los destartalados libros de Aimar, unos veinte, trataría de devolverlos a la logia rosacruz local. Le comenté más tarde a Sambito lo de la desaparición y a él también le pareció muy pero muy extraño

—Mirá primo —dijo—, conociendo al individuo hay que estar pendiente, no sea que te esté montando alguna olla con la Digepol, como la que le montó al papá de Wilson. Mijito, ese no se va a quedar tranquilo con que lo hayas desalojado de la casa así como así…algo estará tramando.

Días después se confirmaron nuestras sospechas cuando me llegó a la casa de Sambito en Los Jabillos un citatorio para que acudiera a la oficina de la Dirección General. Vergación, hasta saben que vivo con el negro. Se la llevé a Wilson, quien seguía en San Genaro pendiente de su viejo, y él se buscó un amigo suyo, ya graduado, para que fuera con nosotros a la cita. Cuando acudimos a la Digepol, en la calle frente a la sede había como cien guajiros, que según Sambito, quien parecía liderarlos, estaban ahí "pa' que sepan que no estáis solo, Eriberto".

En la central me informaron que sólo se trataba de una supuesta averiguación de oficio. Dos funcionarios con armas que les colgaban del hombro, uno sentado detrás de un escritorio y el otro parado en una esquina, harían la supuesta entrevista. Básicamente dizque querían saber cuál había sido el propósito de mi visita reciente a Colombia, si yo tenía o había tenido relación con algún ente subversivo, o si era actualmente miembro del Partido Comunista, del MIR o grupos similares. Incluso me preguntaron por qué había venido con un abogado, a lo que respondí que simplemente por precaución, puesto que había escuchado suficientes historias de personas desaparecidas o a quienes se les había levantado falsos testimonios y que por lo visto había gente inescrupulosa en el gobierno que se ocupaba de fabricar expedientes, como el que le habían fabricado al padre de Wilson. Y en cuanto al gentío que estaba afuera, les dije que yo había sido el primer sorprendido al verlos allí…pero que era una vieja costumbre wayúu el velar por la seguridad de los miembros de la comunidad guajira a la que se pertenecía.

—Ustedes saben, yo soy guajiro —les dije—. Si se meten con uno se meten con todo el clan—. Todo esto lo expresé de mi propia inspiración y enfatizando ciertas palabras, y yo mismo no me creía cuando me escuchaba.

—Muchacho, —me dijo Wilson admirado cuando salimos—, los dejásteis fríos a ellos y a mí con esa declaración…—. Yo sólo pensé que una vez más Melvis se habrá quedado con los crespos hechos…comiendo mandocas crudas.

Al respecto, entre risas me dijo Sambito más tarde: -- Vos sabéis que vos sois el guajiro menos guajiro del mundo…

¿Por qué lo decís? --, le pregunté.

Ajá, escuchá…¿Alguna vez en tu vida algún guajiro de verdá, de carne y hueso, desconocido para vos, se te ha acercado y te ha hablado en lengua wayúu como si te conociera de siempre..?

-- No…

-- Vai, ahí tenéis…A mí eso me pasa a cada rato, desde la escuela primaria. Los guajiros olemos a otros guajiros, y no me lo toméis a mal, pero pa' decíte la verdá, vos no oléis ni a zuliano Eriberto…

Al día siguiente Sambito me llevó a Maracaibo. Fui primero hasta el consulado a ver si la Señora Alicia habría localizado al Coronel Baxter. Como siempre ella fue muy amable y enseguida me atendió. Me dijo que en efecto había podido comunicarse con el Coronel y que este le había enviado un sobre a mi nombre. Fue a buscarlo en una gaveta de un armario cercano y de inmediato me lo entregó. Por supuesto le di las gracias y salí a buscar a Sambito que me esperaba afuera en el pasillo. Me senté y abrí el sobre. En él había un informe del Cuerpo de la Marina de los Estados Unidos donde por lo que entendí se concluía que el status del ahora capitán Woodson seguía siendo *Missing in Action*, (M.I.A.), es decir que no se podía certificar plenamente su deceso y que seguía "desaparecido en acción". No obstante, además de la medalla al valor que se le había conferido también se le había distinguido nombrándolo capitán. También me había enviado su historial militar desclasificado, y algo que me llamó la atención fue que allí decía que mi padre había sido enviado a Maracaibo en noviembre del 43 en comisión de servicio desde la Zona del Canal de Panamá, ya que su barco había atracado de emergencia en ese puerto por causa de un desperfecto mecánico. Es decir que no había venido a la Costa Oriental por un permiso médico, como me había indicado mi tío Aimar, sino que había sido enviado a realizar una tarea que no se especificaba en el historial, pero que sin duda alguna, fuera cual fuese, había puesto en marcha la cadena de eventos y circunstancias que ahora relato en estas memorias.

En una nota aparte escrita a mano en español el Coronel Baxter me informaba extraoficialmente que dado que su cuerpo no había podido ser ubicado se podía especular cualquier cosa sobre su desaparición, desde cremación hasta la posibilidad de que hubiera sido hecho prisionero y llevado a una prisión militar donde pudo haber fallecido o incluso liberado al concluir la guerra. Dado que son cientos sino miles los casos como este sería imposible para el gobierno norteamericano dedicarle tiempo y esfuerzo a cada uno de ellos. Además decía, se requeriría de un equipo especial de hombres entrenados en varias habilidades y hablantes de los varios idiomas y dialectos locales de esa área del Pacífico para indagar sobre su posible paradero, si estuviera vivo.

Cuando Sambito leyó también la nota me dijo casi en broma: —¡Qué molleja! ¡Váis a tener que convertirte en hombre orquesta pa' encontrar a tu papá!

Bueno, me dije, tratando de convencerme a mí mismo, haré lo que se pueda, pero lo haré. Luego fuimos hasta el Instituto Venezolano-Americano, donde yo había hecho todos los niveles de inglés en mi pasantía en Maracaibo y ahí me conocían. Quería que me indicaran donde conseguir un traductor de documentos legales. Me dieron una lista y nos fuimos a que el más cercano, que funcionaba en un bufete de abogados. Necesitaba que me tradujeran algunos de los papeles que estaban en el sobre que la Sra. Sheryl me había mandado. Así que los dejé allí y quedamos en regresar a buscarlos con su traducción al castellano en una semana.

Cuando volvíamos a San Genaro Sambito me dijo — ¿Sabéis que es lo primero que tenéis que hacer pa' buscar a tu papá?

Yo no supe a qué se refería, así que él mismo me respondió de inmediato:

—Aprender a manejar, Eriberto…ya es hora.

Así que mientras esperaba la llegada de noticias de Kansas y volver a Maracaibo a buscar los papeles en el bufete con el traductor, esos días Sambito dedicó buena parte de su tiempo a enseñarme a conducir. Claro, la camioneta no era precisamente el mejor vehículo para hacerlo, pero no teníamos otro disponible. Si yo había sido y soy torpe para tocar instrumentos musicales, para bailar y para tantas otras tareas manuales, para aprender a coordinar las velocidades con el pedal del acelerador y el del freno lo era diez veces peor. Al comienzo ciertamente pensé que sería imposible que lograra manejar la vieja Chevrolet por una carretera sola y sin tráfico, mucho menos por una calle donde había otros automóviles en movimiento, con gente en las aceras y cruzando de un lado a otro. Pero para mi propio asombro, a los cuatro días de constante entrenamiento, motivado por la idea de que lo necesitaría después, y con Sambito de copiloto, pude ir manejando hasta Cabimas a una velocidad que si no era para batir los registros de Juan Manuel Fangio, tampoco era la de una gandola cargada de cabillas. En cuanto a retroceder, dar la vuelta en U o estacionarme en reverso ahí sí que iba a necesitar mucha práctica…mucha. Por otra parte a lo mejor habría que llevar la *pick-up* a un taller para que le revisaran la caja, porque ciertamente yo la había sometido a esfuerzos a los que nunca había sido sometida.

Mientras pasaban los días para nada que me olvidaba de Gisela, y la llamaba por teléfono a la farmacia de su tía por lo menos una vez a la semana, llamadas de pocos minutos que terminaban en chercha con el clásico diálogo de los novios zulianos: "¿A quién querés vos? A vos, ¿y vos? A vos". En fin, ella había comenzado a hacerle la suplencia a uno de las dos empleadas de la Sra. Julia, que estaba embarazada y había tomado el permiso prenatal y postnatal que señalaban las leyes laborales. Así que iba a trabajar allí por lo menos hasta abril. De hecho en Semana Santa me invitó a Betijoque a que la visitara, ya que la tía Julia y sus dos hijos iban a tomarse unos días para llevar a su mamá a Valencia, donde la nona pasaría una temporada con su otra hija, Rosa Inés, la mamá de Gisela. Estaría sola y le daba miedo, por lo que le pidió permiso a su tía para que yo fuera a acompañarla. Así que ni corto ni perezoso, allá le llegué el Jueves Santo, y el recibimiento no pudo ser más afectuoso, especialmente en la noche, cuando sólo ella y yo dormíamos en ese inmenso caserón, escuchando el chirrear acompasado de las chicharras que le ponían música al sueño satisfecho y reposado de dos enamorados.

Total fueron tres días y tres noches especiales. Le conté de mis clases de manejo con Sambito, de mis dificultades en el entierro de Aimar, de la herencia de Yeici y finalmente de mi visita a la tumba de Rosaura, y cómo me habían atendido sus primas y su abuela; y después que le relaté todo detalladamente, me dijo que estaba muy orgullosa de mi. Su tía regresaba el Domingo de Resurrección en la tarde, así que después del mediodía de ese día yo también agarré carretera y cayendo la noche volví a San Genaro, imbuido de toda la energía y todo el amor que Gisela había podido trasmitirme.

Luego a fines de junio, cuando decidió ir a Mosquey y estar un par de meses con su tía Hortensia antes de volver a Caracas, la invité a que pasáramos el fin de semana previo a su visita al hogar materno, en el Hotel Guadalupe, en el pueblo de La Puerta, lo cual aceptó encantada. Allí no sólo pudimos montar a caballo y pasear por las montañas cercanas solazándonos con los paisajes naturales, sino que además, con el arrullo del viento entre los árboles y el frescor del clima entumeciendo la piel, volvimos a jurarnos nuestro extraño amor, condenado a la separación por las misiones de vida que habíamos escogido.

Pocos días antes de mi programada partida a los Estados Unidos a, como decía Sambito, "enfrentar mi destino", había planeado que antes de viajar iría a ver a Gisela a Mosquey, para despedirme de ella, tal como se lo había prometido. Así que, sin más, me compré un maletín de mano donde coloqué algunas cosas y el 4 de agosto muy temprano, después de comer, días antes de mi vigésimo primer cumpleaños salí en bus para Agua Viva, donde según me indicó Sambito, podría tomar un carro por puesto para Boconó y luego ir hasta el pueblo de los Mejía.

En casa de Sambito dejé todos mis documentos, e incluso mi pasaporte, no fuera a ser que se me perdiera por algún contratiempo en mi viaje, que esperaba no durara más de tres o cuatro días, o menos, ya que todo dependía de cómo me recibiera Gisela y si aceptaba mi propuesta de acompañarme a Kansas. Sólo me llevé la cédula y mi carnet de la universidad, por si acaso algún operativo de la recluta. No la veía desde junio, y ni siquiera había podido hablar con ella por teléfono, ya que para Mosquey no era tan fácil comunicarse, como lo había sido para Betijoque.

Nereida, quien estaba muy agradecida por el aparato de aire acondicionado que yo les había regalado, me recomendó que llevara una chaqueta porque hacía mucho frío de noche por esos lados, así que me compré una de esas McGregor que estaban tan de moda. De igual forma me compré unos *bluejeans* marca Levi's y un par de camisas, y pude al fin atreverme a tirar a la basura mis viejos y desgastados pantalones de kaki, hechos por mi mamá hacía ya tantos años, y que por supuesto ahora si que no me quedaban de largo, a pesar de que yo les había bajado el ruedo un par de veces. En cuanto al resto de mi vetusto vestuario, el palto y los pantalones de dril inglés no me quedaban, así que le pedí a Nereida que se los diera a sus tres hermanos menores cuando fuera de visita a su casa.

El viaje hasta Agua Viva se realizó sin contratiempos, y allí, en esa destartalada encrucijada de caminos, en efecto pude convertirme en pasajero de una camioneta ranchera bastante usada pero aún con los asientos originales. Antes de abordarla recordé comprar pastillas para el mareo en la farmacia, porque Gisela me había advertido que si yo me mareaba cuando viajaba en el ferry de Palmarejo a Maracaibo y de regreso, lo más probable era que igual me mareara en la subida a Boconó, ya que la carretera tenía muchas curvas. Así que me apertreché con las pastillas y una botella de limón soda, además de pedirle al conductor que me permitiera sentarme del lado de una puerta. No me puse papel de periódico en la barriga como solía ponerme mi madre, porque me dio pena, y más bien lo hubiera hecho ya que igual las vi negras en la subida de la montaña. Y más cuando empecé a mirar de reojo los abismos que bordeaban la carretera. Llegó un momento en que me puse tal mal, tan pálido, que el chofer se detuvo y me permitió que fuera a lavarme la cara en una caída de agua, allí en un arroyuelo al lado de la montaña. Claro, también a vomitar las dos arepas, la carne con tomate, el café con leche y todo lo que Nereida me había preparado en el desayuno.

Luego más tarde, a medio camino me imagino, el transporte se detuvo en una casa con amplio espacio para parquear que luego vi que era una especie de restaurante para viajeros donde se comía arepas de maíz pelado, que no pilado, con cuajada y arepas de trigo y se bebía chocolate, toddy o café caliente. Yo preferí no jugar al albur con mi estómago a pesar de que el aroma del fogón era exquisito. Además el aire puro y refrescante que se respiraba, sin duda el más puro que había respirado en mi vida, parecía que regeneraba en cada inhalación las células marchitas de mi cuerpo. —Menos mal que compré la chaqueta —murmuré para mí, porque siendo yo un zuliano, por definición de tierra caliente, decir que estaba emparamado, es poco. Nada más de ver la neblina que me arropaba me entraba frío por las orejas.

El chofer, un maracucho tan gordo que los botones de la camisa amenazaban con salir disparados cada vez que se movía, se reía al verme todo pálido y desencajado.

—Primera vez que agarráis páramo —me dijo, como confirmando su percepción—. Le pasa a todos los paisanos que viajan para acá. Se ponen primero azules y después que vomitan, parecen muñequitos de cera.

Pasado ese pequeño trago amargo finalmente llegamos a Boconó como a las tres de la tarde. El conductor de la ranchera me dejó en la plaza Bolívar. Había tanta gente en las calles adyacentes y en la misma plaza como solía haberla en la plaza Udón Pérez de San Genaro cualquier día de la semana, aunque en esta plaza había más árboles y se veían las montañas que rodeaban a la ciudad. Noté que a la entrada había un gran aviso que decía "!Bienvenidos a Boconó, Jardín de Venezuela!", por lo que supuse que vería muchas plantas, flores de todo tipo por el pueblo y sus alrededores. Eso me gustaría, a pesar de que su olor me traía malos recuerdos.

Pregunté dónde podía conseguir un buen hotel. No quería llegar a imponerle a Gisela que me consiguiera donde quedarme. Tampoco quería dormir en un hotel de mala muerte, así que terminé quedándome en el Hotel Colonial, allí mismo, en la calle Miranda, frente a la plaza, un hotel que se veía muy decente y si se quiere hasta fastuoso, por su arquitectura.

Así que luego de asearme y de comer algo en el restaurante del mismo establecimiento, pregunté cómo ir hasta Mosquey. Me dieron dos o tres opciones, pero me decidí finalmente por contratar a un libre que me llevara de ser posible hasta la casa de Gisela, ya que de otra forma podría perderme y eso sí que sería una embarazosa situación. Salí y luego de hablar con algunos de los choferes que aceptarían hacer la carrera, conseguí uno que sabía donde vivían los Mejía y hasta conocía a la tía de Gisela. Así que agarramos la vía hacía Guanare, al nordeste de Boconó. Serían como 7 kilómetros de carretera, según el Sr. Bastidas, el conductor del vehículo que me llevaría hasta el lugar.

— ¿Usted es familia de los Mejía? —me preguntó al rato el chofer, un hombre como de 50 años y de hablar pausado.

—No —le respondí de inmediato—, sólo amigo de la sobrina de la señora Hortensia. Vengo de Maracaibo a visitarla.

A los pocos minutos de haber salido de Boconó, en plena carretera, nos encontramos con una alcabala.

—Es del batallón de Cazadores del Ejército— me dijo el Sr. Bastidas—. Desde que ese grupo de muchachos de por aquí se fueron para la montaña dizque a buscar a los guerrilleros de Argimiro Gabaldón para unírseles, por aquí estos señores no nos han dejado en paz. A cada rato lo paran a uno con los pasajeros que uno lleva y que para requisar. Menos mal que Usted no trae nada.

El Sr. Bastidas redujo la velocidad del vehículo hasta detenerse. Un soldado con cara de pocos amigos y con un fusil que descansaba en sus manos se acercó, nos miró y luego miró dentro del auto. — ¿Hacia dónde se dirigen? —preguntó.

—Por aquí cerca, a Mosquey —dijo el Sr. Bastidas.

El soldado no pareció ver nada extraño por lo que dio la señal para que siguiéramos.

—Toda esta zona, casi hasta llegar a Guanare está llena de militares y lo que es peor, comisiones de la Digepol que andan jurungándole la vida a todo el mundo…mire ¿que a quién llevó para allá o para acá? A mí me han llevado a declarar dos veces a la central…para nada. Están peor que los de la Seguridad Nacional—, dijo el Sr. Bastidas con evidente molestia. Yo me quedé callado y pensé que no sería extraño que por estos lados anduviera el amigo Melvis y sus secuaces.

Pocos minutos después llegamos a nuestro destino y el Sr. Bastidas muy amablemente se bajó del carro y me llevó hasta la casona, que estaba medio escondida detrás de un portón de hierro y madera. Era una construcción de altas paredes y techo de tejas ya ennegrecidas por el tiempo, rodeada de plantas y árboles frutales por todos lados. Uno no tenía que esforzarse mucho para percibir el olor de las calas y azucenas, los mismos olores del funeral de mi madre. Por todas partes había cayenas en flor, orquídeas y otras especies que no conocía o que solo había visto en fotografías. Le pagué al Sr. Bastidas lo acordado y toqué la puerta, que estaba entreabierta.

Momentos después, de la oscuridad de la sala surgió una señora de unos cincuenta años, pelo entrecano recogido en un moño y rostro más bien pálido. Le di las buenas tardes y me presenté. Tal como me había ocurrido en Cartagena, y con Nereida, la señora enseguida pareció reconocerme y me saludo muy efusivamente. Luego comenzó a llamar a alguien, que resultó ser un mozuelo de unos 14 años y le dijo —Javier, vaya busque a Gisela y dígale que aquí está Eriberto—, y luego sonriendo me dijo—, Gisela está en casa de una amiga por aquí cerca y ya la fueron a buscar. Venga por aquí, pase adelante.

Luego me llevó a un patio interior mucho más iluminado que la sala y con un exuberante jardín en el medio, con amplios pasillos de piso de ladrillos a ambos lados. Me pidió sentarme en un sillón de madera pulida y me preguntó si quería café. Le dije que sí. Ella se excusó y fue a darle instrucciones a otra persona, alguien que parecía haber estado durmiendo y salió desperezándose de una habitación.

Conversamos un rato. Le dije de donde venía y que como pensaba viajar a los Estados Unidos, dizque había venido a despedirme de Gisela. Luego trajeron el café acompañado de un pedazo de pan dulce, y apenas había terminado de tomarlo cuando sentimos que alguien había llegado casi corriendo a la sala de la casa. Por el alboroto me imaginé que sería Gisela, así que me levanté y enseguida la sentí lanzárseme encima en un abrazo tan efusivo que casi me tumba. Luego me besó como nunca me había besado y yo me sentí en el paraíso. No en el jépira de mi tío Aimar, con paisajes campestres y venados, sino en el de la diosa Venus, lleno de estrellas y fuegos artificiales de colores que parecían la paleta de Van Gogh esparcida por el cielo de Arles. Ya sólo con ese amoroso recibimiento había valido la pena el largo viaje hasta Mosquey.

La tía Hortensia y las otras personas que allí se encontraban nos dejaron solos y ya con más calma pude mirar a Gisela. Diría que estaba más atractiva que nunca, con su pelo entrenzado, sus pómulos sonrosados y sus labios carmesí. Sus ojos de intenso azabache brillaban de felicidad y eso me llenó por completo, aunque hubiera querido estar con ella en la intimidad de una alcoba para poder amarla. Ella también lo deseaba así porque me tomó por una mano y con la excusa de que conociera la casa me llevó por todas las habitaciones; y luego al rato, al otro lado del solar, en un pequeño cuarto lleno de instrumentos de siembra y sacos de productos del campo donde se mezclaban el olor del maíz y el del abono orgánico, echados allí como animales y con la oscuridad como cómplice silenciosa, dimos rienda suelta a nuestras pasiones de la carne hasta que los gritos de la señora Hortensia reclamando nuestra presencia en la mesa nos hicieron volver a la realidad.

Después de habernos contado todo lo acontecido en esos días desde nuestra separación, todo pareció tomar un aire más sobrio y mucho menos romántico. No podíamos soslayar el viaje a los Estados Unidos, algo que estaba más allá de mis verdaderos deseos y simplemente se había convertido, como decía Sambito, en mi destino. No sé si Gisela entendía esto porque lo trataba como algo si se quiere lejano, algo que no tenía que ser necesariamente una separación definitiva. Ella soñaba con volver a la Escuela de Medicina y eso era algo que también tenía un peso determinante en nuestra relación, algo que yo no podía pedirle que sacrificara en aras de acompañarme en la incierta aventura de buscar a mi padre.

En su vida cotidiana, el día siguiente, sábado, debía asistir a una boda. Era una de las damas de honor de una vieja amiga.

—Tienes que acompañarme, Eriberto —me dijo de manera tajante.

—Pero…no tengo la vestimenta adecuada —dije, pensando en que nunca había ido a una fiesta así, menos a una boda.

—No hace falta. Es una boda campestre…en una granja en la montaña. Usarás uno de los paltós de mi hermano Fernando…deben quedarte.

Esa noche volví al hotel con Gisela. Un vecino de la casa nos llevó después de la cena. El flux de su hermano Fernando no me había quedado, así que la convencí para comprarme uno nuevo en Boconó si ella me indicaba donde hacerlo.

Al entrar conmigo a la habitación del Colonial, Gisela dijo —A esta hora la mitad de Mosquey debe saber que la nieta mayor de Rosendo Mejía, la sobrina de la Sra. Hortensia, una mujer soltera, se está quedando en un hotel en pleno centro de Boconó con un forastero…Y mi abuelo debe estar de verdad echando pestes en su tumba.

—A la jaiva, no te preocupéis que yo tengo Aqua Velva en la maleta, dije yo por decir algo.

El sábado temprano en la mañana fuimos a una tienda cercana a la plaza y allí me probé varios trajes. El dueño del negocio, Santiago Barazarte, conocía a Gisela, así que nos atendió personalmente. Era un hombre grande, con un abultado vientre, de frente amplia y ya con muy poco cabello, quien a pesar de su voluminosa humanidad se movía de un lado a otro como un trompo, e incluso subía ágilmente por una escalera para bajar unos zapatos que decía eran el complemento perfecto para el traje HRH, unas bellísimas botas de cuero italiano. Así como se ocupaba de nosotros se ocupaba de responder preguntas de otros clientes que en ese momento visitaban su almacén o de tomar el teléfono que sonaba también con frecuencia. Después que salimos de allí ella me contó que este señor había sido pretendiente de su mamá, y estaban muy enamorados cuando muchachos. Pero todo dizque cambió cuando según las malas lenguas el joven se encontró con un entierro de morocotas.

—Dicen que dizque no creyó en cuentos de camino —continuó narrando Gisela—, y se metió hasta donde estaba la luz que los lugareños decían era una ánima en pena, con gemido y llanto. Santiago dizque se persignó y con una cruz en la mano se fue hasta el sitio, una casa abandonada en plena montaña. Al otro día dizque volvió con un pico y escarbó donde estaba la luz, hasta encontrar la botija con las monedas de oro. Desde ese día cambió totalmente, se olvidó de mi mamá y en pocos meses ya se había casado con la hija del hombre más rico de Boconó, Marcelo Arandia. Después puso la tienda, que es la más grande del pueblo y cómo pudiste ver, allí se vende de todo, desde una cortadora de grama o un hacha, hasta una mantilla de seda…Claro, los más escépticos no creen nada de eso, sino que al casarse con la hija única del viejo Arandia, este le dio como dote de matrimonio la tienda. ¿Qué te parece?

—Esas historias siempre tienen más de una versión. Sería interesante escuchar otras y comparar —dije yo, por decir algo, afianzando las dos bolsas con la chaqueta y los zapatos debajo de las axilas. Luego añadí: —Sabéis que por San Genaro de la Costa también hay cuentos así, de gente rica que guardaba la plata en su casa porque no confiaba en los pocos bancos ni conocía de cajas fuertes, y cuando se morían nadie sabía dónde estaban enterrados los cobres. Había gente que dizque se dedicaba a comprar casas grandes viejas para luego ponerse a abrir huecos por todas partes buscando las morocotas esas. A mí me echaron el cuento de un hombre, Cheo Romero, que vivía de eso, hasta que una tarde que excavaba en un cerro, el ánima del alma en pena que cuidaba un tesoro en el patio de la casa vieja, se le metió en su cuerpo. La gente que vio todo esto dice que Cheo dizque comenzó a hablar con una voz que no era la suya, ronca y como de ultratumba y que maldecía a todos y gritaba obscenidades y hasta caminaba por las paredes en cuatro patas como si fuera una araña. Una señora que estaba allí dizque sacó un crucifijo y se lo puso a Cheo en el pecho rezando el padre nuestro al mismo tiempo, y dizque luego el alma en pena se salió con un chillido de puerco y se perdió en el monte. Dicen que Cheo Romero cambió totalmente desde ese día, que dejó el miche y las mujeres, la farra y las cartas y se dedicó a hacer el bien y dizque iba a misa todos los días. ¿Qué te parece?

— ¿Es verdad eso o lo estás inventando para competir con mi historia?...Eres malo, Eriberto, —dijo Gisela riéndose al ver como yo asumía una actitud como de asombro, con los ojos muy abiertos.

Realmente disfrutaba andar de compras con Gisela, estar con ella, conversar con ella. Pensé incluso en comprarle un anillo pero no sabía cómo lo tomaría. Eran tantas cosas. Yo quería que ella estuviera conmigo pero también era como si yo fuese un soldado a punto de embarcarse para la guerra, despidiéndose de su novia y sin saber si volvería.

Llegábamos al hotel cuando una mujer joven se le acercó y sin mediar palabras, ni siquiera mirarla a los ojos, le entregó un papel y siguió su camino. Gisela, muy extrañada comenzó a revisar lo que parecía una nota escrita a mano. La leyó rápidamente y de inmediato la metió en su cartera, al tanto que miraba para todos lados, como asustada.

— ¿Qué pasa? ¿De qué se trata? —pregunté al ver como su rostro reflejaba una gran angustia.

—Vamos al cuarto —me dijo mientras caminaba rápidamente, casi corriendo.

Ya en la habitación y sentada en la cama, Gisela parecía a punto de llorar. Casi sollozando me pasó la nota para que yo la leyera. Aparentemente era de su hermano Fernando quien relataba que el grupo de muchachos que se habían ido a la montaña a buscar reunirse con los guerrilleros de Gabaldón había tenido un encuentro con el ejército y que algunos fueron masacrados mientras otros escaparon...que él y otros dos se encontraban malheridos "cerca del pozo donde íbamos cuando niños a nadar", sierra abajo. Que necesitaba que a él le extrajeran una bala del hombro derecho y a uno de sus compañeros le curaran varias laceraciones que se podrían infectar y también requerían medicinas. Me senté a su lado y pasándole un brazo alrededor de sus hombros, después de minutos de silencio, le dije: —Vai, Gisela. ¿Qué vamos a hacer?

Ella se volteó y tratando de lucir serena dijo: —Tú no tienes nada que ver con esto, Eriberto. Es un problema de nosotros, de los Mejía.

—Ajá, le respondí. ¿Y qué váis a hacer? ¿Váis a ir con tu tía y Javier a buscarlo? ¿Y el ejército se va a quedar tranquilito? Mirá, hasta es posible que ya los hayan encontrado...los cazadores, esos son especialistas...y si no, hay que contar con las comisiones de la Digepol que ya deben andar por ahí metiendo las narices en todo…lo más lógico sería no hacer nada, pero como yo sé que tú no vas a quedarte quieta sabiendo que tu hermano está malherido tenéis qué pensar bien las cosas, porque seguro ya están vigilando la casa de tu tía, pa' ver quién entra y quién sale…y con qué…es más, no me extrañaría que ya incluso tengan a alguien allá afuera pa' espiar todo lo que nosotros hagamos.

—Pero es que tú ni lo conoces, Eri…y me da mucho miedo de qué te pase algo por mi culpa.

—Ah sí…igualmente, a mí me da mucho miedo que a vos te pase algo y yo, hijo del capitán de *marines* Jacoby Robert Woodson, héroe de Iwo Jima, no esté allí con vos para ayudarte. Mirá, seguramente vas a necesitar varias cosas que ni vos ni yo podemos comprar porque enseguida se enterarían de que vos ya sabés. Sólo tendrían que seguirte, estar pendiente de vos para agarrar a tu hermano y los otros. ¿Hay alguien aquí en Boconó que vos conozcáis que pueda ayudar a conseguir todo eso sin despertar sospechas…algún médico izquierdista o de ideas comunistas? ¿Hay alguna célula del MIR a la cual acudir?

Gisela estaba muy agitada y trataba de calmarse respirando profundo. Yo me paré y le busqué un vaso de agua. Se tomó el líquido y después de unos minutos negó con la cabeza. —Si fuera en Maracaibo, claro, varios amigos, pero aquí no conozco a nadie realmente…que yo sepa todos los revoltosos se fueron con Alfonso, el líder aquí del Movimiento.

—Y esa mujer que te dio la nota, ella no quiere que la vinculen con el asunto pero de alguna manera está relacionada con los muchachos. ¿Quién es? ¿Cómo la obtuvo ella? Allí hay gato encerrado. Mirá, tu tía de Betijoque tiene carro, ¿no?, así que ella puede ayudar bastante.

Gisela asintió y de inmediato captó mi idea. —Pero… ¿De dónde la llamo? ¿Desde la CANTV?

—No, para nada…llamála desde la tienda del señor Santiago…pedíle el favor de usar su teléfono mientras estamos allá comprando un edredón para cama…y unas cañas de pescar…y un par de morrales…le decís que pagamos la llamada, que es urgente. ¿Me entendéis? Ella misma tendría que traer todo lo requerido pa' que esté aquí esta misma tarde. Yo lo entretengo mientras vos habláis.

—Entiendo para que son los morrales y las cañas de pescar, pero, ¿el edredón…?

—Es un regalo de bodas que requiere una bolsa grande…al enrollarlo podes poner allí muchas cosas. Vamos ya, que no tenemos mucho tiempo para armar el paquete.

Volvimos a la tienda y como era sábado trabajaban corrido hasta las seis. De nuevo nos atendió personalmente el dueño. Nos mostró los diferentes cubrecamas que tenía y por supuesto, mientras yo preguntaba sobre uno y otro, Gisela hizo la pantomima de recordar la llamada. El Señor Santiago, quien a lo mejor pensaba que ella pudo haber sido su hija, la llevó de inmediato al sitio y yo igualmente de inmediato lo llamé para hacerle otras preguntas sobre la calidad de los diversos tejidos y sobre los morrales y cañas de pesca que tenía en exhibición. Finalmente cuando Gisela regresó con nosotros le mostré el edredón que yo había seleccionado, que era el más caro, las cañas y los dos morrales, los más grandes y resistentes que había allí, de cuero de vaca. Además me había comprado una bellísima navaja suiza que siempre había querido, desde mis tiempos de *boy scout*. Ella estuvo de acuerdo, así que pagamos por el regalo, las cañas, la navaja y las mochilas y después que él dueño nos dijo que la llamada telefónica era cortesía de la casa, salimos de la tienda, yo por supuesto ansioso por saber si la tía estaba de acuerdo con el plan.

De nuevo en el hotel, Gisela, ya más calmada, me informó que la tía Julia había estado de acuerdo en todo. --Yo le sugerí si podía enviar el paquete por carro por puesto, y ella me dijo que era muy arriesgado y que era preferible que ella misma lo trajera. Que de todas maneras ella tenía previsto un viaje para ver a su hermana a quien no visitaba desde hacía un par de años. Me dijo que de 3 a 4 de la tarde estaría en la casa y que vendría con su hijo Enmanuel…

Luego de comer, planificamos cómo haríamos para llegar hasta el campamento de Fernando lo más subrepticiamente posible con los medicamentos y comestibles secos en los morrales. Gisela calculó que serían como 12 kilómetros, que dadas las condiciones del terreno, la oscuridad, y el peso de la carga nos tomaría poco más de tres horas llegar. Yo sugerí que saliéramos tan pronto como pudiéramos, a lo mejor cuando ya la gente se hubiera tomado unas cuantas copas, y si ya los novios se habían ido mejor, posiblemente alrededor de las 9, para que no se notara nuestra ausencia. Si todo salía bien incluso podríamos regresar antes del amanecer. Nos iríamos con nuestras ropas de fiesta y luego nos cambiaríamos en el camino. Con eso en mente y sabiendo que sería una larga noche, nos regresamos a la habitación a tratar de dormir algo.

La verdad, ello fue imposible, con tantos imponderables que se nos presentarían. Después de yacer en la cama por horas con los ojos muy abiertos, finalmente me paré a ducharme. Luego me afeité y me puse la ropa que había comprado, para probármela. Parecía un verdadero patiquín. Nunca en mi vida me había puesto un traje de chaqueta y pantalón, menos con corbata. Afortunadamente las botas eran muy cómodas y casi ni las sentía. Gisela quedó embelesada al verme tan acicalado y si no hubiera sido por la premura de la situación me habría obligado a ir a un estudio a tomarme una foto.

—Si parecés una estrella de cine —dijo, me imagino que para darme ánimos y que no pensara en lo que se nos venía encima. Como a las tres buscamos al Sr. Bastidas para que nos llevara a Mosquey. Queríamos estar en la casa para cuando llegara la tía Julia, evitar que su hermana Hortensia o el primo Javier se dieran cuenta de lo que tramábamos.

—Javier idolatra a Fernando —había dicho Gisela—. Si se entera de algo va a querer ir, incluso él solo si hace falta.

Por mi parte mi cerebro bullía con la expectación. No era como en otros momentos traumáticos de mi vida, cuando lo único en que pensaba era que todo pasara, que de repente ya hubiera salido del berenjenal…No esta vez. Yo tenía que mantenerme alerta y pensar en todo. No podía ser un autómata. Intuía plenamente el peligro de hacer lo que íbamos a hacer, que incluso podríamos perder la vida, pero yo no podía permitir que algo le pasara a Gisela…o quedarme de brazos cruzados y dejarla ir sola a ayudar a su hermano…ya había sido suficiente con Rosaura, y si todo salía bien quizás pudiera convencerla para que se fuera conmigo a Kansas. ¿Por qué no? Allá también podría estudiar medicina y yo ya contaba con algo de dinero.

13

Cuando llegamos a la casona, no había ningún carro parado afuera. Gisela había dicho que él de su tía era un Nova gris. Al escuchar el ruido del libre al detenerse salió Javier con una joven de pelo rubio, como de veinte, y según me enteré de inmediato se llamaba Yolanda. Era su vecina y estaba allí para peinar a Gisela. —Tenemos una hora —dijo la amiga, quien obviamente ya se había hecho su peinado—. Nos esperan en la iglesia de Jiménez a más tardar a las seis.

Mientras hablaba, la señorita no dejaba de mirarme con cierta desfachatez por lo que Gisela le dio un codazo y le dijo —Te lo vas a comer con los ojos.

Mientras la peinaban, al rato llegó la tía y los dos exhalamos un largo suspiro de alivio. Teníamos que ser muy comedidos y después de los saludos y abrazos de rigor, me presentaron a la tía Julia, quien también me abrazó y mirando a Gisela dijo —Caramba Gisela, ¡qué muchacho tan buenmozo!, —por lo que pensé que nunca en mi vida había recibido tantos elogios como los recibidos en los últimos dos días por mi físico. De hecho nunca los había recibido. ¿Sería que esa era la naturaleza de la gente de por estos lados, halagar al visitante? Luego me presentaron a Enmanuel, quien no tendría más de quince años y parecía un muchacho introvertido a pesar de su amabilidad. La tía Julia entró al patio interior a conversar animadamente con su hermana y Javier se llevó consigo al recién llegado. Mientras tanto yo salí a husmear por el frente, a constatar que no hubiera por allí cerca algún vehículo sospechoso con tipos sospechosos, de esos con los que la Digepol suele embromar a la gente. En el Nova no se veía nada en los asientos, así que o la tía Julia no pudo traer el paquete o lo tenía en la maletera, como en efecto nos confirmó luego.

Como a las cinco y media, todo el mundo estaba listo. Javier y Enmanuel se fueron con Yolanda y mientras la tía Julia ayudaba a la Sra. Hortensia a terminar de acicalarse, Gisela y yo sacamos el paquete de la maletera y pusimos lo que pudimos enrollado dentro del edredón. La idea era que en caso de que en la alcabala del ejército a la salida de Mosquey pidieran abrir la maletera, el montón de medicamentos de primeros auxilios y algunos más específicos no fueran a levantar sospechas, al estar escondidos en el cubrecama. En los dos morrales sólo iban cosas muy elementales como linternas, fósforos, potes de diablitos, papel sanitario, etc. que pudieran justificarse como para paseos al campo. Allí en la maletera habíamos puesto también el par de cañas de pescar mientras que el envoltorio en el que iba el edredón lo llevaríamos en el asiento trasero con otros dos regalos.

Cuando pasamos por la alcabala, no hubo ninguna novedad a pesar del nerviosismo que nos embargaba a Gisela, a la tía Julia y a mí. La Sra. Hortensia, como era de esperarse, se veía muy calmada, y más bien contenta de asistir a un evento de esta naturaleza con su hermana, algo que no estaba en sus planes y que seguramente la pondría a pensar en épocas en que disfrutaron de momentos similares. En el trayecto poco se habló excepto para señalar la distancia aproximada del pueblo, la cual según Gisela era de unos 25 kilómetros. Así que en menos de 20 minutos llegamos hasta la plaza, y allí, a un lado de la calle, estaba la iglesia donde se casaría su amiga Alfonsina Heredia con el joven Nicolino Adriani, hijo de un agricultor italiano de vieja alcurnia en la región, en cuya casa se realizaría la fiesta celebratoria del matrimonio. Afuera, en las escalinatas que llevaban a la puerta principal del templo, estaban otras jóvenes que por su vestimenta serían las otras damas de compañía de la contrayente, al igual que media docena de hombres enflusados que me imagino serían sus caballeros de honor. Los novios por lo visto estaban por llegar ya que Yolanda le hacía señas a Gisela para que se uniera a las demás. La tía Julia, la Sra. Hortensia y yo entramos a la iglesia, que más bien era una capilla, por lo pequeño, y nos acomodamos en los últimos bancos ya que el recinto religioso estaba casi lleno. De inmediato percibí el fuerte olor de las flores que adornaban el entorno. Ciertamente no había estado en un templo católico desde poco antes de la muerte de mi madre

Mientras la ceremonia se celebraba yo realmente pensaba en otras cosas y poca atención le prestaba a lo que sucedía en el altar, aunque de vez en cuando miraba a Gisela, para asegurarme de que seguía allí, más bella que la novia y que cualquiera de sus otras doncellas. De repente me entraba un gran temor y comenzaba a desear que todo fuera un sueño y que al despertar Gisela y yo estuviésemos lejos, en Kansas quizás, disfrutando nuestra vida juntos. Que la nota escrita por su hermano Fernando fuera una broma, que nada se interpusiera entre nosotros. Y en esas cavilaciones me encontró ella cuando todos aplaudían a los novios que salían felices, recibiendo los buenos deseos de amigos y familiares. Gisela me tomó por la cintura y de repente estaba en las escalinatas frente a la joven Alfonsina quien como si me conociera de toda la vida me abrazó y me presentó a su novio y ahora marido, quien no se cansaba de estrechar manos y de sonreír todo el tiempo. Entre murmullos y la algarabía del lugar escuché a la novia decirle a Gisela —Es más buenmozo que el de la foto—, y fue entonces cuando vine a darme cuenta de que Gisela tenía una foto mía, mientras yo no tenía ninguna de ella. Como siempre, en lo que a mujeres se refería, el despistado era yo.

Poco a poco todos los invitados se fueron acomodando en sus vehículos, y luego la irregular caravana tomó rumbo al norte, donde según me decía Gisela, no muy lejos, como a 15 kilómetros, estaba la finca de los Adriani, en cuya casa se celebraría la recepción en honor a los recién casados. Ya la noche había caído y al salir del pequeño pueblo, pronto nos encontramos rodando por una carretera de tierra hacia abajo, hacia lo que sería el valle de un río, ya que igualmente me informaba Gisela que la casa quedaba en una ladera que la mano del hombre había aplanado lo suficiente para edificar viviendas, excavar lagunas de agua y poder además tener corrales y establos para criar ganado vacuno y ovino. De hecho los Adriani, que eran gente muy trabajadora, surtían de leche de vaca y de cabra a una quesera de Boconó.

Cuando llegamos ya había invitados sentados a lo largo de una mesa como de treinta metros en forma de L. La mesa estaba colocada en un gran patio al lado de una casona que me imagine sería la vivienda principal. Después del brindis por los recién casados y del primer baile de los novios, allí mismo en el amplio patio, siguiendo los compases de un valse trujillano ejecutado por un trío de violinistas y un joven con bandolina, se formaron otras parejas que igual comenzaron a bailar esta música. Gisela me tomó de la mano y quizás prendido por las dos copas de champaña que me había tomado, de repente allí estaba yo, bailando con ella, feliz de saber que si me equivocaba nadie iba a reírse de mí, y menos Gisela, que me hacía sentir como una pluma, como un Fred Astaire cuyos brazos rodeaban por la cintura a su Ginger Rogers.

Luego de los valses, los violinistas dieron paso a otros músicos y en pocos minutos la montaña servía de eco a los compases de una música italiana que yo sólo había escuchado en las películas de Vitorio Gassman, Marcelo Mastroianni, GianCarlo Giannini y otros astros de la cinematografía romana.

—Es una tarantela, y ese instrumento es un organelo —me decía Gisela consciente de mi ignorancia, en tanto que me enseñaba los pasos de este baile individual y colectivo que igualmente me recordaba algunos acordes de la música del cantante Domenico Modugno. Todos bailaban, niños y adultos, cada quien como mejor pudiera.

Más tarde, cuando los recién casados se iban, se formó un pequeño alboroto puesto que la novia se disponía a soltar el ramo de flores que la había acompañado desde su llegada a la iglesia. Un grupo de jóvenes solteras, y de seguro una que otra solterona, se peleaban por ocupar el puesto que pudiera ser el más conveniente para capturar el paquete. Gisela estaba parada a mi lado, un poco fuera de la posible trayectoria del ramillete, realmente nada convencida de las bondades predictivas de dicha costumbre. La novia se dio vuelta y en un solo movimiento soltó hacía atrás el ramo que voló no muy alto, pero igual le vino a caer precisamente casi en la cara a Gisela, que no tuvo más remedio que atraparlo. Con el ramo en las manos, toda sonreída y también sonrojada, me miró riéndose mientras que el resto de las jóvenes la felicitaban porque según la tradición, ella sería la próxima en casarse. Yo de nuevo me sentí bendecido cuando en ese momento a Gisela no se le ocurrió otra cosa que darme un sonoro beso.

Luego cuando la fiesta parecía más animada, Gisela y yo nos fuimos apartando hasta llegar al estacionamiento. Ella tenía la llave del automóvil de la tía Julia así que después que nos aseguramos de que ninguno de los invitados estaba por ahí, procedimos a sacar todos los medicamentos e instrumentos quirúrgicos que habíamos escondido en el edredón y los pusimos en las mochilas.

Apenas habíamos terminado de hacer el cambio cuando vimos que alguien se aproximaba hacia nosotros. Era un hombre joven de poca estatura, de barba descuidada y pelo alborotado que caminaba mirando hacia todos lados. Se le veía nervioso y cuando estuvo lo suficientemente cerca se dirigió a Gisela y le dijo: — ¿Puedo hablar con Usted, a solas? — Gisela asintió y yo me alejé unos pasos.

Luego Gisela me hizo señas para que me acercara y aparte me dijo susurrando: —El dizque es del grupo de Fernando, fue quien envió la nota con la mujer. Dice que si vamos a ir hasta el sitio, que él nos lleva. ¿Qué le digo?

Yo me acerqué de nuevo al joven y le pregunté en voz baja mientras Gisela escuchaba:

— ¿Cómo te llamáis?

—Rodrigo Vergara…soy de Guanare.

— ¿Estáis armado?

—No, ni siquiera una navaja.

— ¿No tenéis nada? ¿Provisiones, alguna medicina?

—No, no tengo dinero, y me daba miedo mostrarme. He estado escondido en casa de la amiga que les dio la nota. Ella me trajo hasta aquí con su papá. Yo esperaba hablar con Gisela a ver si me conseguía algo para llevarles.

— ¿Tú vais a volver allá?

—Sí, pero no puedo hacerlo si no les llevo nada.

— ¿A qué distancia de aquí están los del grupo? ¿Cuánto nos tomaría si vamos los tres?

—Son como 15 kilómetros…la mitad ladera arriba, como tres horas de camino a pié si aprovechamos la luna llena.

— ¿Y dónde está el ejército?

—Están mucho más arriba, cerca del rio Carache. Allí hay un campamento de Cazadores.

— ¿Y el resto de los muchachos por dónde anda?

—No lo sé… nos separamos hace dos días. Ellos siguieron hacia el norte…a buscar a la gente de Gabaldón.

Gisela interrumpió para preguntarle si ya había comido. Rodrigo no supo que responder, así que Gisela le dijo —Espera aquí—, y luego volvió a la casa.

Al rato regresó con un plato de cartón con pavo y ensalada de gallina. Al parecer Rodrigo no había comido mucho porque en instantes devoró la comida.

Antes de partir Gisela habló con su tía Julia una última vez para repasar la información sobre los antibióticos y el antiofídico más que todo. Después que nos cambiamos de ropa en la oscuridad, nos repartimos la carga. Rodrigo y yo llevaríamos las mochilas que eran más pesadas, y Gisela mí maletín de lona y la cantimplora de agua. Así que como a las nueve y media ella se encomendó a la virgen de Coromoto y yo pedí ayuda a mi tío Aimar y a todos los espíritus de mis antepasados wayúu, y también a los kiowa, por si acaso. Luego salimos de la finca, siguiendo los pasos del inesperado acompañante. Yo únicamente pensaba en que por primera vez en mi vida iba a hacer algo total y verdaderamente estúpido y que lo iba a hacer consciente de mi estupidez…pero no tenía otra opción. No podía dejar que Gisela se metiera en la boca del lobo sola. Ella también estaba muerta de miedo, agradecida de tenerme allí, aun cuando sabía el peligro que ambos correríamos. Pero si todo salía bien y lográbamos regresar sin tropezarnos con el ejército, estaba seguro de que podría convencerla de que se fuera conmigo a los Estados Unidos. Después de todo sí me había atrevido a comprarle un anillo de compromiso en la tienda de Santiago Barazarte, claro, sin que ella se diera de cuenta. Se lo daría cuando regresáramos, si ella lo aceptaba, por supuesto.

Los primeros cinco kilómetros no fueron dificultosos ya que lo que hicimos fue seguir una especie de carretera rural, probablemente por donde sólo transitaban vehículos rústicos, *jeeps* a lo mejor. El terreno era más o menos plano y la brisa de la noche nos mantenía frescos. Al llegar a una quebrada donde la vía parecía terminar, decidimos parar a descansar un rato. Eran las 11:10 en mi reloj.

El trecho siguiente se tornó mucho más complicado. Ya no era siguiendo ningún camino marcado, sino bordeando el que yo pensaba era un arroyuelo y las montañas más empinadas primero, y luego subiendo y bajando por lomas y recovecos bastante irregulares, que en la oscuridad de la noche, a pesar de que a veces la luna alumbraba con todo su esplendor, se hacían cada vez más escabrosos. Ya ninguno de los tres podía ocultar sus jadeos y el cansancio obligaba a descansar cada cierto tiempo, aprovechando esos minutos para secar el sudor, tomar uno o dos sorbos de agua y quitar de encima los restos de vegetación. Ciertamente no había tiempo para sentarse a contemplar el maravilloso espectáculo del cielo poblado de millones de estrellas, cada una compitiendo con su brillo en el infinito firmamento. Durante la travesía, a grandes rasgos Rodrigo contó cómo Fernando había sido herido. Ellos habían emboscado una patrulla de cazadores rio arriba y habían matado a sus cinco miembros. A uno de los compañeros de Fernando se le ocurrió que debían quemarlos para que no quedaran huellas pero cuando estaban en eso, se presentó el resto de la tropa gubernamental y se produjo un sangriento enfrentamiento que dejó varios muertos más y algunos heridos. Los guerrilleros se habían replegado y más adelante, rio abajo habían decidido separarse, dejando los heridos con Alfonso en el refugio que tenían en esa zona. Uno de los heridos era por supuesto Fernando.

Pasadas la dos de la madrugada, cuando ya las fuerzas abandonaban a Gisela, Rodrigo avistó escondido entre unos peñascos el refugio de sus compañeros guerrilleros. Nos pidió sigilo y luego por señas nos indicó que primero iría él hasta una ruinosa edificación, que tapada con lo que parecía una lona cubierta de follaje protegía a sus residentes. Luego se acercó y comenzó a silbar y en poco menos de un minuto alguien en el refugio respondía a su silbido con el mismo tono. Finalmente un hombre alto y fornido con el rostro oculto detrás de una espesa barba, vestido con ropas verde oliva de camuflaje se apareció y Rodrigo y él se abrazaron. Hablaron un rato y luego ambos vinieron a nuestro encuentro.

El barbudo reconoció a Gisela y la saludó por su nombre. Ella después de parecer dudar unos instantes también lo reconoció y de inmediato lo abrazó efusivamente, tanto que sentí celos. Luego pasamos al interior del campamento, que por lo que podía ver a la luz de dos lámparas de aceite era mucho más grande de lo que había imaginado y en realidad parecía la carpa de un pequeño circo con una decena de colchones y camas de campaña alrededor de una incipiente fogata. Yo seguí a Gisela, a Rodrigo y al barbudo hasta una especie de mesón al otro extremo de la carpa, donde había otra entrada. Allí pusimos nuestros morrales y mientras Rodrigo y el barbudo sacaban los contenidos, Gisela me presentó. El barbudo se llamaba Alfonso y era el líder del pelotón. Este me dio la mano y agradeció la ayuda prestada en nombre de todo el grupo. Luego de darme palmaditas en la espalda llevó a Gisela a una segunda carpa, mucho más pequeña, donde otras tres personas yacían en el piso sobre colchonetas. Una de ellas, según pude discernir por la mirada angustiada de Gisela, era su hermano Fernando, quien parecía dormir, aunque de vez en cuando gemía. Ella de inmediato se arrodilló a su lado a tocarle la frente. Y a besarlo

—Tiene fiebre —dijo, y preguntó luego— ¿Qué le han dado?

—Sólo agua. Tiene una bala cerca de la articulación del hombro derecho y la herida está abscesada. Nuestro único paramédico también está herido de bala, pero en una pierna. Hay que intervenirlos a ambos —dijo Alfonso—. Yo tengo una infección estomacal y espero hayas traído algo para eso —completó con cara de malestar.

—Bueno, mientras más rápido mejor. Necesito agua caliente para lavar los instrumentos y lavarme yo —dijo Gisela levantándose y caminando hacia el mesón. Luego me miró y preguntó: — ¿Me ayudás Eriberto? —Asentí y luego entre ambos comenzamos a colocar los instrumentos quirúrgicos y los medicamentos que habíamos traído, separándolos sobre la mesa. Gisela seleccionaba los que iba a usar, principalmente bisturís y unas especies de tenazas. Por un segundo imaginé que estaba de regreso al Bar Coriano, ayudando a Gisela con las bebidas.

Al rato Rodrigo trajo una olla con agua hirviente. —Hay otra olla en el fogón —dijo.

Gisela me pidió que pusiera agua caliente en uno de los recipientes que habíamos traído y ella misma colocó allí varios de los instrumentos, y luego decidió que lo más conveniente sería poner a su hermano acostado sobre el mesón, lo más cerca posible de la lámpara, así que pusimos los instrumentos a un lado y solicitamos ayuda de Alfonso y Rodrigo para subirlo con cuidado para que no se resintiera más del hombro.

Fernando apenas si estaba consciente de lo que ocurría, pero le pusimos una tosca almohada, hecha de sacos viejos, me imagino, debajo de la cabeza para que estuviera un poco más cómodo. Su rostro revelaba las penas que había soportado últimamente. Se veía demacrado aun cuando una barba de muchos días le cubría buena parte de la cara y su cabello crespo estaba muy desordenado. Sus facciones no obstante delataban su parentesco con Gisela, especialmente alrededor de los ojos y la nariz.

Gisela revisó con cuidado la herida. Se veía mucho pus y la piel circundante estaba algo hinchada y enrojecida. Después de lavarse las manos con jabón medicinal y ponerse los guantes de hule y el tapaboca, me indicó para que yo hiciera lo mismo. Lo primero que hizo fue ponerle una inyección de penicilina en la nalga y luego al cabo de la inspección cuidadosa del absceso y rociarle lidocaína tomó uno de los bisturís y con certera rapidez lo hendió de un lado a otro, lo que causó un ahogado grito de dolor por parte del joven.

Un pequeño chorro de pus brotó de inmediato y con la gasa profiláctica limpió superficialmente la tumoración, absorbiendo todo hasta secarla. Rodrigo y Alfonso, ambos también con tapabocas, mantenían sus manos sobre sus piernas, mientras yo tenía una sobre su frente, para evitar los movimientos bruscos. Gisela luego tomó otro instrumento con el cual comenzó a hurgar en el tejido muscular que había sido deteriorado por el proyectil, al tiempo que ella vertía desinfectante y yo alumbraba la herida con una de las linternas en mi otra mano, pensando que de nuevo estaba lidiando con cuerpos en estado de postración, aunque esta vez no eran de cadáveres. Fernando, quien a pesar de su condición estaba semiinconsciente, se retorcía de dolor y sudaba profusamente. Finalmente al cabo de unos minutos Gisela localizó la bala y de inmediato tomó las pinzas alargadas y mientras sostenía el ligamento debajo del cual se alojaba con el bisturí en una mano, con la otra pudo extraer el pequeño pedazo de metal. Luego procedió a secar la herida esparciendo sulfa, y a taparla con gasa. Parecía que habíamos estado en eso toda la noche pero en verdad sólo habían transcurrido 18 minutos.

—Ahora hay que dejarla que seque sola —dijo Gisela—, y a esperar que cese la infección. Con los antibióticos en 5 o 6 días debería de estar bien. Después habrá que ver si puede mover el brazo normalmente, una vez que se recupere el tejido.

Entre todos mudamos de nuevo a Fernando a su lecho y luego Gisela dijo:
—Veamos que se puede hacer con el paramédico. Hay que subirlo también al mesón.

El nuevo paciente, de nombre Sócrates y oriundo de Maracaibo, también tenía fiebre y estaba abscesado pero podía moverse un poco, por lo que él mismo nos ayudó al traslado al mesón. —Vergación —dijo—, creo que la infección es por la ropa que estaba muy sucia y la bala se incrustó con tela y todo. Pero creo que no me la van a poder sacar porque está cerca de la vena.

—Bueno, si es así vamos a limpiarla pero primero vamos a ponerle una inyección. ¿Usted es alérgico a la penicilina? —preguntó Gisela.

—No, sólo soy alérgico a los adecos y copeyanos…me dan grima y me caliento cuando pienso en ellos ¿vos véis?

Finalmente, después de limpiarle la herida y curar el absceso de Sócrates, Gisela también hizo lo mismo con el otro herido, Tomás Vera, de Paraguaná, con quien tardamos más puesto que tenía varias laceraciones, una de ellas bastante profunda. Pero ya a eso de las cuatro de la madrugada habíamos terminado con las urgencias, por lo que, con todo y lo cansados que estábamos, llegaba la hora de pensar en regresar. Y yo más que nadie sentía esa necesidad puesto que realmente me llenaba de pánico la idea de tener que vivir como vivían estos hombres y mujeres, convencidos todos de que este era el camino para enfrentar la injusticia y la desigualdad en la nación. Sólo la idea de tener que verme obligado a hacerle daño a otro ser humano, mucho menos matarlo, fuese por la razón que fuese, era suficiente para hacerme temblar de indignación. Era algo que sentía en lo más profundo de mí y que no era producto de lecturas o adoctrinamientos de ningún tipo.

Al rato, cuando vi que Gisela estaba sola, me acerqué para indagar sobre la hora de nuestro regreso. Pero sólo al verla supe que ella no regresaría conmigo. Me miró compasivamente y agarrándome por los brazos me dijo: —Eriberto, sé que estás listo para volver…pero yo tengo que quedarme…varios días, no sé cuánto. Mi hermano me necesita ahora más que nunca. Estos hombres, los que están sanos, sanos y enloquecidos, van a seguir peleando, y mi hermano va a estar desprotegido.

Ella siguió en el mismo tono de ruego al ver mi patético rostro: —Uno de los hombres va a volver contigo y te va a dejar a la entrada de la carretera que lleva a Jiménez. Debes irte ahora para que llegués a la finca de los Adriani antes que levante el sol. Allí alguien seguro te llevará a Boconó. Yo te avisaré cuando vuelva.

Después de ese balde de agua fría ya nada más importó. Ni el sentido abrazo de Alfonso agradeciendo mí colaboración, ni las instrucciones que me daba la misma Gisela…sólo pensaba en que nada salía como lo había planeado. Me iría sólo a Kansas…Gisela no dejaría a su hermano hasta que su hombro estuviera bien…ello podría llevar meses. Como un autómata me coloqué el morral que Gisela me había preparado, con la cantimplora llena del agua del manantial cercano. Me quité la chaqueta McGregor y se la di. Ella se la puso, quizás pensando que así me sentiría un poco más cercano. Luego saqué la navaja suiza de mi bolsillo trasero y también se la di: —Guardála —le dije—, a vos te hará más falta—, y ella se la puso en el bolsillo de la chaqueta.

14

Salimos como a las 4 y 15. Mi guía esta vez sería Pepe, sólo así se identificó. Obviamente era hombre de pocas palabras y durante la travesía de la montaña sólo hablaba para señalar los obstáculos. Cuando me veía jadear con mayor frecuencia, se detenía en algún lugar adecuado y simplemente encendía un cigarro. Ni siquiera me ofrecía uno y los fumaba como en secreto, seguramente temeroso de que su lumbre se divisara desde algún sitio a través de la espesa vegetación. Parecía estar siempre en alerta y cualquier ruido lo ponía tenso, incluso el de los animales y pájaros nocturnos que seguramente andaban en busca de alimento. Así que, aun estando armado sólo con una pistola, andaba siempre como si tuviera su fusil listo, como si fuera una lanza imaginaria con la que podría atravesar a cualquiera.

Yo nunca en mi vida había estado tan cansado. Sólo pensaba en la cama del hotel Colonial y que dormiría por dos días seguidos al menos. Allí seguramente me quedaría, a ver si Gisela regresaba. Me buscaría una paleta y algún lienzo y me pondría a pintar…quizás hasta pudiera pintar su rostro de memoria. No habría de serme difícil ya que conocía cada centímetro de sus facciones. En uno de los descansos revisé mi cartera, aún tenía suficiente para un par de semanas y si no pues iría a la sucursal del banco y vería cómo sacar más dinero. El viejo Yeici en verdad me había puesto a valer en ese particular.

A pesar del cansancio que me llegaba hasta la médula de los huesos, el regreso se hizo más rápido porque no había que subir tanto cerro sino que ahora era en bajada. No obstante ya hacía rato que había amanecido cuando divisamos la carretera que fenecía al lado del supuesto riachuelo que en verdad era un rio, aunque poco caudaloso en esta época del año. Nos despedíamos cuando sentimos un ruido como de camiones, acompañado del fragor de gritos de comando.

— ¡Escóndase! —me gritó Pepe mientras él sacaba su arma y se aprestaba a usarla.

Un soldado al tope de un camión lo vio y gritó — ¡Guerrilla!—, y comenzó a disparar hacia donde nos encontrábamos. Yo me deslicé por un barranco

y mientras rodaba sobre piedras y troncos escuché al mismo soldado gritar:
— ¡Le dí!

Minutos después escuché a alguien gritar desde arriba — ¡Aquí está! ¡Está herido!—, y al rato como otro grupo se acercaba y comenzaba a explorar la zona. Yo había caído como a treinta metros, tapado por arbustos llenos de espinas, asustado como jamás lo había estado en mi vida, con el corazón a punto de salírseme del pecho. Casi ni respiraba, aunque sentía que el sudor me agobiaba.

— ¡Está vivo —decía alguien—. ¡Vamos a llevarlo al capitán! — Luego el alboroto que hacían al levantar a Pepe, quien gemía.

— ¡Vamos, camina, perro rojo comunista! —decía otra voz.

—Parece un desertor, anda solo y sin armamento —dijo otro. Yo pensé, debe haber tirado su pistola en los arbustos.

Me quedé escondido largo rato, no sabía cuánto porque mi reloj se había llenado de barro y tendría que limpiarlo con agua para ver la hora. Sólo cuando pude convencerme de que ya se habían ido, salí del hueco. Pero al asomarme desde el tope del cerro casi me da un infarto porque los camiones seguían al final de la carretera, aunque sólo se veían algunos soldados. Me regresé al escuchar nuevos ruidos. Eran dos helicópteros que tomaron rumbo hacía la sierra donde acampaban Gisela y los demás. Me quedé petrificado porque me di cuenta de lo que eso podría significar. ¿Sería que Pepe les había confesado dónde estaba el campamento? ¿Sería que ya lo habían descubierto?

Seguí con las especulaciones más fantasiosas hasta que el ruido de un bombardeo me hizo volver a la realidad. Era hacia el noreste, de donde yo había venido…así que, olvidándome del cansancio, me devolví. No sé qué podría hacer, pero tenía que volver. Gisela podría necesitar ayuda y ya yo conocía el camino…y el humo que se levantaba a lo lejos y el ruido de los disparos continuados igual me servían de guía.

A medio camino cesó el ruido del asedio. De repente no hubo más bombas ni sonido de metralla y poco a poco la humareda comenzó a disiparse y a confundirse con la bruma mañanera. La piel me picaba por todas partes, mis ropas estaban empapadas por el sudor y las botas italianas se me hacían cada vez más incómodas, como si mis pies estuviesen aprisionados. Mi corazón seguía latiendo a un ritmo desbocado y sólo un pensamiento me bullía en el cerebro: Gisela. Ya hasta veía visiones y de repente se me aparecía entre el follaje. O la veía correr entre los árboles arriba en la sierra, encandilado por el sol de la media mañana…hasta que llegué a la base del peñón escarpado que servía de asiento al refugio de Fernando y sus compañeros.

Me acerqué con cautela. Todo estaba en silencio y ni los pájaros trinaban. Olía a pólvora y a excrementos, aparte de que el humo asfixiaba. La entrada del escondite estaba chamuscada y en la tierra se notaban los cráteres causados por el ataque de los helicópteros. Algunos restos de lona ardían aquí y allá, todo estaba destrozado. Sentí un pánico horrible y me quedé inmóvil por varios minutos. A lo lejos se escuchaba un nuevo bombardeo y el incesante revoloteo de las astas de los helicópteros de ataque. Luego di un paso y otro, hasta tropezar con el primer cuerpo.

Era una mujer, pero no era Gisela. Tenía el rostro ennegrecido pero vestía unas fatigas verde oliva y llevaba puestas unas botas hasta media pierna. Tropecé otros cuerpos de hombres, todos desmembrados, desfigurados. Pensé en la Señora Abigail, en todo el trabajo que tendría para limpiar sus huesos si fueran wayúu. Seguí hasta donde estaba la otra carpa, la de los enfermos. El mesón ya no existía…y en una esquina, amontonados, como protegiéndose unos a otros, estaban tres cuerpos. Fernando yacía al lado de Sócrates, ambos de espalda casi besándose, cubriendo otro cuerpo. Sentí un escalofrío de muerte porque sabía muy bien quien era esa persona. Un brazo se asomaba y el brazo portaba un brazalete en la muñeca, un brazalete de plata, con un escrito grabado que diría "Amor eterno, de Eriberto". El brazo dejaba entrever parte de la manga de la chaqueta McGregor color crema que yo le había dejado horas antes a Gisela, para que no sintiera tanto frío en las noches. Ahí estaba yo, de rodillas, llorando desconsoladamente, sin atreverme a mirar, cuando al lado, muy cerca, se escuchó una explosión y de repente estaba volando por los aires y caía dos o tres metros más allá…pero sólo fue un susto más. Me revisé y no parecía haber sufrido ninguna lesión, aparte de que estaba ahora bastante sordo.

Pero el trancazo me ayudo a reaccionar; Gisela podría estar aún viva, así que me levanté y con todo mi empeño separé los cuerpos de Fernando y Sócrates, ambos destrozados por la metralla; seguramente los soldados los habían rematado a su paso. En efecto Gisela aún tenía pulso y traté de revivirla, en mi desesperación dándole respiración artificial boca a boca como me habían enseñado en los *boy scouts*. Ella tenía heridas de metralla por todas partes y su rostro y cuerpo estaba casi todo cubierto de sangre, pero seguramente era la sangre de su hermano y de Sócrates. Finalmente ella revivió y susurró algo. Mientras colocaba un oído cerca de su boca le dije: —Soy yo, Gisela, Eriberto. No te preocupéis, te sacaré de aquí.

Ella musitó quedamente: —Eri, volviste…lo siento.

Destapé mi cantimplora y le di un sorbo de agua, luego le limpié la cara con el pañuelo que ella me había puesto en un bolsillo antes de abandonar el campamento esa misma mañana.

Ella volvió a musitar palabras y la entendí decir claramente te quiero. Yo le dije: —Ya no habléis…descansá.

Sus palabras me llenaron de energía. La levanté en mis brazos y empecé a caminar. Sería un largo trayecto hasta la finca de los Adriani, pero no tenía otra opción. Quizás sus heridas no fueran graves y resistiera. Iría tan rápido como mis fuerzas me lo permitieran…y cuando pudiera cruzaría el rio para el otro lado, para buscar eludir al ejército.

Caminaba como un loco, con la mirada fija en el suelo, para no tropezar. Unas veces la llevaba casi a horcajadas, otras sobre uno de mis hombros, otras sosteniéndola con mis dos brazos, pegada a mi pecho. Quería pararme a descansar aunque fuera un minuto, pero me parecía que si lo hacía Gisela tendría menos oportunidad de vivir. Caminé y caminé hasta que ya no pude más y me desplomé de rodillas cerca de la pequeña catarata del arroyo que bordeaba el camino hacia la carretera. No sentía su aliento y su cuerpo estaba muy frío. Quedé petrificado por largo tiempo, allí entre los arbustos al lado del manantial, mi cabeza postrada sobre sus hombros. Sólo los animales del monte escuchaban mi llanto mientras el sol eterno e impasible perforaba la hojarasca con sus rayos, irradiando vida e iluminando los espacios.

Cuando ya no había más lágrimas en el fondo de mi corazón volvió el raciocinio. Gisela estaba muerta y ya yo no tenía un solo gramo de energía en mi cuerpo. Jamás lograría llegar con su cadáver a la finca, y menos si los soldados seguían por ahí. Tendría que enterrarlo temporalmente, regresar como pudiera a su casa y después, cuando hubiese recuperado las fuerzas, venir a buscar sus despojos para luego darles cristiana sepultura en Boconó, o donde su familia indicara. Así que debería buscar el sitio más adecuado en las cercanías, un sitio que pudiera posteriormente encontrar sin mayor dificultad.

Después de lavarla y lavarme yo para tratar de evitar que las bestias del monte olieran la sangre derramada sobre nuestras vestimentas, exploré en los alrededores, sin ir muy lejos, siempre con la vista puesta en ella. Temiendo que alguna fiera ya hubiese sido atraída por el olor de la sangre y pudiera ensañarse con su cuerpo inerme, divisé una loma al lado de un pequeño farallón. Allí podría escarbar un hueco con la navaja que ella aún tenía en la chaqueta, y luego taparlo con lajas y piedras que impidieran que los animales carnívoros que por allí pudiesen habitar destrozaran sus restos. Así que allí subí el cadáver de Gisela y luego de varias horas de excavar, con una multitud de zamuros que sobrevolaban el área como testigos y ya con la piel de mis manos enrojecida y casi despellejada, me sentí satisfecho como para colocar allí su cuerpo. Le quité la chaqueta McGregor y como la prenda de vestir estaba todavía muy mojada, la puse a secar sobre una piedra. Me di cuenta de que aún deshilachada en algunas partes por la metralla, a mí me serviría más que a Gisela dadas las circunstancias que avizoraba; luego le cubrí la cara con el pañuelo que aún conservaba de la boda, y cuando ya comenzaba a anochecer terminé la tarea de inhumación.

No tenía nada con que escribir, así que tuve que conformarme con hacer un mapa mental del lugar, asegurándome de colocar suficientes indicios que me permitieran dar con la tumba cuando volviera. Incluso pude tallar con el filo de la navaja una rudimentaria lápida con una de las lajas rosadas del farallón, en la cual sólo escribí GM Luego al rato pensé que podría rayar un mapa en la parte posterior de la mochila, así que lo hice y no quedó tan mal después de todo. Luego me recosté a descansar y sin siquiera percatarme de ello, me quedé dormido.

Me desperté sobresaltado. Sudaba profusamente. Había tenido una horrible pesadilla en la que aparecía Gisela reclamándome que había dejado a su hermano abandonado en el campamento, sus restos a la intemperie y en un sitio donde ya eran fácil presa no sólo de las fieras sino también de los zamuros; y luego el cadáver de Fernando despedazado, pero con sus ojos aún con vida, mirándome acusador. Me dije es sólo mi subconsciente que de alguna manera se siente incómodo por no haber podido resguardar su cuerpo y lo manifiesta en sueños. Pero como me decía eso, sabía muy bien que no podría quitármelo de la cabeza, así que tendría que rescatarlos. Ya había anochecido y si decidía hacer algo al respecto tendría que ser al amanecer. Miré la hora. Las 8:32. Ya comenzaba a sentirse frío, así que tendría que ver como iniciaba una fogata. Un fuego que me calentara y al mismo tiempo me protegiera, pero que no fuera a delatar mi presencia al lado del peñasco.

Busqué un hueco entre dos riscos, revisé con la linterna que no hubiera alimañas, limpié el monte, tapé los agujeros, recogí unas piedras, un montón de hojas y ramas secas y con el encendedor de bencina pude al cabo de un rato iniciar la pequeña fogata. Tendría que estar pendiente para que no se apagara, alimentándola constantemente con ramas y hojas y soplando con un pedazo de corteza de árbol. Luego saqué del morral un pequeño paquete de galletas de soda, abrí un potecito de carne endiablada con el abrelatas de la suiza y comí. No había ingerido alimentos desde el amanecer, cuando me habían dado un trozo de pan con café en el campamento. Luego me acurruqué al lado del fuego, encendí un cigarro y lo fumé como si fuera el último que fumaría en un largo tiempo.

Cuando apenas comenzaba a asomar el sol detrás de las montañas del oriente, yo estaba bajando por la ladera buscando el camino al lado del río, rumbo al refugio guerrillero, o lo que quedara de este. No escuché ningún ruido de soldados que pudieran estar rondando por las cercanías a esa hora de la mañana, y a la hora y media de rápido caminar llegué al corte de montaña que señalaba la proximidad del que fuera campamento de los rebeldes. Todo alrededor estaba destruido, los árboles y arbustos chamuscados por el fuego o destrozados por los mortales misiles aire-tierra de los helicópteros que por lo visto habían vuelto a rematar cualquier cosa que pudiera haber sobrevivido. Me imaginé que la densa nube de humo que todavía cubría el sitio impedía que los zamuros se acercaran. Apenas si pude reconocer el lugar donde deberían estar los dos cuerpos de los heridos que habíamos curado. El antiguo refugio estaba lleno de troncos y vegetación, con arbustos aún ardiendo por todas partes, por lo que me llevó más de una hora solo despejarlo para ver si los cadáveres todavía estaban allí. También había mucha tierra suelta regada alrededor de los cráteres causados por las bombas, pero finalmente, limpiando y excavando con los mismos troncos, pude encontrarlos.

No era un escenario para querer recordar; los cuerpos estaban despedazados y desmembrados, ambos rostros irreconocibles. Con mucha paciencia pude recolectar lo que quedaba de Fernando, e ir poniéndolo en un espacio cercano, a sabiendas de que podrían no ser sus restos sino los de algún otro. Al cabo de dos horas había terminado la macabra tarea, con las manos chorreando en líquidos viscosos. Revisé el lugar hasta encontrar un saco que me sirviera para poner los restos y allí metí todo. En esa búsqueda también encontré mi maletín, que Gisela había traído como morral, todo ennegrecido y medio quemado, inservible, pero que aún resguardaba algunas cosas. Allí conseguí su cartera, con fotografías de su mamá y de su hermano, el carnet de la UCV que aún conservaba, su cédula de identidad y la foto mía que a todo el mundo mostraba. También un papel que a pesar de lo chamuscado podía verse que era de los resultados de un examen de laboratorio que después con más tiempo revisaría. Guardé la cartera y sus contenidos en un bolsillo y tiré los restos del bolso.

Luego fui con el macabro saco hasta la quebrada cercana y allí corté las articulaciones que aún estaban ligadas, separando los huesos. Los lavé uno por uno, raspando la carne calcinada pero aún pegada a su superficie, hasta dejarlos lisos, tal como había visto hacerlo a la Sra. Abigail en los dos entierros wayúu que había presenciado. Al terminar, después de horas de labor, me aseguré de limpiarme yo. Me quité toda la ropa: la chaqueta, la franela, el pantalón, el interior, las medias, y hasta las botas italianas; las lavé lo más que pude, las puse a secar bajo los directos rayos del sol, y mientras esperaba me bañé desnudo por largo rato. Si a los cazadores se les ocurría aparecerse en ese momentos, estaría fregado por completo.

Después de haber comido algunas sobras que encontré y de haber recuperado las energías, por la tarde regresé a mi refugio temporal en el risco, al lado de la tumba de Gisela. Luego decidí que cual mejor lugar para resguardar temporalmente los huesos de Fernando que allí mismo, en el hueco donde había pasado la noche. Quité las piedras de la fogata y cavé un hueco cuadrado como de 20 centímetros de hondo y medio metro de ancho, puse allí la bolsa con los huesos que había podido rescatar, luego lo cubrí de tierra y lo tapé con piedras de todos los tamaños, como había hecho con Gisela. Descansé un rato, comí otro paquetico de galletas con el resto del jamón endiablado de la lata que había abierto la noche anterior, y comencé a mordisquear la única naranja que me quedaba. En la lejanía escuché el ruido de los rotores de los helicópteros del ejército que seguramente regresaban a su base, y de inmediato me levanté. Tendría que huir hacia el norte, hacia la serranía que estaba al otro lado de la sabana, como a quinientos metros. Seguramente me descubrirían, pero no tenía otra opción. No podía quedarme donde estaba porque por mi refugio temporal sobrevolarían las aeronaves y los pilotos y los artilleros podrían fácilmente verme. Y si bajaba a esconderme en el zanjón, allí podría toparme con los soldados de infantería que acompañaban a las naves.

Me desplacé como pude, encorvado y tratando siempre de no espantar las bandadas de pájaros que anidaban por allí, especialmente las ruidosas guacharacas. Pero era una sabana muy descampada y extensa, de vegetación enana, más que todo monte y árboles bastante escuálidos, en la que se dificultaba que uno pudiera pasar desapercibido por mucho tiempo. Cuando estaba como a cien metros del pié de montaña, vi un barranco que lo bordeaba. Allí podría esconderme más fácilmente, pero en cuanto intenté salir de los matorrales para irme hacia él, me avistaron.

Corrí desesperadamente hacia el barranco. Los artilleros y francotiradores me habían visto desde los helicópteros y ya estarían apuntándome con sus rifles de alta potencia y mira telescópica. Estaban lejos pero seguramente aun así podrían darme, tal como le habían dado a Pepe el día anterior. Los oía gritar y luego el fragor de los disparos. En un momento sentí un fuerte golpe en la espalda y perdí el ritmo de mi atropellada carrera. El golpetazo me empujó hacia un lado, y de repente me encontré rodando por entre arbustos y piedras, hasta caer al fondo del barranco. Pensé que me habían acertado pero no veía chorro de sangre por ningún lado, sólo raspones en las manos, algunos feos, dolores por todas partes, y mucho polvo. Me levanté como pude y casi gateando busqué esconderme entre los riscos. Pronto oscurecería y si lograba perderlos de vista, ellos no me seguirían y menos a pie, al menos por ahora. Así que medio trotando y cojeando por entre las extrañas columnas de tierra que conformaban ese barranco, finalmente llegué a un pequeño claro al lado de un peñasco de piedra caliza que me pareció adecuado para pasar la noche.

Estaba agotado y necesitaba descansar. Me senté y me quité el morral. Cuando lo revisaba vi que una bala lo había atravesado y se había incrustado en la parte metálica de la cantimplora. La bala aún estaba ahí, por lo que el agua no se había salido. Pensé, la cantimplora me salvó la vida, esa bala probablemente me hubiera atravesado el corazón, o un pulmón. Estaría muerto en el lecho seco, y los zamuros pronto despedazarían mi cuerpo. Que pensamiento tan horrible. Necesitaba olvidarme de eso, así que me levanté y exploré el área para ver que había a los alrededores. Pero era sólo monte y algunos árboles muy solitarios. Vi que a la izquierda había una especie de promontorio, accesible en su parte superior, que podría servir para observar el horizonte por los cuatro puntos cardinales.

Revisé mis provisiones y sólo me quedaba un paquete de galletas y pan duro. Comí dos galletas y la mitad del pan y me dispuse a hacer guardia arriba en el promontorio. Cuando me diera sueño bajaría hasta el claro y allí me acomodaría, a dormir con un ojo abierto y otro cerrado, esperando que ninguna hambrienta fiera viniera a perturbar mi sueño, y que los espíritus de mis antepasados wayúu y kiowa me protegieran. Traté de recordar algunas normas de la guía *boy scout* para la supervivencia en sitios inhóspitos, primero y principal prevenir la deshidratación, bueno todavía tenía agua en mi cantimplora con todo y pepazo, y la bebería como si fuera aceite de ricino, poquito a poquito. Tenía que prevenir picadas de insectos, especialmente de garrapatas porque se infectaban, bueno hasta ahora no me había picado ninguna. Evitar sitios donde pudiera haber animales feroces. Eso si no sabía cómo hacerlo…recordaba que los osos le huyen a los seres humanos al igual que las culebras y esperaba nunca encontrarme con ninguna de las dos especies por estos lados, especialmente estas últimas.

Me desperté varias veces durante la noche, víctima del temor que me inspiraba estar expuesto a tantos peligros. Aún en mi estado de pánico controlado podía maravillarme ante la espectacular vista del firmamento, ciertamente tapizado de un incontable número de astros que brillaban unos con mayor intensidad que otros, con cientos de estrellas fugaces que cruzaban el cielo infinito dejando su fantasmagórica estela de gas, como almas que poco a poco se desvanecen en la noche eterna, para nunca más volver. Pero aun tanta grandiosidad no era suficiente para calmar un corazón palpitante que en este momento sólo anhelaba la seguridad de su hogar, la paz de una vida aburrida y sin sobresaltos. Sambito y Nereida parecían tan lejanos, Topeka una quimera inalcanzable. Gisela, un peso insoportable en el pecho.

Durante los días siguientes nadie me persiguió. Los cazadores obviamente habían seguido otro rumbo y por ahora yo no era objeto de su guerra a muerte. Quizás pensarían que ciertamente me habrían matado y que estaría desangrado en algún hueco del laberíntico barranco donde había caído esa noche. En todo caso habían cambiado el rumbo y mientras yo seguía hacia el noroeste, siempre bordeando la montaña, ellos seguramente se mantenían en las márgenes del río, impidiendo el paso hacia los poblados cercanos del sur. Así anduve por varios días, casi sin parar, sólo deteniéndome ante algún árbol frutal, más que todo aguacateros, que ya algunos tenían frutos maduros, y alguno que otro naranjero, que si bien no eran muy dulces, al menos me proveían de algo sólido que no fuera a ser venenoso para masticar, y quizás hasta algún nutrimento. Además, recordando mis clases de supervivencia con los exploradores, dictadas por mi abuelo Yeici, cuando veía algún árbol maduro de corteza blanda, enseguida cortaba un pedazo y lo guardaba en el morral, para en las noche, aprovechando la fogata que encendía, calentar la pulpa y comerla bien doradita. Sabía que esa corteza tenía proteína, esencial para el cuerpo humano. Además, siempre tenía a la mano un embudo cónico hecho con las hojas más grandes, para recolectar el agua cuando llovía y rellenar la cantimplora.

En todo caso, después que se me acabaron las escuálidas provisiones que Gisela había metido en mi morral antes de dejarla, mi mente y mi cuerpo comenzaron a ser sometidos a procesos metabólicos de distinta índole. Mientras que por una parte la sed por agua potable y el hambre acentuaban mis angustias existenciales al pasar de los días, por la otra mi cerebro pasaba por una especie de depuración extrema, y en algunos momentos sentía como si mi subconsciente o algo similar a mi espíritu pudiera salir de mi organismo y volar hasta las alturas por el espacio abierto. Pero claro, me di cuenta de que era algo así como auto sugestión porque de ser cierto eso, podría quizás ver a las patrullas de soldados al otro lado de la montaña, o dónde podría encontrar un camino que me permitiera salir más fácilmente de este laberinto de tierra y vegetación, o un manantial, de los tantos que habría en la montaña, y de esos vuelos sólo me quedaba una sensación de vacío, sino de locura.

Por otra parte, cuando me quedaba dormido, sin importar la hora, pareciera que mis sueños fueran una forma de comunicarme con algún otro ente lejano, una especie de telepatía en la cual sentía que este ente receptor me necesitaba, clamaba por ayuda. No eran sueños recientes; esos sueños los había tenido desde hacía un par de años al menos, sólo que no había podido recordarlos tan nítidamente como lo hacía ahora. Al analizarlos una y otra vez sólo podía llegar a una conclusión: Era el subconsciente de mi padre, atrapado en alguna intrincada circunstancia, que pedía ayuda, y que sólo yo, hecho de su mismo material genético, podía captar. Pero claro, eso también podría ser autosugestión y a lo mejor una forma de motivarme a salir de esta difícil situación en la que ahora me encontraba, a no darme por vencido y recordar siempre los principios fundamentales de la guía del *boy scout*; no perder la calma, evitar el pánico a toda costa y mantener la moral muy alta. Sin duda la idea de encontrar a mi padre era lo suficientemente poderosa para motivarme a luchar y vencer todos los obstáculos. Igual me motivaba el ver como las fogatas de ramas y hojas secas que yo encendía en la noche se mantenían vivas por horas y horas, como si un halo protector de luz las alimentara, o convertido en cúpula transparente, impidiera el que la brisa las apagara e igualmente alejara de mi cercanía a todas las alimañas ponzoñosas y a los depredadores que salían en la oscuridad a buscar presas desprevenidas.

Otras noches tenía otro sueño fantástico e igualmente inescrutable. Al ser perseguido por los implacables cazadores del ejército caía por un hueco abismal en cuyo fondo había agua. Una vez en el agua una corriente profunda me impulsaba hacia las entrañas de la tierra y al tiempo, justo antes de ahogarme, asfixiado, salía abruptamente a un río subterráneo en una inmensa cueva. La cueva se alumbraba por los minerales que refulgían en la oscuridad, y además por los destellos de alguna fuente solar que provenía de algún lugar secreto. Yo seguía desesperado el curso del río, temeroso de no tener oxígeno para respirar, esperando salir al otro lado de la montaña, libre al fin de mis perseguidores y muy cerca de San Genaro de la Costa. Mientras tanto sentía también la presencia de todo tipo de seres espectrales. De repente la cueva se me parecía un brillante templo circular de cuyo techo colgaban estalactitas de los más espectaculares diseños, y allí, en su centro, estaban sentadas las almas de mis antepasados kiowa, presididas por el gran jefe Nube Blanca y con mi abuela y mi padre, todos vestidos con atuendos hermosos, dándole consejos.

Finalmente, al cabo de muchos días de vagar, siempre siguiendo un supuesto rumbo hacia el noroeste, alcancé llegar a otra montaña, está mucho más frondosa y atractiva que la que había estado bordeando. Podía oler la humedad, seña de que por allí cerca habría agua fresca, y el débil olor de la piña que venía de algún rincón encantado de ese nuevo edén que mis sentidos estaban presintiendo. Me metí en la espesura del monte, atraído por algún aroma indescriptible que un sexto sentido me indicaba. Después de caminar por un largo rato, a lo mejor horas, pude igualmente escuchar entre el trino de los pájaros y el quejido chillón de los monos, el suave correr de las aguas de un arroyo. Las fuerzas me abandonaban y mi vista era borrosa, pero el oído era preciso. Ahí frente a mí, a pocos metros, escuchaba el melodioso arrullo de un manantial.

15

Cuando volví a estar consciente, estaba acostado en un catre, sin mi morral, y un hombre pequeño de barba blanca y sombrero de cogollo me miraba. El hombre estaba vestido con una camisa manga larga muy desgastada y en una mano tenía una botella de ron Pampero medio llena. Sentí que en la comisura de mis labios había restos de alcohol, y por el ardor en el estómago deduje que el barbudo me había hecho beber un trago y que eso aparentemente me había despertado.

—Vusté estaba tirao a la orilla de la quebrada, cerca de por aquí —me dijo a manera de explicación—. 'Taba esmayao y me lo traje p'aca pa'l rancho…Debe tener hambre ¿no?

Yo asentí y él me trajo un pedazo de carne seca. Luego me dio agua en un vaso de peltre, y una manzana. — ¿Dónde estoy? —le pregunté después del primer mordisco. Vi que mi morral estaba al lado del catre, aún cerrado.

—Está en mi casa, en la montaña. Aquí vivo solo desde hacen más de 20 años con mis animales, y estamos muy lejos de algún pueblo…por aquí no se jaya más naiden. ¿Y vusté diónde viene? ¿Anda juyendo dialgo?

Le dije que me escapaba del ejército, que ellos habían matado a mi novia creyendo que éramos guerrilleros. —Me llamo Eriberto Ferrer, tengo casi un mes de estar perdido buscando llegar a un camino que me lleve a un pueblo—. Luego alcancé el morral, saqué mi cartera y le mostré mi cédula de identidad.

—Ta' güeno —me dijo—. Yo llevo la cosecha a la encrucijada de la piedra dentro de tres meses más o menos y con gusto le dejo que me acompañe. Eso queda al lado de la carretera…la Panamericana que llaman. Aquí se puede quedar mientras tanto…

El techo del sitio donde me encontraba era de zinc pero como pude constatar luego, tapado con hojas de palma seca, y de hecho algunas de sus varillas se veían en los intersticios. Mi almohada eran unos sacos viejos doblados olorosos a mazorcas de maíz y en la oscuridad de la habitación apenas pude discernir que el piso del cuarto era de tierra aprisionada de un marrón oscuro, regado por todas partes con diversos restos de hortalizas, lechugas y repollo más que todo, con algunos sacos llenos de pasto y materiales de siembra. Desde donde estaba podía ver lo que sería la sala. En el medio había una mesa muy rústica hecha de troncos de árboles aserrados por la mitad y a un lado dos banquetas de igual material.

Más tarde, cuando pude levantarme pude ver que al otro extremo de la sala, pegada a la pared, había una estrecha cama de madera que igualmente parecía elaborada artesanalmente, cubierta con un desaliñado colchón sin sábana, una almohada con funda verde y en un extremo una gruesa cobija gris. En el cuarto, por una ventana entreabierta en el medio de una de las paredes laterales entraba un débil rayo de luz que permitía ver también unos estantes de tablas pegados a las paredes, unos con herramientas de trabajo y otros con lo que parecían alimentos secos y enlatados. Calculé que el área del cuarto no sería mayor a los doce metros.

Luego, cuando pude recorrer los alrededores, noté que en la parte de atrás había un fogón de piedras con una parrilla, y leña que aún ardía. Sobre la parrilla reposaban un budare ennegrecido pero brillante, y una olla que había perdido su color original. En una esquina de la cocina había una vieja tinaja empotrada en un parapeto de palo del cual, sostenido por un clavo, colgaba un vaso de peltre. Al otro lado del fogón, casi diagonal a este, había una troja cubierta con hojas de palma donde se veían algunas gallinas sentadas serenamente en sus nidos. Más allá, cerca del zanjón que bordeaba el rancho, se observaba una curiosa construcción con troncos paralelos de no más de un metro, cortados por la mitad, que según me informó el viejo, hacían las veces de retrete, sostenidos a su vez por gruesos troncos verticales que surgían del fondo del pequeño barranco. Era su pozo séptico y tenía una tabla con bisagras que permitían taparlo una vez usado. Me explicó que era muy peligroso salir a media noche a hacer las necesidades físicas al descampado y que ya una vez estuvo a punto de que lo mordiera una culebra macaurel en esos menesteres.

—Por aquí hay que cuidarse de todo —me dijo—, especialmente de esas bichas que se arrastran por todas partes. Yo uso guantes muy gruesos y botas de hule pa' trabajar y nunca meto las manos en sitios oscuros, ni en matorrales muy enredados, ni en troncos con jurecos...y espero que vusté tampoco. Yo después revuelvo los excrementos con tierra negra allá abajo y los uso como abono.

A los pocos días, cuando me repuse de mi debilidad, pude ayudar al viejo en su trajín diario. Él se llamaba Trinidad González y era agricultor desde muchacho aunque había peleado en las guerras federales en tiempos de

Cipriano Castro. Había convertido unas tierras pedregosas y casi baldías en un fundo productivo que le permitía sobrevivir mal que bien. Sembraba de todo: Caraotas, papas, hortalizas, maíz, yuca, café, fresas y tenía muchos árboles frutales. Además criaba dos cabras y un chivo, como veinte gallinas en la troja con gallo y todo; tenía un burro y un caballo viejo pero de muy buena estampa que le ayudaba a arar la tierra cuando hacía falta.

—Cada seis meses recojo cuatro o seis sacos de producto y lo llevo a la encrucijada —me dijo. La encrucijada al parecer era un sitio donde los pequeños agricultores de por esos lados llevaban su cosecha a vender. Él no la vendía si no que la intercambiaba por otras cosas como chimo, ron, urea, fósforos, cigarros, sal, azúcar, café, manteca, queso, útiles de trabajo, ropa o cualquier otra cosa que necesitara.

Comencé a ayudarlo haciendo varias tareas: Le daba el alimento a las gallinas y a las cabras; desbrozaba el monte de los sembradíos; con una hacha y un serrucho cortaba madera para hacer leña, recogía la fruta de los árboles que ya estaba madura, lo ayudaba a subir y bajar el dique de contención que había fabricado para que el agua de la quebrada cercana regara sus siembras cuando no llovía, y algo que le agradó mucho, que le limpiara y bañara al viejo caballo, que le cepillara su pelambre grisácea, sacándole las garrapatas y que le extrajera también los gusanos de los cascos, algo que yo había aprendido a hacer en Maracaibo, en La Limpia, con mi paisano Jairo Velázquez.

Cayendo la tarde, con el sudor del día picándome la piel, me iba para el pozo que Trinidad había construido, desde mucho antes me imagino, a un lado de la quebrada, abajo, entre los peñascos llenos de musgo, con unas moles de piedra que parecían centinelas arrodillados cabeza en tierra, rindiendo pleitesía, hechizados para siempre por alguna bruja malvada. Allí no sólo me refrescaba con la cascada de agua fría sino que igualmente aprovechaba para lavar y secar mis ropas por lo menos una vez a la semana.

En la tarde, como una hora antes del anochecer, él se sentaba en una rústica silla de troncos de madera frente a su casa, a fumarse un cigarro y beberse una taza de café, bastante cargado. Lo probé una vez y fue más que suficiente para ya no querer ni olerlo. Antes, él mismo dizque secaba café de su cosecha y lo molía artesanalmente, pero no le quedaba tan molido como el café comercial al que uno estaba acostumbrado, así que comenzó a adquirirlo en los canjes de la encrucijada. Luego ya anocheciendo solía comerse un trozo de carne seca con yuca o papa cocida. Al rato se acostaba para pararse antes del alba, cuando el gallo comenzaba a cantar.

— ¿De qué es esta carne? —le pregunté la primera vez que me dio un pedazo del que no pude reconocer el sabor.

—Es de venao. De un matacán que estuve cazando por meses. Me di cuenta por sus pisadas que venía a beber agua en la quebrada muy de mañanita…pero nunca pude agarrálo. Tuve que quedame toda una noche en vela en el monte pa' matálo. Era muy hermoso, pequeñito, como todos ellos, como de un metro de alzada. Le di dos tiros de la escopeta y me estuve casi toda una semana desollándolo y preparándolo; pesaba como 50 kilos. Su cabeza es la que está ahí en la sala en la paré. Eso fue hace como 4 meses. He cazado otros pero ese jue el más grande. También he cazado lapas, puercos salvajes y picures, antes cuando me movía más y no tenía tanta comida aquí. No me gusta cazar con esa escopeta porque hace mucha bulla y llama la atención…aunque la he tenido que usar para espantar a los zorros que de vez en cuando vienen por ahí a alborotarme las gallinas…cazo más con trampas.

— ¿Y no ha cazado algún tigre? —pregunté, más para enterarme si por esos lados había alguno.

—No, por aquí no he visto. Hay mucho cachicamo, rabipelao, mapurite y hasta osos, pero los que he visto no comen carne y son muy tranquilos. Unos son mieleros y los otros, los cara blanca, frontinos que llaman, sólo comen monte. También hay monos en la parte más espesa de la sierra, y dantas. Más arriba, en la naciente del Rio Carache dizque hay tigres de montaña, jaguares, pero yo no los he visto.

Así que en verdad, con todo y el contrabando que le llegaba a Sambito de Aruba, nunca en mi vida había comido una variedad tan grande de alimentos de carne y vegetales como en esos meses en ese refugio: Además de la carne seca del venado comí lapa, iguana, paloma a la parrilla, trucha y bagre de río. Y de vez en cuando huevos fritos en manteca, arepa al budare, queso de cabra y todo tipo de hortalizas y frutas; aguacates, tomates, pepinos, fresas, mangos, lechosa, papas, yuca, auyama, ñame, granadas, y otros que no conocía, como el apio España, el brócoli y el zuchini. Sinceramente de no ser por las incomodidades de vivir sin electricidad, sin libros para leer, sin poder escribir, con el miedo de ser electrocutado por los rayos cuando se desataban esos tormentosos aguaceros, si no inundados por el agua que a veces llegaba hasta media pierna, podría llegar a sentirme a gusto en la granja. Eso era en el día porque en las noches, tirado en el incómodo catre, en medio de esa oscuridad sin luna y sin estrellas en la que parecía que uno estaba al ladito del fin del mundo, al borde del universo, yo sólo pensaba en Gisela…hasta que el sueño me arropaba.

—Mirá, Trinidad,… ¿Y cómo llegásteis aquí, tan lejos de todo? —le pregunté un día, cuando ya le tenía más confianza. El sacó su tamborcito de chimo del bolsillo, lo abrió lentamente con la destreza de tantos años de uso, embarró el dedo medio con la espesa crema negra, se lo metió a un lado de la boca, lo sacó luego limpiecito y comenzó a contarme su larga historia.

—Después que terminó la revolución y que Cipriano Castro mandó a colgar en la plaza de Pedernales a mi General Canillas, los hombres desarmados y muertos de hambre nos juimos pa' nuestras casas sin nada, descalzos, casi con una mano alante y otra atrás. Yo estuve trabajando como peón de hacienda en varios laos hasta que la señora Giorgina Castillo me dio unas tierras, muy malas y sin agua, pa' que se las acomodara pa' sembrar. Poco a poco con mucho trabajo las jui convirtiendo en tierras güenas, con pozos y riego, y al cabo de cinco años mi mujer y yo le estábamos sacando caraotas, maíz, café, y más que todo caña de azúcar. Por ahí había un viejo trapiche abandonao y yo lo recompuse con la ayuda de un compañero de tropa que sabía mecánica. Con los años hice unas casa muy grande cerquitica del trapiche, y allí en la hacienda, en época de molienda los ricos del pueblo, los amigos de Giorgina iban a tomar espuma todo el día, y mi mujer encima tenía que hacerle comida a todo ese gentío de gratis, y que además se llevaban las panelas recién hechas dizque como regalo de la señora. Ya tenía como cuarenta peones a mi cargo y al tiempo, cuando la vieja vio que la gente decía que esas tierras ya dizque eran mías porque yo las había trabajao y las había puesto a valer, la doña me mandó a sacar. Me negué, pero ella me mandó la policía y a la fuerza me sacaron dejándome otra vez en la calle, ahora con la mujer y dos hijos.

—Allí había un rico, Domingo Sarti, que tenía una tienda 'onde yo compraba todo y le pagaba de tantito en tantito, yo namás ponía mi seña como firma, pero él dijo que yo izque debía un platero y que la vieja esa lo había pagao, y porai se fueron pa'sacame. Yo era uno de los lugartenientes de Canillas y el siempre repetía que a él nadie lo ninguneaba, ni lo naideaba, ni lo tampocamente…y yo le creía al hijo'e puta, y mire vusté lo que le pasó a él y lo que me pasó a mí.

—Yo he oido hablar de ese tal Sarti, que le quitó las tierras a Rosendo Mejía en Mosquey —le dije para animarlo a seguir, recordando el cuento que Gisela me había echado sobre ese usurero.

—Siendo hijo natural jui a hablar con mi taita, Ché María Hidalgo, un hombre despótico de bigote poblao y sombrero pelo e' guama, siempre con una pistola al cinto, al que yo le pedía la bendición 'onde lo viera, arrodillao y todo, aunque nunca me habia dao ni un saludo. Él también era un hombre rico al que el General Gómez le había mandao un montón de cobres por el café que sacaba, pero él dijo que no podía hacer nada, que la vieja era la dueña legal de esas tierras y que quién me mandaba a trabajar sin contrato y de pura palabra...como si yo no fuera analfabeta y mi mujer apenas si sabía firmar. El dizque pa' ayudame me dijo que le limpiara una hectárea que tenía en Los Pantanos y que lo que sembrara era mío y que mientras tanto mi familia se quedara en una casita que él tenía en sus tierras cerca del Batatal. Así que yo busqué un ayudante y me fajé a sacar la piedra y desmalezar el terreno, de sol a sol y sin día de descanso, pa' sembrar caraotas.

Como al mes de estar en eso, sacando unas piedras muy grandes me topé con unas cajas que resultaron ser un entierro de monedas de plata y de oro. Yo se las llevé a mi taita y no me cojí ni una sola morocota pa' yo. Él lo que me dio fue tres pesetas, pa' que no juera tan pendejo, me dijo. Yo seguí escarbando monte y culebras hasta que una de esas bachaqueras a la que ya le había dao un machetazo y la creía muerta, me agarró la muñeca y me picó a medias. Me empecé a sentir mal y le dije al peón que me llevara pal dispensario de la Sanidá que no quedaba muy lejos. Por suerte la culebra no tenía casi veneno cuando me saltó y con la ampolleta que me pusieron me empecé a calmar.

—Vergación, dije yo, realmente interesado en el cuento del viejo. Luego él siguió sin que yo le dijera más nada, de vez en cuando escupiendo el chimo.

—Así que me juí pa' la casa a pie y a pata como la garrapata y cuando llegué allá cerca del mediodía, casi me da un ataque, pues afuera por la cocina estaba el caballo de Che María y había un hombre en la puerta de la calle haciéndole guardia, a lo mejor esperando a mis hijos de la escuela. Yo me metí por detrás y cuando me asomé a mi cuarto ahí estaba mi taita desnudo encima de mi mujer, en mi cama. Yo quise pelar por mi machete pero se había quedao en el peladero de Los Pantanos... pero él había dejao su pistola en la mesa al lado de la cama. Me enfurecí y sin más tomé el arma y le di tres tiros por la espalda. A la mujer no le disparé porque no quise dejar huérfanas a mis dos criaturas, aunque no sé si a ella también le di. Me metí la pistola en la cintura, busqué otro machete en la cocina y salí mandao...me monté en su mismo caballo y hasta el sol de hoy. El viejo según supe después no se murió, pero quedó inválido y sin poder hablar. La policía y el ejército de Gómez me buscaron por meses pero yo me vine bien arriba pa' la montaña y hasta aquí no subieron. De eso hacen ya más de veinte años y no sé si Che María estará vivo todavía. Pero su caballo sí, todo medio desdentao y hasta con canas, pero sigue vivo.

— ¿Y la pistola? ¿Qué la hicísteis?

Trinidad soltó un grueso escupitajo al piso y dijo: —La tengo guardá. Es una pistola con cacha de plata, muy valiosa, que el General Gómez dizque le regaló a mi taita cuando llegó a mandar, usa balas calibre 45. Se la trajeron izque de Nueva Yor, y allá sólo la usaba el ejército de los gringos. Fíjese vusté...tanto que la valoraba y con ella lo malograron.

— ¿Y cómo hicisteis para levantar esta finquita, vos sólo?

—No, No. Yo llegué aquí porque cuando juía ví la casa y ví que había gente. Aquí vivía un viejo, al que se le había muerto la mujer y la había enterrado por aquí cerca. Yo llegué y el viejo, de nombre Paz, me dejó quedame. Todo estaba medio abandonao porque Paz taba enfermo. Él y su mujer habían levantao esto con sus dos hijos, pero los hijos se jueron y los dejaron a su suerte. La mujer tenía tuberculosis y había muerto el año anterior. Yo recuperé las tierras y limpié otras. El viejo ayudaba en lo que podía pero al año él también se murió. Un día no se paró y cuando yo fui a ver estaba frío y a la vez duro como palo e vero. Lo enterré al lado de su mujer y esas son las dos cruces que están allá arribita, en el cerrito. Yo me quedé solo y tuve que echále pichón por mi cuenta. ¿Qué más podía hacer?

Al escuchar la trágica historia de Trinidad no pude dejar de pensar que si la culebra bachaquera no lo hubiera picao ese día en el pedregal que limpiaba, él seguramente no estaría viviendo aquí, y no me hubiera encontrado. A lo mejor yo habría muerto ahí a la orilla de la quebrada, deshidratado y sin fuerzas para nada. Pero claro, igual nada me hubiera sucedido si yo no hubiera insistido en acompañar a Gisela en su desdichada aventura...y así sucesivamente, en retrospectiva podría considerar todas las decisiones tomadas en mi vida. Obviamente así funcionaba el mundo, las acciones de todos influían de una u otra forma en las acciones de todos, en una alocada carrera hacia el fin de nuestras vidas. Mientras tanto había que seguir, esperando de alguna manera que lo que hacemos tenga algún significado, sea algo más que sacrificios, ruidos y rabietas.

— ¿Trinidad, y a vos no te hace falta el no tener mujer desde hace tanto tiempo? —le pregunté otra tarde en que descansábamos del trabajo del día.

—Dios me castigó muy duro, Eriberto —me dijo entonces, como resignado—. Cuando andaba con Canillas cometimos muchas vagabunderías, violamos muchas mujeres, de todas las edades. Y yo tenía una gonorrea que me la curé pa' casame. ¿Quién sabe a cuántas habré infectao? Ahora ni siquiera se me levanta ni pa' haceme la manuela.

183

Habían transcurrido cerca de cuatro meses de mi estadía con el viejo agricultor, casi una semana antes de la cosecha de caraotas y zanahorias cuando sucedió lo impensable. Una mañana mientras alimentaba las gallinas y demás animales de repente nos vimos invadidos por una patrulla de cazadores del ejército. Eran seis soldados con un sargento al mando que sin duda habían visto el humo del fogón más temprano ese día que no hubo nada de neblina.

Después de mirar por todos lados del rancho, de inspeccionar la troja y el corral de chivos, el sargento se acercó al viejo y le dijo que tenía que confiscar la propiedad, ya que estaba en zona de guerra.

—Tiene que abandonar el sitio, ciudadano —le dijo el soldado mientras yo escuchaba desde el quicio de la puerta, tratando de que no me viera el rostro—. Vamos a quemarlo.

El viejo Trinidad se veía muy sereno, pero por dentro seguro estaba que estallaba.

—Pues mire vusté, señor soldado, yo de aquí no me voy sino muerto. Esta es mi casa y de aquí no me saca naiden.

—Bueno. Esto debe valer como quinientos bolívares con las tierras. Así que le voy a dar un vale firmado por mí para que lo cobre en la Comandancia de Boconó…pero de que se va se va —dijo el militar, al tanto que sacaba un papel con sello del ejército y con un lápiz escribía algo tomando la espalda de uno de los soldados como mesa. Luego se lo ofreció a Trinidad, quien lo agarró, lo rompió en varios pedazos y lo tiró al suelo.

El militar sin inmutarse gritó a los otros soldados — ¡Quemen el lugar y maten los animales!

No había terminado de dar la orden cuando ya Trinidad blandía su machete y con un movimiento diagonal de arriba abajo se lo asestaba entre el hombro y el cuello cortándole la yugular. Brotó un chorro de sangre, el sargento emitió un corto gemido y cayó al suelo muerto, al tiempo que los otros soldados le disparaban al viejo a mansalva y este en su desesperación lanzaba el machete sin destino, atinándole en un brazo a uno de ellos. En el alboroto yo entré a la casa y me escabullí por detrás, bajé por el barranco cercano, crucé el arroyo y me alejé tan rápido como pude. En mi carrera podía escuchar el eco de los disparos y los gritos de uno de los soldados que decía — ¡Busquen al hijo y mátenlo—! Pero dónde me iban a buscar, si yo ya estaba a buen resguardo.

Después de estar escondido todo el día sin alejarme demasiado del rancho, al anochecer intenté acercarme y como no vi ninguna fogata o luz de ningún tipo supuse que los cazadores se habían ido, llevándose a su sargento muerto y apurados por el soldado que estaba cortado con el machetazo en el brazo. En la oscuridad no se distinguía mayor cosa, pero el olor a quemado era terrible y más aun después que los animales calcinados a medias habían estado expuestos al sol de la tarde. Con la nariz tapada recogí lo que pudiera servirme de protección para pasar la noche en descampado y me fui con la idea de regresar al amanecer. Tenía que ver cuáles eran ahora mis opciones y si podría encontrar por mi cuenta la trocha de Trinidad, que me llevara a la carretera de Trujillo sin perderme otra vez.

Me desperté inquieto, como ya estaba acostumbrado a hacerlo, con los primeros rayos solares. Llovía suavemente y pensé que eso podría despejar un poco los malos olores del rancho. Me acerqué hasta el arroyuelo a lavarme y cuál no sería mi sorpresa y alegría cuando me encontré en la orilla al caballo de Trinidad. Me imaginé que al escuchar los primeros disparos habría huido despavorido y se habría internado en el monte, pero no era un caballo salvaje de esos que buscan su sustento por si mismos donde sea. Este ya tenía muchos años comiendo de la mano del hombre y mayormente allí en el rústico establo, así que no era de extrañar que buscara volver. Lo conduje de vuelta a la casa y pronto le conseguí pasto de la destruida troja; luego ubiqué la fosa de madera todavía tapada, la alacena, donde quedaba carne seca para varios días.

Después que yo también comí un poco de la carne, medio aguacate y lo que quedaba de un tomate, busqué los restos del viejo Trinidad para darles sepultura. Los conseguí detrás del indestructible fogón de piedra, metidos en un hueco que habían cavado sus asesinos. Lo habían quemado sin duda, pero todos sus huesos estaban enteros así que los recogí y los puse en un saco, como había aprendido mirando a la Sra. Abigail, y lo que hice fue profundizar a pico y pala la cavidad que ellos habían comenzado. Metí ahí el saco con los huesos del agricultor y luego volví a rellenar el hueco con la misma tierra y unas piedras que me traje para que me sirvieran de soporte de la cruz donde labré su nombre.

Más tarde me puse a buscar la trampa debajo de las cenizas de su cama, donde el viejo guardaba sus cosas de valor, y en poco tiempo la encontré, aun cuando tuve que abrirla a la fuerza ya que la tapa era de madera muy gruesa. Para mi sorpresa en la caja fuerte de verdad había cosas de valor, comenzando por una bolsa de fino cuero llena de morocotas. Monedas que de seguro habría encontrado en las alforjas de la silla de montar del caballo de su padre, y que nunca habría querido gastar para que no lo fueran a buscar debido a eso. Con las monedas había una medalla con un broche en forma de corazón que colgaba de ella. El broche se abría y se veían dos fotos en blanco y negro, una a cada lado, protegidas por un vidrio. En un lado una mujer y en el otro dos niños. También encontré allí la pistola de la cual Trinidad me había hablado, ya que ciertamente tenía la cacha de plata. Se veía bien a pesar de todos los años transcurridos, aunque me imagino que el viejo la usaba de vez en cuando para cazar. Al lado de la pistola había una caja con balas calibre 45. También encontré un papel doblado que al desdoblarlo descubrí que era un mapa de la trocha. Eso fue un gran alivio para mí, aunque por otra parte sentí que el viejo Trinidad me había mentido todo el tiempo, seguramente porque no quería que me fuera. Quién sabe qué habría inventado luego para retenerme por más tiempo en el lugar.

El rancho estaba muy destruido, pero no totalmente. De seguro que sin voz de mando y con el apresuramiento del herido que se desangraba, los soldados decidieron irse sin poder tumbar todo; así que con no poco trabajo, con las latas de zinc tiradas en el piso y la palma que no se había quemado pude medio rehacer un techo para guarecerme de la lluvia. Un techo que no reflejara la luz de los rayos solares, no fuera a suceder que los cazadores volvieran a revisar. Me sirvió de mucha ayuda el machete de Trinidad, que estaba tirado en el piso, debajo de las latas de zinc. Limpié todo lo que pude, echando la carroña por el barranco buscando que los zamuros se mudaran de mesa y que las fieras carnívoras de por esos lados no me fueran a molestar por el olor a sangre. Para el burro tuve que hacer varios viajes pero lo tiré allí también. Quería quedarme a recoger las caraotas y las zanahorias en unos días y llevármelas por si acaso. Con el caballo a mi disposición podía ahora ir rio arriba con más calma y con esa pequeña carga, buscar la entrada de la trocha por donde Trinidad me había indicado que quedaba y constatarla con el mapa. Así que a pesar de los aguaceros que azotaban la zona por varios días salí a explorar el cerro y a mirar desde allí posibles sitios, de acuerdo a las vagas descripciones que me había hecho Trinidad y a lo que se veía en el mapa, que tampoco era muy claro.

16

Bajé y subí varias veces a caballo y no pude encontrar la entrada. Luego una mañana que no llovió, cuando ya había recogido un saco completo de zanahorias y otro de caraotas, se los monté al lomo al equino y me dije que ya no esperaría más, porque la supuesta fecha de trueque se acercaba. Así que preparé avío para tres días y abandoné el rancho. Cuando estaba al otro lado del riachuelo se me ocurrió dejar que el mismo caballo me llevara y cuál sería mi sorpresa cuando al cabo de una hora de andar, la bestia sin nombre llegó a la entrada de la trocha, escondida por la frondosa flora de la zona. Y ahí estaba la marca de la cruz flechada en el primer árbol, labrada por Trinidad en caso de que el monte creciera demasiado alto y tapara todo.

En eso mi alegría se vio interrumpida por el lejano pero familiar ruido de los rotores de los helicópteros del ejército. Desde el promontorio en donde me encontraba, bien alto en el cerro que dominaba el angosto valle de la quebrada, oculto entre el follaje, vi como dos pequeñas libélulas de hierro, después de volar en círculos sobre el fundo, comenzaron a bombardear el lugar. No pude imaginarme cuál sería la razón de tal ataque…a menos que no quisieran dejar ningún rastro de cómo en un gobierno firme propulsor de la Reforma Agraria y de los derechos del campesino, unos soldados desquiciados habían asesinado por venganza a un pobre agricultor enloquecido por la indignación, ….y que además buscaran al testigo que se escapó, que pensarían sería su hijo, para también matarlo, porque en cualquier momento podría aparecerse por ahí, y con sus denuncias darle de qué hablar a la oposición y a la prensa libre.

No esperé más y me adentré en la trocha. Seguramente después del bombardeo llegaría una patrulla a constatar el daño y a buscar el supuesto cadáver, o el cuerpo malherido del hijo para terminar de completar la tarea. Me imaginé que habrían visto el humo del fogón ese día al dejar de llover y se habrían apresurado a ejecutar el ataque.

Sin prisa pero sin pausa, cayendo la tarde, desde el tope del camino, ya mucho más despejado, pude divisar a lo lejos, a dos o tres horas de andar quizás, la franja grisácea y curveada de una carretera. Como era de esperarse mi corazón comenzó a latir desbocadamente. Bajé del animal y me senté sobre una piedra, a revisar mis pensamientos y planificar bien lo que debería hacer ahora. Me di cuenta de que Trinidad me había mentido al decirme que el viajecito era de más de un día…en verdad desde el rancho hasta el sitio en la carretera no se llevaría más de10 horas de viaje, quizás un poco más si se llevaba más carga. El viejo realmente se sentía solo y necesitaba la compañía de otro ser humano.

Decidí que cuando estuviera a unos cien metros de la encrucijada bajaría la carga y me devolvería para dejar el caballo libre en una sabana a unos dos kilómetros de donde me encontraba; allí había pasto suficiente para toda una manada, y un pozo alimentado por un riachuelo, donde podría saciar su sed. No lo llevaría conmigo por dos razones, primero porque el animal estaba muy viejo y seguramente nadie querría comprarlo o ni siquiera aceptarlo como regalo, y segundo, porque quién sabe, alguien podría reconocerlo ahí o más tarde, si lo compraban y lo llevaban a otro lado, aun después de tantos años, como el caballo de Ché María Hidalgo. No podía correr ese riesgo. Además el dinero de su posible venta no me hacía falta para nada. Todavía me quedaban los 320 bolívares en la cartera y con eso podía comer y pagar el transporte hacia cualquier ciudad. En cuanto a la pistola, la cadena y la bolsa con las monedas, las enterraría en algún sitio apropiado y quizás más tarde, en un mejor momento, volviera a buscarlas. Si no quería que me vieran con el caballo, menos con las monedas, la cadena o con esa arma.

Así que una vez que realicé todas esas tareas bajé a la llamada "encrucijada de la piedra". Bajé sin los sacos de zanahoria y caraota, para ver primero como era el asunto. Eran como las seis de la tarde aunque todavía no oscurecía totalmente. Lo primero que noté fue la casona vieja de techo de tejas ennegrecidas con una rampa en uno de sus lados, sin duda para facilitar la recepción de productos del campo de los vehículos que los traían. En ese momento, precisamente dos hombres descargaban unos sacos de lo que parecían papas de una vieja camioneta pickup. A su lado estaba estacionado un decrépito *jeep* descapotable, usado sin duda como camión de carga, lleno de sacos de lechuga en su parte posterior. Al otro lado de la casa se observaba una enorme piedra gris al pie de la montaña que seguramente era la que le daba el nombre al sitio. Por el frente en lo alto de la pared, arriba de dos puertas de madera verdes, se podía leer Abastos y Restaurante La Encrucijada.

Estaba muy nervioso, así que me detuve antes de pasar y respiré profundo. Dentro había un largo mostrador y detrás algo parecido al Almacén Barazarte de Boconó, pero con más artículos de ferretería y del campo que otra cosa. Al final, a la izquierda se notaban dos mesas cubiertas por un mantel blanco, una de ellas ocupada por dos hombres que parecían esperar su comida. Yo di las buenas tardes y me aproximé a la mesa desocupada. Me despojé del morral, lo colgué de la punta saliente de la silla y me senté. De inmediato una señora ya mayor y de rostro amable, con el pelo recogido con una peineta dorada, se aproximó a ofrecerme sus servicios. Me dijo lo que tenían en el menú y pedí sopa de arvejas, carne con papas y queso frito con arepa, más refresco de guanábana. Yo me levanté y me fui a asear en el lavamanos empotrado en la pared al lado de la mesa, donde también había un espejo. Casi ni me reconocí, con la barba que tenía y el largo de mi cabello. Volví a la mesa, al tanto que ella entraba a la cocina y en minutos regresaba con la comida de los comensales vecinos, los platos en una mano y los vasos de bebida en la otra. Se conocían de antes porque después de servirles se quedó y les preguntó qué hacia donde iban.

—Vamos al mercado de Trujillo —dijo uno de ellos—. Tengo que llevar unos sacos de lechuga y repollo esta misma noche.

—Va a haber mucha neblina…tengan cuidado —dijo, y luego se alejó para volver al rato con mi comida.

—Usted no es de por aquí ¿verdad? —me inquirió al mirarme y no reconocerme—. No lo había visto antes.

—No —le dije—, ando con un tío que se quedó accidentado en un camino de tierra y yo tengo que ir a buscar un repuesto pa' la camioneta…caminé hasta aquí a ver si consigo la cola hasta más allá, ya sea pa´ Trujillo o para otro sitio.

— ¿Ayy si? ¿Escuchaste Anastasio? —dijo la señora dirigiéndose al comensal vecino de más edad…y luego le explicó mi problema.

Anastasio dijo: —Bueno, si no le importa ir atrás con los sacos de lechuga y repollo.

Así de repente había una luz en mi camino. Pensé en pagarles la comida, pero luego me dije qué pensarían, que de dónde tanto agradecimiento si iba a ir todo acurrucado e incómodo.

Comí apresuradamente para no retrasarlos si terminaban antes que yo. Pero fui yo quien tuvo que esperarlos. Bebieron café y fumaron cigarros con mucha parsimonia y yo recordé entonces que también tenía algunos Lido en el bolsillo, en una caja que conseguí medio quemada en la granja de Trinidad.

Finalmente salimos y el llamado Anastasio, que era bastante gordo y se movía como una morsa, me hizo señas para que me montara atrás en el jeep que estaba afuera. Así lo hice con mucho entusiasmo a pesar de lo incómodo de mi posición. Pensé que si me relajaba y trataba de dormir, a lo mejor ni sentiría la incomodidad. No podía ser peor que el catre donde había dormido los últimos cuatro meses, así que puse el morral como almohada, me quité la chaqueta McGregor y también me la acomodé debajo de la cabeza, para suavizar un poco la dureza del cuero de vaca; luego me acosté de lado con las piernas recogidas. El vehículo arrancó y justo antes de retroceder y salir, mi corazón casi se me sale del pecho una vez más. Un Ford sedan negro acababa de estacionarse frente al negocio y del asiento delantero surgió como una maldición la figura tan conocida de Melvis Beltrán.

A medida que nos alejábamos y tomábamos la vía, Melvis y su compañero entraban al lugar. Habían pasado cerca de cuatro años, pero lo reconocí enseguida aunque estaba mucho más gordo. ¿Me buscarían a mí o al muchacho que se había escapado, que a fin de cuentas vendría siendo lo mismo? ¡Qué rápido funcionaban esos aparatos de radio en el ámbito militar!

Pronto la casona se perdió en la distancia y en pocos minutos estábamos en plena carretera, sorteando las peligrosas curvas y notando que poco a poco aumentaba la neblina, al punto de que en un momento determinado no se veía nada y Anastasio disminuía la velocidad casi a cero.

—Voy a parar al lado de la montaña —le escuché decir. Lo hizo en un sitio en el que había un claro al lado de la carretera, y tanto él como su copiloto se bajaron, caminando hacia delante para revisar quizás cuan extensa era la neblina. Justo entonces sentí un golpetazo en la parte trasera. El vehículo salió despedido hacia un lado como si hubiese sido bateado con un bate enorme, y en menos de un segundo el carro volaba por los aires, hacia el lado del abismo. Yo me aferré a los sacos de lechuga, sintiendo como el auto se desbarrancaba por la ladera…luego sentí un brusco salto y un dolor indescriptible en la sien izquierda, no supe más de mí y un instante antes de perder el sentido supuse que había muerto.

17

Desperté y todo a mí alrededor era muy blanco, tan blanco que me sentía encandilado. Estaba acostado sobre una cama, el techo era blanco al igual que las paredes, la sábana que me cubría era blanca y las mamparas que separaban mi cama con otras camas, de las cuales apenas se veían los cabezales de hierro pintados de blanco, tenían tela blanca de un extremo a otro. Las camas estaban separadas por mesitas donde destacaban principalmente unas jarras con vasos grises de metal al lado y unas pequeñas lámparas azules. Me di cuenta de que estaba casi al final del pasillo de un hospital y de que tenía un yeso en mi brazo izquierdo, alrededor de la muñeca, mientras que en la otra muñeca tenía puesta lo que parecía una aguja hipodérmica de la que salía una delgada vía de hule que a su vez colgaba de una botella invertida en la que había un líquido que goteaba y caía por la manguerita. También tenía una gasa adherida debajo de mi tetilla derecha. Todo olía a limpio. Me toqué el rostro y no tenía barba, y mi cabeza estaba totalmente rapada, con otro trozo de gasa arriba de la frente. Debajo de la sábana no llevaba puesto nada, estaba totalmente desnudo pero no sentí que tuviera nada extraño en ninguna otra parte de mi cuerpo, aunque mi tobillo izquierdo estaba enrollado con una venda blancuzca. Obviamente no estaba muerto, porque además mi corazón latía con total normalidad y mi respiración era pausada.

A los pocos minutos se acercó una mujer vestida de blanco, una enfermera de piel muy negra, que sonrió al verme despierto.

—Holaa, dormilón —dijo con voz que quería ser amable—. Al fin se cansó de dormir. ¡Caramba…ya era hora! —continuó en el mismo tono de voz. Luego procedió a tomarme la temperatura y la tensión arterial, y al terminar pareció complacida.

—Muy bien, Señor Mejía —dijo—, ya estamos recuperando la salud.. ¿Cómo se siente?

Yo estaba bastante confundido, y al escuchar ese nombre más aun, pero dije —Bien, estoy bien creo—. Y luego casi como asustado, pregunté: — ¿Dónde estoy? ¿Cuánto tiempo llevo aquí?

—Está en el Hospital Central de Valera y tiene aquí casi 3 días. Dentro de un rato vendrá a verlo el doctor y le dirá su parecer.

Luego le señalé la botella y me dijo: —Es suero fisiológico. Hijo, has estado muy deshidratado, muy debilitado—. Luego procedió a quitarme la conexión y con una jeringa me sacó sangre. Me volvió a conectar al suero y agregó: —Vamos a ver cómo están hoy los valores…ya los debe haber recuperado bastante.

Antes de que se fuera le pregunté qué día y qué hora eran. Me respondió mientras se alejaba: —28 de diciembre, son las 6 y 15 de la mañana.

Al rato me trajeron el desayuno, atol de avena y pan tostado. Después de comer con muchas ganas, los recuerdos comenzaron a torturarme y no tardé mucho en sentir que se mojaban mis mejillas. Bueno, estaba vivo, consciente, y eso era algo para celebrar. Volví a quedarme dormido.

Desperté a media mañana. Después de revivir todo lo que había transcurrido antes del temblor, logré sobreponerme a ese montón de emociones negativas para comenzar a pensar en las cosas que tendría que hacer con mi vida en los días por venir. Ahora más que nunca, después de lo que había presentido en mi extrema soledad en los meses precedentes, mi destino era buscar a mi padre, así fuera en los rincones más remotos del Océano Pacífico. Pero antes de partir en esa larga jornada, tendría que ir hasta la tumba de piedras de Gisela, recuperar sus restos y llevarlos a sus familiares. No podía hacer menos.

En eso pensaba cuando recibí una visita que me llenó de gran alegría dentro de mi pesadumbre: La Sra. Julia, la tía de Gisela. Casi no podía creerlo, pero ahí estaba al lado de mi cama, con una sonrisa que me dejó percibir cuán feliz se sentía ella también de verme y de poder abrazarme y besar mi frente, como una madre que besa a un hijo que creía perdido. A pesar de que apenas si la conocía, yo la apreté tanto como pude con mi brazo libre, queriendo comunicarle en ese sólo abrazo todo lo que sentía y mi dolor por todo lo que había pasado. Sin decirnos nada los dos lloramos silenciosamente. Luego ella secó mi rostro y tomó mi mano.

Poco más tarde llegó el médico, un hombre alto como de treinta años, medio calvo, de ojos inquisitivos, y ella se apartó un poco. — ¿Cómo te sientes, Félix? —preguntó mientras me tomaba el pulso y me chequeaba con el estetoscopio; luego miró las heridas de mi tetilla y de la cabeza, y posteriormente retiró la venda de mi pie para tocarlo.

Ni idea sobre quién era ese Félix…ya me diría la tía Julia, así que le contesté sin dudar: —Bien doctor, listo para irme de aquí…claro, si Usted me da permiso —le dije, tratando de no mostrar en mi voz la tormenta que vivía por dentro.

—Pues acabo de revisar los resultados de tu examen de sangre de esta mañana y todo parece estar normal…la infección que tenías ya desapareció. Tu conteo de glóbulos blancos está en los rangos, veo que las heridas de tu costilla y de la cabeza están cicatrizando bastante rápido y ya se deshinchó tu tobillo…y creo que para mañana te puedes ir a casa…allá deberás cuidarte unos días más, tomar mucha sopa de pollo con fideos para subir el sodio, fortalecer los huesos y los músculos caminando, y en un par de semanas estarás como nuevo. ¿Dónde vives?

No sabía que responderle y la Sra. Julia, que estaba pendiente de todo lo que decía el galeno, respondió por mí: —Él va para mi casa. Soy su tía y se quedará conmigo hasta que se restablezca por completo doctor. Vivimos en Betijoque.

—Ah, claro —dijo el médico mirándome a los ojos—. Por cierto, Félix, quiero expresarte mi admiración personal por lo que hiciste. Fuiste demasiado valiente, especialmente en tu precaria condición de salud…bueno, hasta luego, descansa y nos vemos mañana.

—Doctor,…y el yeso de la muñeca ¿Cuándo me lo quitan?

—Mira, te lo pusimos por precaución. No tienes fractura, apenas una hebra que se debe haber consolidado ya…a lo mejor te lo mando a quitar mañana mismo. ¿Okei?

Yo asentí y él salió. Luego miré a Julia y moviendo mi mano libre dije con un signo de interrogación en mi voz: — ¿Félix…?

Ella se acercó y me dijo quedamente: —No sabíamos qué había pasado…Dos digepoles estuvieron en casa de Hortensia en Mosquey preguntando por usted, y por Gisela hace poco más de dos meses, así que Enmanuel y yo pensamos que era mejor decir que tu nombre era Félix Mejía. Félix es un primo mío que vive en los Estados Unidos y no viene por aquí desde hace muchos años. Así que la prensa publicó que eras Félix Mejía.

Me pareció bien y sonreí con aprobación. Me imaginé que uno de los digepoles que habían visitado a la Sra. Hortensia habrá sido Melvis, quien no cejaba en su afán de hacerme daño.

La tía Julia me dijo que me había traído unas frutas y puso la bolsa sobre la mesita. —Sólo dejan que uno esté aquí un rato de visita. Mi hermana Hortensia y Rosa Inés, la mamá de Gisela, están afuera. Ellas no van a pasar por que no quieren abrumarte con sus preguntas. ¿Qué les digo Eriberto? ¿Crees qué puedes hablar de eso ahora?

Yo suspiré y asentí con la cabeza. Me imaginé que ellas pasaban por otro tipo de tortura, la tortura de la incertidumbre, de no saber a ciencia cierta qué había sucedido con sus hijos. Era mejor que la tía Julia les contara y no yo, así que relaté lo que conocía de la traumática experiencia excepto lo que me pasó después, el horror, el calvario y la transfiguración de mis largos días y noches de vagar por la sierra, ya que eso quedaba por ahora casi sellado en mi cabeza, y que quizás cuando la conociera en persona, mi abuela kiowa pudiera explicarme, es decir de todos los extraños sueños y trances del espíritu que me ayudaron a mantenerme vivo en la montaña... de eso no le dije nada a la tía Julia, aunque si le hable de mi tiempo con Trinidad.

Ella escuchó mi historia contada en susurros, apenas interrumpida por los sollozos que salían incontrolables de su pecho. Finalmente de nuevo me abrazó y me dijo: —Todos estos tres días en que has estado inconsciente hemos venido a visitarte y Enmanuel se quedó aquí las últimas dos noches. A pesar de los calmantes que te han suministrado has tenido un sueño muy intranquilo...desde la primera vez que te escuchamos gritar el nombre de Gisela con tanto dolor enseguida intuimos que algo extremadamente malo había sucedido. El gobierno no informa mayor cosa de sus operaciones contra las guerrillas, sólo dice que destruyeron este o aquel campamento en este o aquel lugar, pero no dan nombres. Así que cuando mi hijo te reconoció en la foto del periódico el 26 y leímos del Místerio de no saber quién eras ni de donde venías, de inmediato nos dimos cuenta que ese vagabundo de quien se hablaba eras tú, y nos vinimos a confirmarlo. Desde aquí llamé a casa de un amigo en Boconó y él le dio el mensaje a Hortensia, quien se vino de Mosquey esa misma tarde. Luego me comuniqué con Rosa Inés, que llegó al otro día. Hortensia me informó que tú eras huérfano de padre y madre, todo lo que Gisela le había contado sobre tu papá, así que nos presentamos ante la enfermera jefe como tus tías, lo que permitió que Enmanuel se pudiera quedar aquí para estar atentos a cualquier novedad. Hoy cuando despertaste él estaba afuera, al final del pasillo y al darse cuenta de que estabas hablando con la enfermera salió corriendo hasta la CANTV a llamarme por teléfono a la farmacia.

Ella se secó las lágrimas que habían estado rodando por sus mejillas y suspirando profundamente dijo: —Tengo que salir y darle esta terrible noticia a mis hermanas. Ellas tenían la esperanza de que de alguna manera Fernando y Gisela estuvieran vivos, quizás presos en algún cuartel...ay Dios...dame fuerzas.

Yo la tomé por el brazo antes de que saliera y le pedí que me ayudara a sentarme en la cama, luego le dije con mucha vehemencia: —Le prometo Sra. Julia que tan pronto tenga las fuerzas para caminar y el ejército se retire de la zona, iré a buscar los restos de Gisela y Fernando y los llevaré a Mosquey para que le hagan su funeral.

Ella asintió un poco menos atribulada y se dirigió a la salida. Casi enseguida llegó una señora con el almuerzo en una bandeja y más atrás Enmanuel, quien se acercó a la cama a saludarme. El dejó que yo comiera en silencio y cuando terminé me preguntó si quería dormir. Le dije que ya había dormido suficiente y que sólo quería pararme y caminar. Él me dijo que cuando se terminará el suero, que ya no tardaría mucho, me ayudaría a hacerlo. Le dije que estaba desnudo y él abrió la portezuela de la mesita al lado de mi cama y sacó unas pijamas y unas chancletas que puso a mi alcance.

—Las ropas que traía puestas las botaron a la basura ya que estaban muy deterioradas e infectadas con garrapatas, incluso las botas ya no servían—. Luego me dijo, parado al lado de la cama: —Usted fue el que pasó por la ventana en la mañana del día de Navidad y me saludó cuando yo leía, ¿Verdad?

—Si…Los Miserables de Víctor Hugo…me di cuenta del libro pero no te reconocí…Ni siquiera sabía quién era yo en ese momento—. Luego le di las gracias por haberme cuidado y haberse desvelado por mi…y me respondió que sólo había sido un pequeño gesto, casi que egoísta por querer saber de sus primos…pero que lo que yo había hecho al sacar de la iglesia a tantas mujeres, ancianos y niños arriesgando mi vida en cada entrada, con la iglesia cayéndose por todas partes, que eso sí que merecía el respeto y la admiración de todos.

— ¿Y a cuántos saqué?… yo no llevaba la cuenta.

—Según el periodista que hizo el reportaje con su foto en primera plana, sacó por lo menos 10 mujeres, 4 ancianos y 12 niños. Todos están vivos. Esa misma noche la iglesia se derrumbó totalmente y sólo hubo 5 sobrevivientes. Murieron 83 personas atrapadas. Nada más en Betijoque murieron 278 con centenares de heridos. También en Isnotú hubo muchas muertes…todavía las están contando.

—En la iglesia…yo quería sacarlos a todos, pero obviamente no iba a poder. Me concentré en los menos pesados porque las fuerzas no me daban, y cuando vi que al final de la tarde ya había todo ese gentío ayudando, me desplomé. Y vos y tu mamá, ¿dónde estaban cuando tembló?

—Estábamos aquí en Valera...Habíamos venido a pasar la tarde en la casa con mi hermanito Toño y mi abuela Digna. Mi mamá tenía turno pero al mediodía cerramos y nos venimos. Aquí casi ni se sintió y fue más para el lado de Agua Viva. Dicen que el epicentro dizque debió ser en alguna parte a lo largo de la Falla de Boconó. Todo se movió como por tres segundos, pero sólo el susto. El expendio en Betijoque quedó hecho un desastre, todos los estantes se cayeron y las medicinas quedaron en el suelo, muchas de ellas dañadas. Allí entraron luego los Guardias Nacionales y se llevaron un poco de medicamentos, todo lo que había de sueros, gasas, antibióticos y material quirúrgico. Eso pues lo perdimos, porque quién lo paga. En el techo de la sala principal se abrieron dos brechas, que ya las están arreglando, y las puertas y ventanas quedaron todas desajustadas. Pero nadie sufrió heridas ni nada, ni nos robaron nada de los muebles Igual se rompió la cañería del agua potable y eso no se ha arreglado todavía...los trabajadores del INOS no se dan abasto con tantas rupturas.

—Y tu hermano, ¿dónde está?"

—Ahorita está en la casa, cuidando a mi abuelita.

— Si, ¿tan pequeño y ya la cuida?

—Sólo tiene diez años, pero es un torito y no le tiene miedo a nada...Si alguien se mete con la abuela seguro se arrepiente.

— ¿De verdad? ¿Y qué estudia?

—Está en quinto, pero es muy precoz, hasta tiene novia y todo.

— ¿Qué te parece?, igualito a mí a esa edad, le mentí, pensando todo lo que me había costado a mí, que todavía no podía decir que realmente hubiera tenido una, y menos ahora. Luego me dijo que unas personas del Zulia, una pareja, habían venido a verme el día anterior, que el hombre había dicho que era mi amigo y que volvería hoy en la tarde.

— ¿Eran un negro fornido con pelo malo como de cincuenta años y una muchacha blanca de pelo crespo como de veinte, con una bebé? —le pregunté, imaginándome que era el Sambito Williams con Nereida.

— ¡Sí! Exactamente, ellos eran. Él dijo que habían venido a Betijoque a visitar a un familiar, una hermana creo, que el día del temblor había sido sacada de entre los escombros de la iglesia por un vagabundo desconocido, y que cuando vio la foto del periódico que les mostró su pariente casi le da un infarto, que le bajó la tensión y tuvieron que reanimarlo porque hasta sufrió un desmayo. Dijo que les había dicho a sus parientes que ese no era el nombre, y menos mal que yo estaba por aquí, porque cuando llegó al hospital preguntando por Eriberto Ferrer, yo lo tomé por el brazo y le expliqué. Él no me creyó, así que le dije quien era yo y parte de lo que había pasado…y porqué estaba aquí cuidándolo…

No podía creer lo que estaba escuchando, si el mundo era tan pequeñito unas veces y tan inmenso otras. Enmanuel siguió contando sobre la visita como si fuera un relato jocoso y yo me dije para mí, en cierta forma entretenido por su historia, este muchacho está tratando de aliviar mis penas.

—Cuando le dieron permiso para pasar, yo me quedé en la puerta. Él entró todo preocupado, y cuando lo vio ahí acostado, dormido y sin despertar, no sabía qué hacer, así que se sentó en el piso. Ahí se estuvo como una hora, nada más agarrándole una mano y hablándole como si Usted pudiera escucharlo. Luego él salió con los ojos enrojecidos y entró la mujer que también salió al rato llorando. Yo les dije que Usted no tenía nada grave, que sólo estaba deshidratado, que estaba tan cansado que necesitaba dormir para recuperar las energías, y que las dos heridas que se le habían infectado ya estaban en proceso de recuperación y que ya no tenía fiebre. El hombre me abrazó y me dio las gracias por cuidarlo y dijo que tenía que ir a Tuñame y que regresaría hoy a ver cómo estaba.

—Bueno, —dije tratando de emular su tono humorístico—, son como la una de la tarde, así que mejor duermo un rato y me preparo, porque cuando llegue Sambito, ese a fuerza de apretones por lo menos me va a romper los puntos y a sacar todos los gases que tengo todavía acumulados en la barriga. Él es como mi hermano mayor, Enmanuel, y ahorita debe estar que le pican los pies por estar aquí conmigo.

En ese momento vino una enfermera tan chiquitica que parecía una niña, pero de busto enorme, a tomarme la tensión y la temperatura. Luego me quitó la vía del suero y sólo me dejó un pequeño adhesivo sobre la huella de la aguja. Me preguntó si quería orinar y como le respondí afirmativamente sacó un recipiente de metal de la mesita de noche y me lo pasó para que me desahogara.

—Todo está muy bien, Sr. Félix —me dijo antes de alejarse con el recipiente con forma de pato sin cabeza casi lleno. Ya el doctor dio las órdenes para que se vaya mañana. Así que descanse esta noche.

Después que ella se fue, Enmanuel me dijo que había varios reporteros de los periódicos regionales y hasta nacionales que habían estado viniendo a preguntar por mí…y que seguramente si salía mañana me iban a tomar muchas fotos y todo. Eso me preocupó; pensé enseguida en Melvis Beltrán y qué les habría pasado a él y su compañero en el choque con el *jeep*. Deben haber salido heridos, y si él ya estaba bien, seguro andaba averiguando qué le había pasado al muchacho que iba atrás. Así que en ese mismo momento decidí que tenía que irme tan pronto como fuera posible, aprovechar que venía Sambito para que me llevara a San Genaro. Así que le dije a Enmanuel que estuviera preparado para cuando saliéramos a caminar más tarde.

Dicho y hecho. Poco después cuando desperté de mi inestable y corta siesta, ya Sambito estaba ahí a mi lado. No estaba Nereida por lo que me imaginé que la había dejado en casa de su madre en Tuñame. El viejo amigo me miraba como si yo fuera alguien fuera de este mundo, con los ojos más abiertos que nunca, y con la boca abierta, como si no comprendiera nada de lo que me estaba pasando.

—Vai, Samuel. ¿Qué hay de nuevo, mi hermano? ¿Me trajiste mandocas? —le dije pa' que se enchufara. El finalmente sonrió y peló los dientes, que a pesar de todo el chimo que se metía todavía eran blancos.

—Vergación, Eriberto. ¿Qué pasó? Estoy muy confundido. Mi hermana dice que vos sois una encarnación divina, un milagro de San Benito...que te apareciste como no sé qué arcángel todo blanco y la sacaste volando de las ruinas del templo. Y ahora eres Félix Mejía...estoy hecho molleja en la cabeza.

Me reí y Enmanuel que estaba cerca también sonrió con la ocurrencia del negro. Le indiqué cómo acomodarme la cama para sentarme y una vez en esa posición, donde podía aguantar su embestida de oso, le pedí que me abrazara, luego le dije al oído: —Te contaré más tarde hermano...pronto voy a necesitar de tu ayuda para una tarea muy importante. Por ahora necesito salir de aquí hoy mismo, esta misma noche, porque si no mañana me van a agarrar los de la prensa y no me van a soiltar. ¿Me entendéis? Necesito que me tengáis unos pantalones, una franela y unas sandalias listas en tu camioneta pa' cuando salga. Así que anda ahora mismo con Enmanuel y me las buscáis en una tienda. Él debe saber dónde comprar eso por aquí cerca ¿Tenéis plata, verdad?

—Sí, coño, si con esa cuenta de ahorros de dividendos de la compañía que me abriste en el banco, ya casi ni tengo que trabajar.

—No exageréis, Sambito, son sólo unos cuantas acciones. Entonces nos vemos más tarde...pasáme esa manzana que está ahí en esa bolsa y andá, antes que cierren. Talla 28 y 30 de largo. Las sandalias 42.

Después de mi escape del hospital cayendo la tarde, Sambito pensó que sería mejor que fuéramos a Betijoque y nos quedáramos en casa de sus familiares, pero yo no estuve de acuerdo. Le insistí en que era mejor salir del Estado Trujillo tan pronto como fuera posible en caso de que las autoridades del hospital fueran a pensar que yo había sufrido alguna crisis nerviosa y por eso me había fugado, y que la policía regional me estuviera buscando. En ese caso, lo primero que harían sería ir hasta la casa de la Sra. Julia, si acaso sabían su dirección, o si Enmanuel los llevaba allá, así que eso nos permitiría ganar tiempo. Si le dábamos corrido llegaríamos a San Genaro como a las ocho.

Y así fue. A pesar de que llovió parte del trayecto, a las ocho y piquito, incluso después de haber cenado en la carretera, estábamos en su casa. Nereida y el bebé seguían visitando a su mamá en el páramo, así que esa noche los llantos de la nena no turbarían mi sueño. Sabía que iba a dormir profundamente, no sólo por lo cansado sino porque por primera vez en tanto tiempo, de nuevo me sentía a salvo y en casa.

Al llegar a su residencia, Sambito me entregó un sobre que había llegado de Kansas. Era de la Sra. Sheryl y estaba fechado en noviembre. Lo abrí y en una nota muy escueta me informaba haber recibido mi última misiva, que había vendido la casa y que se había mudado con su hijo mayor a un suburbio de Topeka y que su hija Cynthia estaba viviendo en el dormitorio de la Universidad de Kansas, en Lawrence. Que si todavía tenía intenciones de ir a estudiar a los Estados Unidos, que estaba a la orden para ayudarme a completar todo lo que se requiriera para obtener la visa de estudiante. De igual manera me remitió la dirección de mi abuela en Manhattan, un pueblo cercano a Topeka, para que le escribiera; reiterándome que ella estaba ansiosa por conocerme, por lo que me dio su nombre, Kewakan Darione. Finalmente me aconsejó que si tenía planificado ir, esperara hasta la primavera a finales de abril para hacerlo porque hasta marzo allí hacía mucho frío y nevaba con frecuencia. Junto a la carta me había enviado información pertinente a dos universidades de Kansas.

Después de leer la carta y revisar lo demás, antes de retirarnos a dormir me senté en el porche de la casa con el negro y le conté todo lo que me había pasado desde que llegué a Mosquey: la boda, el periplo al campamento de Fernando Mejía, el ataque del ejército y la muerte de Gisela. También le conté como al tratar de volver a Mosquey me vi impedido de hacerlo ya que el batallón que había acampado al final de la carretera enviaba patrullas al monte a cada rato, incluso con helicópteros, por lo que tuve que alejarme de allí y en ese trajín me perdí en la sierra donde por cerca de un mes y pico sobreviví como pude hasta que un campesino de la ladera de la montaña me consiguió muerto de hambre y desfallecido y como pudo me llevó a su rancho y me dio albergue por casi cuatro meses, hasta que pude llegar a la carretera por el otro lado. Sambito escuchaba y no podía creer lo que estaba escuchando, a cada rato persignándose y diciendo vergación y Santa María, madre de Dios.

Le dije también que le había prometido a la familia de Gisela volver al sitio donde los había enterrado a ella y a Fernando para recuperar sus restos y llevarlos a Mosquey, donde ellos les darían sepultura. Le dije que para eso iba a necesitar de ayuda, una vez que el ejército se retirara de la entrada del camino que yo conocía. Intentaría hacerlo, pero solo no podría. Sambito me dijo no hay problema hermano nos buscamos a Chepito, vos nada más decí cuándo. También le pregunté si sabía algo de Melvis y me dijo que no. Como su familia se había mudado para Cabimas, ya no tenían ningún contacto.

Los días siguientes fueron de descanso, aun cuando yo no dejaba de practicar el manejo de la camioneta para ver si presentaba el examen para optar a la licencia de tercera. Sin embargo, la noche de la víspera de año nuevo Sambito y yo fuimos a visitar a sus hijos en casa de Zoraida, y a pesar de que ella no estaba muy de acuerdo con la presencia del negro, quizás por estar yo allí las cosas no pasaron a mayores; incluso nos comimos unas hayacas en casa de unos vecinos que nos invitaron y casi nos obligaron a ir hasta su cocina. Me extrañó sobremanera como esa noche, aun antes de las doce, las señoritas del vecindario, algunas muy atractivas, se apresuraban a darme el abrazo de año nuevo, casi todas con beso incluido. Afortunadamente para mí, Josefa Osorio se había mudado a San Cristóbal.

—Vai, Eriberto, pa' que vos véais, ahora eres el soltero más codiciado de San Genaro y sus alrededores —decía Zoraida entre trago y trago, al ver más tarde como desfilaban sus vecinas por su residencia, algunas que ni conocía—. San Antonio como que está hoy alebrestao —decía a cada rato, cuando las veía llegar. Y luego me miraba y me preguntaba si estaba haciendo el curso de Charles Atlas…Te veo como más papiao, --decía…

Sambito había llevado un par de botellas de sidra y entre todos nos las bebimos luego en un ratico en mi vieja casa, dizque para bautizarla, ya que estaba recién pintada, y Luisito, el hijo mayor de Sambito, se acababa de mudar con su mujer. Zoraida ni olió ese licor, no fuera a ser, dijo, que tuviera "alguna vaina rara pa' fregame". Luisito aprovechó para devolverme una pelota de *Spalding*, toda sucia y embarrada que había encontrado en el patio y que al yo revisarla con cuidado, resultó ser la pelota con la firma de Aparicio que Melvis me había arrebatado ocho años antes en Los Jabillos, y que ahora misteriosamente volvía a mis manos. Me la guardé en la chaqueta, pensando que después la limpiaría y la pondría en un sitio especial. Después alguien trajo ron y con otros vecinos se prendió la fiesta que duró hasta

200

pasada la medianoche, con música de picó, baile, muchos abrazos repetidos y todo.

Mientras bebían y bailaban salí por unos minutos a tomar aire fresco, y casi sin proponérmelo, al rato caminé hasta el final de la calle, quizás con la intención de solazarme en los alrededores de lo que yo siempre había llamado mi torre de los deseos, que como todos los años alumbraba como presuntuoso árbol de navidad la noche del barrio, al comienzo de donde alguna vez funcionó el monorriel. Medía como 30 metros de altura, por lo que incluso se veía desde el puente si uno sabía ubicarla en esta época del año. En cada lado tenía la figura de varios triángulos superpuestos convergentes, de mayor a menor, simulada por cientos de bombillos de luz blanca encendidos, adornados en su interior por otras luces de colores donde dominaban el rojo y el azul; y en el tope de la estructura, una gran estrella que despedía destellos que rivalizaban con los de la débil luna, esta vez escondida entre oscuros nubarrones. La torre parecía el parapeto de una nave espacial de fantasía, presta a despegar y surcar el firmamento con su carga de regalos

¿Cuántas noches no me quedé allí hasta la madrugada, sentado o acostado en el suelo que la bordea, sólo soñando, cazando nebulosas e imaginando una vida llena de increíbles aventuras y hermosas damiselas? Me metía por un hueco en la cerca y allí, tendido sobre la tierra, escuchaba el ir y venir del fluido aceitoso emergiendo de las profundidades, su subir y bajar por la cabria, como si fuera la sangre bombeada por un corazón tan impetuoso como el mío; escuchaba el rumor creciente de su paso por el encuelladero, por las válvulas del melacate y su brusca y cronométrica salida al oleoducto, paralelo al oxidado riel, que lo llevaría finalmente a los tanques de depósito de la Creole, a kilómetros de distancia. Y más allá, a los tanqueros que esperaban en el puerto, con rumbo al norte. A las refinerías de Aruba o de Nueva Orleáns, y quizás eventualmente a las estaciones de gasolina de Topeka. La sentía palpitar, como sentía mi cuerpo en las noches solitarias de la sierra trujillana, con el miedo que arropaba mi dormir inquieto. Los sueños alimentan la imaginación, pero las tragedias te forman el carácter y le ponen freno a la esperanza desbocada.

De la casa finalmente salimos como a las tres de la madrugada, con mi amigo prendido y con ganas de seguir la pachanga. Me invitó a que las mujeres, pero yo le dije que me sentía cansado y nos fuimos a dormir. Realmente el recuerdo de Gisela no salía de mi cabeza, a pesar de que yo me había resignado a que su muerte había sido parte de un esquema de cosas en las cuales yo no era más que una simple marioneta.

El dos de enero fuimos hasta Maracaibo, a buscar los documentos que había dejado en el bufete de abogados para que me los tradujeran. La secretaria de la oficina ya ni siquiera se acordaba donde los había archivado, pero finalmente los encontró. Los revisé por encimita y le pagué lo estipulado. Luego ya en la camioneta y de regreso a San Genaro me puse a verlos con cuidado. Eran siete documentos, unos más extensos que otros; y allí se incluía en primer lugar copia del certificado de nacimiento de mi padre no en Emporia, Kansas sino en Falls City, Nebraska, el 23 de Abril de 1922; luego una carta notariada en Topeka en la cual el viejo Yeisi, John Chester Woodson, me reconoce como su nieto, hijo de su hijo mayor Jacoby Robert Woodson. También una copia igualmente notariada de su testamento, donde aparezco como el heredero de sus acciones en la empresa de mantenimiento de equipos petroleros de Cabimas, acompañada de las acciones de dicha compañía. Luego un certificado de cuenta de fideicomiso a mi nombre en el *First National Bank of Topeka*, con el monto inicial de 2000 dólares, establecida el 15 de junio de 1962.

Un sexto documento el título de propiedad de un vehículo marca Ford, camioneta *pick up* del año 1960, traspasado a mi nombre, y finalmente una página de una ley del Congreso de los Estados Unidos, la *G.I. Bill*, que favorece con becas y ayudas a los hijos de personal militar. En la misma oficina de traducciones dejé mis notas de bachillerato para que las tradujeran al inglés, porque seguramente me las pedirían para ingresar a la universidad en los Estados Unidos. Igualmente dejé allí una constancia del Ministerio de Educación donde se estipulaba que ya había cumplido con todos los requisitos de mi educación secundaria.

Precisamente, después de salir de allí pasamos por el consulado norteamericano, pero esta vez para nada relacionado al Coronel Baxter, sino para iniciar de nuevo los trámites para obtener mi visa de estudiante. Ya le había escrito al decano de admisiones de la Universidad de Kansas en Lawrence, donde también estudiaba Cynthia, para indagar los requisitos para inscribirme allí en Antropología, carrera que según había averiguado me abriría las puertas a todo un mundo de conocimientos que eventualmente me ayudarían a marcar el camino en busca de mi padre.

18

Al día siguiente fuimos a Cabimas porque tenía que sacar una nueva cédula puesto que la anterior la había perdido en el accidente en La Encrucijada. Allí aún trabajaba Dervis, el primo de Sambito, y nos prometió que mandaría los datos a Caracas lo más pronto posible para que el documento me llegara de lo más rápido. Luego que revisó unos papeles me dijo aparte que tuviera cuidado porque mi nombre aparecía en una lista de ciudadanos bajo sospecha de ser colaboradores de la guerrilla venezolana. Así que, meditando sobre eso y las repercusiones que pudiera tener si Melvis Beltrán me conectaba definitivamente con lo que había pasado en Boconó y luego en el monte, decidí ir hasta Betijoque a hablar con la Sra. Julia para que nos pusiéramos de acuerdo en qué decir si llegaban a investigarnos, y además para preguntarle qué deberíamos hacer con los restos de Gisela y Fernando una vez recuperados.

Así que temprano en la mañana del día siguiente, miércoles, me fui de pasajero en un carro por puesto y en dos horas y media estaba allá, frente al Expendio de Medicinas. Había varios obreros trabajando arriba en un lado del techo, y no veía ningún aviso que indicara que ahí había una farmacia, pero estaba abierto y en seguida me encontré con la Sra. Julia, quien en ese momento estaba atendiendo a un cliente. Enmanuel, según me dijo, estaba en Valera ya que tenía que prepararse para asistir a clases en el liceo, estudiar con algunos compañeros para unos exámenes que tendrían muy pronto. Él se venía todos los viernes en la tarde y se quedaba con ella hasta el domingo, así que la visitaría el día siguiente. Le pregunté por sus hermanas y me dijo que estaban muy deprimidas por lo que había pasado. Que Hortensia se la pasaba encerrada en su cuarto y que apenas si comía, y que Rosa Inés había regresado a Valencia con el corazón destrozado, a ver de su marido y sus otros hijos.

Después que le informé lo que me había comentado confidencialmente el primo de Sambito en Cabimas, ella también se preocupó, y cuando Carlina, la mujer que trabajaba con ella regresó de su tiempo libre del mediodía, fuimos al cercano Hotel Mirafiori a comer. El sitio en general no había sufrido mayores daños con el temblor y según contó la Sra. Julia, se había usado como hospital de emergencia por unos días, ya que el dueño, un italiano dizque muy buena gente, lo había puesto a la orden de las autoridades del pueblo. Allí conversamos sobre qué decir y decidimos que tendríamos que rehacer la historia de manera que no quedaran dudas.

Así que acordamos contar, como ya había señalado la Sra. Hortensia a los agentes de la Digepol que la habían visitado dos meses antes, si acaso nos interrogaban al respecto, que, tal como le había informado la misma Sra. Julia cuando no nos volvió a ver esa noche de la boda, nos retiramos de la fiesta como a las diez de la noche porque Gisela se sentía mal y todos nos regresamos a Mosquey. Yo me quedé en casa de la Sra. Hortensia pero cuando desperté tarde en la mañana del domingo, Gisela no estaba y nadie sabía dónde había ido. Al parecer, según Enmanuel, ella dizque estuvo hablando un rato con un tipo en el parqueadero de la finca como a las 9 y 30 y después que habló con él fue que dijo sentirse mal. Esperé a Gisela varios días en Mosquey pero después llegaron rumores que ella dizque se había ido a ayudar a su hermano, que estaba herido en algún lugar de la sierra. Nadie ha vuelto a saber de ella. Por mi parte, yo dizque fui hasta Caracas a ver si había ido a tramitar su re-inscripción en la UCV pensando que no me lo había querido decir porque sabía que yo quería que se casara conmigo, o que me acompañara a Estados Unidos También dizque fui hasta la casa de su mamá en Valencia y como no la encontré, me deprimí mucho pensando que a lo mejor se había ido con el tipo con el que hablaba en la boda; no sé, celos estúpidos. Me dediqué a beber y andaba por ahí sin rumbo fijo. En cuanto a los morrales que compramos en el Almacén Barazarte yo pensé que estaban en la casa de Mosquey con las cañas…las dejé ahí porque nunca fuimos a pescar.

Todo eso lo detallamos esa tarde, y a mi visita a Valencia y a la UCV le pusimos fecha. Además acordamos que el 25 de diciembre yo estaba en Betijoque porque había ido a preguntarle a la Sra. Julia si había sabido algo de Gisela y que ellos dijeron en el hospital que me llamaba Félix porque creían que mi nombre era Félix Eriberto, y lo de Mejía lo inventaron para que dejaran a Enmanuel quedarse conmigo en la noche dado que yo no tenía familiares cercanos. Toda esta trama ficticia debía también repetírsela a la Sra. Hortensia, a Javier, a la Sra. Rosa Inés y a Enmanuel, para que todos estuvieran al tanto. Por otra parte ella iba a hablar con la Sra. Hortensia para que estuvieran atentos y me avisaran tan pronto el batallón del ejército que estaba acampado al lado del rio, al pié de la sierra cerca de la finca de los Adriani, se retirara, para entonces intentar recuperar los restos de Gisela y de Fernando. Para este fin me dijo que iría a Mosquey quizás el lunes siguiente, si conseguía que Carlina u otra auxiliar de farmacia se quedara en la casa a hacer el turno completo.

Yo le planteé los diversos escenarios que podrían presentarse, y las engorrosas dificultades que habría si se decidían a enterrarlos de acuerdo a la ley. Le dije que incluso sería sospechoso si compraban una urna en Boconó, y que era mejor que llegado el momento yo llevara una desde San Genaro, en la camioneta de Sambito. Que pensaran en la posibilidad de un entierro en el cementerio de Mosquey o de otro pueblo cercano sólo si tenían un lote ya comprado y si las autoridades municipales del cementerio no hacían preguntas ni exigían actas de defunción, lo cual era poco probable a menos que esas personas fueran de confianza y aceptaran hacerlo así. De lo contrario tendrían que enterrarlos de noche, subrepticiamente, o en el patio de la casa, muy en familia. También le mencioné la posibilidad de una incineración artesanal en el mismo sitio donde estaban los restos de Gisela y luego llevarles las cenizas, algo más complicado para llevar a cabo en un sitio tan remoto. Ella quedó en discutirlo con sus hermanas y una vez que se presentara la ocasión, me informarían de lo decidido.

Regresamos al Expendio. Ella quería mostrarme la casa, aparte de que ya me la había puesto a la orden como tres veces. Se le había olvidado que yo había estado allí en Semana Santa, acompañando a Gisela. Yo ya sabía que los cuartos eran enormes, con el techo muy alto, que tenía un patio grande, con árboles frutales hermosos entre los que vi aguacates y granadas; pero no le dije nada. A lo mejor pensó que Gisela tenía otro novio. Me mostró su laboratorio, donde preparaba las pócimas y remedios artesanales que mandaban los médicos para sus pacientes. Me dijo que tenía todo un cuaderno de fórmulas para elaborar fármacos, incluso algunos complicados. Le pregunté que cómo había aprendido, recordando lo que Gisela me había contado sobre su precaria educación en Mosquey.

—Yo solo estudié hasta quinto grado, me dijo. Mi papá no me dejó irme a Valera a estudiar en el liceo, a vivir donde mi madrina, como yo quería…Le daba miedo que estuviera sola, aparte de que ayudábamos a mi mamá a darle de comer a más de 100 peones que trabajaban en la hacienda. Había que hacer muchas arepas, pararse de madrugada a moler el maíz, hacer la masa y avivar la leña de los fogones. No nos dábamos abasto con todo y que teníamos mujeres que nos ayudaban. Cuando me mudé para Valera con mamá después que él murió, terminé el sexto grado y mientras tanto, cosía ropa y la vendía. Luego tuve la suerte de conseguir trabajo en una farmacia regentada por una familia muy buena gente, el dueño era holandés casado con una dama española de mucha alcurnia. Ellos me ayudaron y me enseñaron a trabajar este negocio. Reuní dinero vendiendo remedios caseros que ya sabía elaborar al por mayor, e hice el curso de auxiliar de farmacia por correo, en Caracas. Con el título en la mano me animé a ahorrar lo suficiente para después de unos años comprar este expendio que estaba quebrado, con mueblería vieja y en muy malas condiciones. Le puse estantería nueva, que la compré a crédito, lo pinté y con el buen servicio que damos, poco a poco comenzamos a levantarnos... Y aquí vamos, gracias a Dios.

—Bueno, me imagino que ya Enmanuel estará pensando estudiar Farmacia en la Universidad, para hacerse cargo después —pregunté.

—No sé...A ese como que no le gusta mucho esto, se marea nada más con las esencias. Si cuando viene lo que hace es leer. A veces ayuda a vender cuando hay mucha gente, pero creo que a él lo que le encantaría es ser profesor o algo así...aunque cuando estaba pequeño se arropaba con una cobija como si fuera un sacerdote, y se ponía dizque a dar misa en la sala de la casa —dijo riéndose.

Se hacía tarde, así que luego que se lo solicité, aunque yo ya sabía, me indicó cómo hacer para conseguir transporte de vuelta. Nos despedimos, y regresé a San Genaro.

Después que volví de Betijoque le pedí a Sambito que fuéramos con Chepito hasta el sitio donde había ocurrido el accidente con el *jeep*, porque yo quería enterarme de qué había pasado allí, y no sólo eso, sino qué había pasado con Melvis y su acompañante, porque mientras más pensaba en ello, más estaba seguro de que no habían salido ilesos del encontronazo. De la Digepol no había sido citado para nada, por lo que me imaginé que si Melvis y su compañero habían salido con bien y mirado el lugar, habrían llegado a la conclusión de que el muchacho que iba en el vehículo que chocaron y que cayó al vacío en la carretera, debió ser el supuesto hijo de Trinidad. Eso también significaba que mi morral seguramente se habría pulverizado o quemado totalmente cuando el vehículo explotó en el fondo del despeñadero, porque si lo hubieran encontrado, allí estaba mi cartera con mi cédula de identidad. Así que tendría que pasar por allí a echar un vistazo de todas maneras, para hacerme una idea de qué había pasado y cómo yo había sobrevivido. Incluso podría ir a hablar con Anastasio y ver cómo él y su amigo se habían sobrepuesto al accidente, y a la pérdida de su modo de trabajo. No había sido mi culpa, pero ello no dejaba de preocuparme. Así que al día siguiente muy temprano salimos vía Boconó, a buscar la verdad.

El plan era, una vez en la Panamericana, preguntar donde quedaba la nombrada "encrucijada de la piedra", para ir hasta el sitio donde había ocurrido el accidente y echar una mirada al precipicio, para hacerme una idea de qué había pasado y cómo yo había podido superar la colisión.

Después de cerca de tres horas de viaje, una vez en el lugar paramos la camioneta como cien metros más allá, donde había un espacio para ello, y como a esa hora no había neblina caminamos hasta el borde de la curva donde según pude calcular, había ocurrido el choque de los dos vehículos. No quedaba ningún rastro evidente del accidente, posiblemente porque había estado lloviendo mucho en la zona; aunque si uno miraba con cuidado se podían ver algunos detalles incongruentes con el paisaje de la ladera donde estaba estacionado el *jeep* antes del trancazo. Nos asomamos y buscando con los binoculares que había llevado pude reconocer los restos de una carrocería al fondo del abismo, como a unos 200 metros de la carretera. Luego me esmeré por buscar un lugar donde pude haber sido lanzado por un primer violento encontronazo y aterrizado luego en alguna cuneta o meseta a la derecha del conductor. Chepito, quien por lo visto era un trepador de cerros muy hábil, bajó hasta un sitio donde había mucha vegetación y se observaban restos de vegetales enrollados a las ramas de los arbustos.

Desde allí me mostró una cabeza de lechuga medio desecha, lo que me llevó a deducir que allí pude haber caído también yo, por lo que bajé a ayudarlo a buscar el morral, que quizás estuviera por esos lados. Noté igualmente que en el lugar había un árbol de poca altura pero de tronco muy grueso y ramas muy frondosas, y que en una de ellas había un pedazo de tela que podría ser de mi desgastada chaqueta McGregor. Supuse entonces que allí habría sido donde caí, y con el trancazo, perdí la memoria totalmente. Habré quedado allí inconsciente por quien sabe cuánto tiempo, luego, al recuperar el sentido habré trepado el cerro, habré bajado por la carretera hasta la encrucijada y allí me habré montado en algún camión o camioneta que transportara productos agrícolas, hasta el mercado de Valera, donde en la madrugada del 25 volví a recuperar parcialmente la consciencia. Al rato Sambito, quien buscaba más abajo, gritó — ¡Vai, la encontré!— y luego subió con un morral todo mojado por fuera pero seco por dentro. Ahí estaban la cantimplora con la bala incrustada, el encendedor ya sin bencina y la navaja suiza, los tres implementos que prácticamente me salvaron la vida antes de toparme con Trinidad; además mi cartera con mi cédula, la cartera de Gisela, y el mapa de la trocha, y por fuera todavía se podía ver el precario e impreciso mapa que yo había labrado del sitio donde estaba enterrada Gisela. Lo que no encontramos fue el resto de la chaqueta, que me imagino habrá sido arrastrada hacia abajo por los aguaceros caídos desde el accidente, o por algún animal. En todo caso en sus bolsillos sólo había el dinero que me había sobrado de toda mi aventura por la sierra.

Luego de esa revisión bajamos en la camioneta hasta la encrucijada y subimos por el camino por donde yo había llegado, a buscar la bolsa con las morocotas y la pistola, enterrada antes de bajar. Caminamos como media hora hasta encontrar el sitio y en pocos minutos ya tenía la terrosa bolsa de gamuza en mis manos. Dejé las morocotas dentro con la cadena y el dije, y saqué la pistola para que mis acompañantes la apreciaran. La pistola se la había prometido previamente a Chepito como pago por su ayuda en las tareas por venir, para que se la vendiera a un hacendado rico de Perija que coleccionaba armas, así que él se entusiasmó mucho al verla y tocarla. Chepito toda su vida había sido el esclavo, el *piuuna* de Aimar, hasta que mi tío le dio su libertad muchos años antes. A pesar de haberse casado nunca la había aceptado plenamente sino hasta que mi tío murió, por lo que ahora si trataba de iniciar su propia vida de hombre libre, y el dinero que obtendría al vender el arma de fuego, seguro le serviría para hacerle arreglos a su finquita y quizás hasta comprar más animales. En cuanto a las monedas de oro y la cadena, me había prometido que se las llevaría a los hijos de Trinidad cuando tuviera la oportunidad, que podría ser muy pronto, si los localizaba.

Luego bajamos de nuevo, guardamos el morral y el arma en la Ford y fuimos hasta el restaurante. Entramos como cualquier otro grupo de comensales, nos aseamos en el lavamanos y nos sentamos en una de las dos mesas vacías. Ya era pasado el mediodía, así que podríamos aprovechar para almorzar en tanto que yo trataría de hablar aparte con la señora que atendía las mesas. Al rato ella se apareció y nos trajo la carta. Yo volví a pedir sopa de arvejas y carne con papas en tanto que Chepito y Sambito pidieron muchacho relleno y arroz, con arepa, tajadas y queso frito.

Cuando estábamos a punto de terminar de comer yo llamé aparte a la señora y me le presenté como Eriberto Ferrer. Luego le pregunté si ella sabía algo del accidente que había ocurrido el 23 de diciembre en la noche, en la curva de la carretera. Al principio ella no quería hablar al respecto pero cuando le dije que yo sabía que había sido un choque entre el *jeep* de Anastasio y un carro de la Digepol, ella me dijo que los dos policías habían sido llevados al hospital de Trujillo, muy graves; y que Anastasio y Vinicio, su acompañante, sólo habían sufrido raspones. Se alejó, pero luego, como arrepentida, se regresó y me dijo que en el *jeep* que cayó al vacío había un muchacho, pero que este había sido expelido en la colisión y aparentemente había caído en un barranco, y que al otro día se había aparecido en el negocio sin saber quién era, conmocionado por un golpe.

—A nosotros nos dio mucho miedo —dijo, casi susurrando—, porque los policías parecía que lo estaban buscando, así que le dimos comida y le pedimos a un amigo que se lo llevara para Valera y lo dejara por allá, cerca del hospital, para que lo recogieran y lo trataran. Dos días después, el 26, Anastasio viene y nos muestra el periódico donde dice que el mismo muchacho y que había salvado a un montón de gente en el terremoto de

Betijoque. Y yo me dije, sagrado corazón de Jesús, ¿Qué es esto? ¿Qué clase de milagro es este? ¿Quién era ese joven? ¿Un ángel?

Le pregunté por el carro de los policías y me dijo que ella creía que se lo había llevado una grúa del municipio. Minutos más tarde, antes de que saliéramos del lugar, desde el quicio de la puerta, ella me preguntó cómo sabía yo que era el *jeep* de Anastasio él del choque.

Yo me le acerqué y mirándola fijamente a los ojos, le respondí: —Yo soy el muchacho que andaba atrás en el *jeep*...yo soy el ángel—. Ella se quedó boquiabierta mientras me montaba en la camioneta y arrancábamos.

Así que desde allí fuimos hasta Trujillo, a indagar sobre Melvis. Llegamos como a las tres al Hospital Central "José Gregorio Hernández". Decidimos que fuera Sambito quien pasara al área de hospitalización. Seguramente si estaba allí, habría familiares, y no era conveniente que yo me apareciera. Así que Chepito y yo esperamos afuera en la calle.

Al cabo de una media hora Sambito había regresado. —El compañero de Melvis, el chofer, murió en el trayecto, llegó muerto al hospital —dijo—. A Melvis tuvieron que amputarle una pierna y temen que quede ciego, si sale con vida, porque tiene muy afectado un pulmón y respira con dificultad. Parece que el trancazo fue a más de 60 y no les dio tiempo de nada. Melvis todavía no habla y no sabe que su compañero falleció —dijo Sambito para completar su reporte.

No conocía al compañero de Melvis y como es natural no podía sentir su muerte como algo cercano, pero la desgracia del catire, con todo y que no era santo de mi devoción, me causó mucha pena. Después de todo habíamos crecido juntos en el Mono y aunque para muchos fuera la oveja negra de la familia, de muchachos convivimos en sus calles, y me entristeció que de sobrevivir tuviera que depender de una muleta o de una prótesis y que ya no pudiera valerse de sí mismo por su posible ceguera. Con toda su mezquindad, toda su fanfarronería y toda su inocultable envidia hacia mí; su evidente deseo de hacerme daño o causarme dificultades a través de los años no evitaba que ahora, de alguna manera, me sintiera culpable de lo que le había pasado. Pensé por un momento que no era su culpa haber sido criado en un hogar donde esos eran los valores que importaban, de haber sido criado por un padre igualmente fanfarrón, irresponsable, mezquino, borrachón y envidioso que seguramente era su modelo a seguir. A lo mejor era una cuestión genética, con poco que el medio ambiente pudiera hacer en ese sentido. En todo caso su circunstancia era cruel y habría que ver si sería capaz de sobreponerse a ella.

Después que regresamos a San Genaro los días fueron pasando sin que nada de importancia ocurriera, aparte de que a fin de mes presenté mi examen para obtener la licencia de conducir de tercera y en la casa de Sambito, por mi insistencia, instalaron una línea telefónica, con teléfono y todo, la primera de la urbanización. También Sambito y Nereida bautizaron a su primogénito en Tuñame y ellos me honraron nombrándome padrino, por lo que tuvimos que ir hasta esa población un sábado muy temprano a celebrar allí el rito religioso.

19

El domingo 27 de febrero, días después de que me llegara la carta de aceptación de la universidad en la cual se me informaba que ya le habían participado al Servicio de Inmigración de los Estados Unidos que aprobaban mi status como estudiante, la tía Julia me llamó para decirme que el ejército se había retirado de los márgenes del rio y que quizás ya podríamos pensar en qué hacer respecto a los restos de Gisela y Fernando. Así que el miércoles 2 de marzo temprano en la mañana Sambito, Chepito y yo estábamos en camino, con una urna en la parte trasera, tapada con un grueso encerado. Mientras yo meditaba sobre destinos, justicia divina y otras especulaciones en las que los humanos solemos ensimismarnos en estas situaciones, volvimos a tomar rumbo, esta vez hacia Boconó y Mosquey, ya que la idea era meternos esa misma noche en la sierra y en la oscuridad realizar la tarea que yo me había impuesto como inaplazable deber.

Dejaríamos la camioneta al lado del rio, y luego iríamos a pié a recuperar los restos de Fernando y Gisela, o a quemarlos, si esa era la decisión, aunque lo dudada mucho. Chepito decía que dado que ya habían transcurrido más de cinco meses desde su inhumación directa, expuesta como estaba a la tierra misma y a los organismos que allí vivían, sólo quedarían sus huesos, puesto que de sus carnes los gusanos ya se habrían ocupado. De todas maneras llevaríamos los accesorios y productos químicos necesarios para limpiar bien los restos óseos y luego colocarlos juntos en la urna que habíamos adquirido. Sólo que antes de realizar esa tarea deberíamos pasar por la casa de la Sra. Hortensia para asegurarnos de que ellos ya habrían tomado una decisión con respecto a qué hacer con los restos de los dos hermanos.

Llegamos a casa de los Mejía a eso de las 7 de la noche. Allí estaban todos los familiares cercanos, la tía Julia, Enmanuel y su hermano menor Francisco, la Sra. Rosa Inés y sus otros tres hijos que habían venido con ella desde Valencia, la Sra. Hortensia, Javier y Maritza, la joven que ella también había criado, al igual que Yolanda la vecina. La sala de la casona estaba dispuesta para realizar allí un velorio, sólo que faltaba el ataúd. Obviamente habían contratado a una empresa funeraria para tener todo dispuesto una vez que llegara la urna, y como fui posteriormente informado trasladarla hasta

211

el cementerio posiblemente en la tarde, ya que ellos habían logrado que las autoridades municipales les aprobaran el entierro en el lote familiar sin disponer de actas de defunción. Los dos hermanos serían enterrados con su abuelo Rosendo, y eventualmente colocarían allí una placa con sus nombres, aunque no por ahora. Cenamos con algunos miembros de la familia y quedamos en que tanto Enmanuel como Javier nos acompañarían, pero que ellos se quedarían en la camioneta, sólo para estar pendientes de lo que pudiera pasar por esos lados. Durante la comida aproveché para entregarle a la Sra. Rosa la cartera de Gisela que había estado todo el tiempo en el morral que habíamos rescatado Sambito, Chepito y yo. Sólo me quedé con su carnet de la UCV. Por cierto que igualmente le obsequié a la familia tres retratos de Gisela, los que consideré mejores de los varios que había pintado en mi tiempo libre durante los últimos días, cada uno enmarcado en una bella montura de madera, una pintura para cada hermana.

Alrededor de las 9 de la noche salimos para Jiménez y sin ningún inconveniente, cerca de las 10, nos estacionamos en un lugar cercano a la entrada de la trocha, en la ribera del río, dejando a Enmanuel y Javier como vigilantes, al cuidado de la urna tapada con el encerado. Nos pusimos en marcha con nuestros instrumentos, estimando que llegaríamos al sitio, que según mis cálculos estaba como a 5 kilómetros de distancia, cerca de la medianoche. Había luna llena y eso favorecía la amarga tarea.

El trayecto no estuvo fácil. Había estado lloviendo recientemente también por esos lados y eso dificultaba el paso, pero finalmente logramos nuestro cometido. De inmediato procedimos primero a rescatar los huesos de Fernando lo cual era una tarea más sencilla. El sitio estaba tal y como yo lo había dejado sólo que ahora las piedras estaban cubiertas de mucho polvo húmedo, lodo y con monte que sobresalía entre ellas. Después que quitamos la piedra más grande, allí estaba el saco con su cargamento. Chepito sacó una esterilla de su morral y allí fue colocando uno a uno los huesos de Fernando después de haberlos esterilizado y secado con sus aerosoles especiales. No eran muchos, quizás menos de la mitad, le dije, ya que buena parte de ellos habían sido calcinados por el fuego, pulverizados o destrozados por las bombas. Incluso su calavera había sufrido daños severos y seguramente, a pesar del aplique de pegamento que Chepito le hizo, se desmoronaría en cualquier momento. Luego de este procedimiento los colocó en una bolsa de lana, y la cerró para que los huesos de la cara quedaran inmovilizados.

A todas estas Sambito, con las manos enguantadas y tapaboca al igual que Chepito, había estado excavando cuidadosamente la tumba de Gisela. Yo le había ayudado a quitar las piedras y lajas de diferentes tamaños que la cubrían, pero con todo y que le alumbraba el terreno con la linterna, no me atreví ni siquiera a mirar lo que quedaba de ella. Así que cuando Chepito se encargó de sus restos y Sambito alumbraba, yo me alejé y me senté a esperar que terminaran. Era así de sencillo, no tenía la fuerza de voluntad, el valor o la entereza de carácter, lo que sea que hiciera falta, para ver en lo que ella se había convertido. En ese momento ya mi pecho comenzaba de nuevo a cargarse con un peso insoportable y no me extrañaría que de repente comenzara a llorar y sollozar como un niño asustado. Así que eso hice, por largo rato. Hasta que me llamaron para decirme que habían terminado.

Chepito me dijo que el esqueleto de Gisela estaba completo, que era una lástima que no hubiéramos podido meterlo al ataúd sin tener que jurungarlo. Pero era lo mejor que se podía hacer. Puso los huesos en dos sacos diferentes ya que ciertamente eran muchos huesos, en uno la cabeza, las costillas y el esternón y en el otro el resto, tratando de que no sufrieran mayores daños en el trayecto, para lo cual tomó previsiones con el relleno que había llevado. Por esa razón el viaje de regreso tardó mucho más, y ya eran cerca de las 5 de la madrugada cuando volvimos a la camioneta. Le pedimos a Javier que se alejara, ya que no queríamos que viera y recordara a sus primos de esa manera, pero igualmente necesitábamos un testigo de la familia que viera que en efecto eran huesos humanos los que colocábamos en el ataúd, por lo que Enmanuel, a quien yo consideraba un muchacho de mucho coraje, presenció el ritual.

Quitamos el encerado, abrimos la urna y Chepito colocó los huesos de Gisela en su lugar, con los de Fernando a un lado, en los laterales, y su maltrecha calavera al lado de la de Gisela. Todo esto me pareció macabro, pero en cierta forma lógico. Y yo hasta me animé a tomar para mí, como recuerdo, un huesito de una mano de Gisela, aun cuando decidí dejar el brazalete que le había regalado. Pero enseguida me arrepentí y lo volví a poner en su lugar al darme cuenta de que más bien parecía cosa de vudú o de magia negra. Me conformaría con la foto en su carnet y la multitud de recuerdos de los muy gratos momentos que pasamos juntos. Luego cerramos herméticamente la urna, como había sido el acuerdo. Ni la Sra. Hortensia, ni la Sra. Rosa Inés ni nadie más podrían ver los restos. El sarcófago no se abriría en el funeral.

Cuando llegamos a la casona rápidamente montamos el féretro en el soporte dispuesto para ello, en línea con un crucifijo que se erguía en el extremo superior del catafalco, por lo que todo quedó listo para el velorio. Ya se habían colocado las flores y los velones eléctricos, con varias sillas para que los rezanderos pudieran estar cómodos durante los rosarios y responsos. Como era de esperarse, las hermanas, vestidas todas de negro, al ver el féretro, sabiendo que allí reposaban los huesos de los dos hermanos, no pudieron contener el llanto y los gritos de dolor, tampoco Yolanda ni Alfonsina, la recién casada, quien también había llegado y más tarde, ya calmada, me obsequió con una fotografía del matrimonio donde aparecíamos Gisela y yo muy sonrientes. Al rato comenzaron los rezos y eso apaciguó un poco los lloros. Mientras tanto Enmanuel me llamó aparte para presentarme a su primo Félix, quien con su esposa e hijo estadounidenses, casualmente había venido a pasar sus vacaciones en Venezuela, huyéndole al frío y la nieve de Oklahoma en esa época del año.

Entablé una amena conversación con su esposa, Madison, una mujer espigada de ojos azules y pelo cenizo, quien resultó ser hija de un militar, y cuando supo que yo también lo era y que mi padre estaba desaparecido en combate desde Iwo Jima, se mostró muy interesada en los detalles de mi historia y lo que yo pretendía hacer. Por otra parte me explicó someramente lo que yo podía obtener para mi educación universitaria de la *G.I. Bill*, la ley de protección social del personal militar estadounidense, ya que ella igualmente se había beneficiado en ese sentido. Luego su esposo, también alto y catire como los hombres de la familia Mejía, aun cuando ya con una incipiente calvicie, se unió a nuestra conversación y descubrimos que él conoció a Yeici, con quien no sólo se comunicaba frecuentemente por correo o teléfono para surtirle de equipos para la Compañía, sino que incluso lo había conocido personalmente en uno de los viajes de mi abuelo a Tulsa, donde operaba la empresa de equipos petroleros para la cual Félix trabajaba desde hacía muchos años; de allí que se lamentó mucho cuando le informé de su muerte. En fin, ellos me dijeron que estaban a mis órdenes en esa ciudad, que por cierto no estaba muy lejos de Lawrence. Así que prometí ir a visitarlos una vez que me hubiera radicado en los Estados Unidos y se me presentara la oportunidad. Antes de despedirnos esa vez, Madison me felicitó por mi soltura al hablar su lengua, lo cual me contentó un poco a pesar de las circunstancias.

Además de conversar con la pareja, yo había estado preguntando muy recatadamente si alguien conocía a los hijos de Trinidad González, de El Batatal o Los Pantanos. En el transcurso del velorio Enmanuel me llevó aparte para que hablara con el Señor Bastidas, el chofer de taxi a quien ya conocía, presente en los rezos. Él me informó que sabía de una hija de Trinidad, quien vivía todavía por esos lados y quedamos en que al mediodía iríamos a verla.

Mientras él conducía le pregunté si estaba al tanto de la historia de esa gente y me dijo que como no, que el intento de asesinato y las andanzas sexuales del viejo verde habían sido un gran generador de todo tipo de chismes en la región ya que Che María Hidalgo era un hombre muy rico. Me dijo que el viejo había muerto como en el 55 después de vivir como un vegetal los últimos años de su existencia; que él creía que la mujer de Trinidad aún vivía, pero que se había arrejuntao con otro hombre y se había ido a vivir a uno de los cerros de Caracas, dejando a los dos hijos del prófugo aquí con la abuela, que fue quien los crió. La mayor se había casado y se había quedado en El Batatal donde por lo que percibí cuando llegué a su casa de bahareque y bloques sin frisar a medio construir, y el escuálido conuco que la rodeaba, aún seguían siendo muy pobres.

La hija de Trinidad, de nombre Marcelina, se mostró un poco incrédula cuando le conté que yo había conocido a su taita. No le dije que lo habían matado unos soldados, sino que había muerto por causas naturales, aunque pareció no importarle nada el asunto hasta que le entregué la cadena con la pequeña joya, y luego la bolsa de gamuza con las morocotas, lo que ciertamente le alumbró la cara y le cambió la actitud, al punto de que hasta me ofreció café. Tampoco le dije que hubieran sido robadas a su abuelo Che María, sino que eran el fruto de trabajo de muchos años de Trinidad, y que antes de morir me había confiado se las llevara a sus hijos. Quedaría a conciencia de ella si le daba su parte al otro hermano. Y así como me aparecí inesperadamente, igual me fui, sin aceptarle el café y sin decirle mi nombre, ya que el Sr. Bastidas me esperaba afuera. Cuando regresé a casa de la Sra. Hortensia sólo Enmanuel supo de mi breve ausencia.

La tía Julia me había informado que el entierro sería en la tarde, que se celebraría una misa como a las cuatro y luego partiría el cortejo para el cementerio. Yo le dije al mediodía que nosotros, Sambito, Chepito y yo estábamos realmente cansados y preferiríamos agarrar carretera de regreso a San Genaro con la luz del día. Así que ella nos llevó al comedor y allí nos sirvieron un abundante almuerzo. Al terminar de comer y salir a montarnos en la camioneta para partir, casi todos salieron a despedirnos. Yo me comprometí a escribir desde los Estados Unidos tan pronto como pudiera, y para ello me había asegurado de anotar las direcciones de todos. Me di cuenta de que la Sra. Julia quería como decirme algo, pero no se atrevía, así que me le acerque y le pregunté qué pasaba.

Me tomó por un brazo y me llevó hasta un extremo del jardín exterior de la casa y me dijo: —Eriberto, en la cartera que nos entregó había un examen de laboratorio de Gisela. Yo le quité todo el sucio y los restos de humo y pude deducir que se trataba de una prueba de embarazo con resultados positivos. Usted estuvo con ella en Semana Santa, en Betijoque ¿verdad?, —preguntó. Yo asentí, ya presintiendo lo que me iba a decir.

—Y después, como en junio, también ¿verdad?, —volvió a preguntar quedamente. De nuevo asentí y ella continuó: —Gisela estaba embarazada, Eriberto, y ella se lo participó a su amiga Yolanda, quien hoy me lo confirmó. Tenía 8 semanas encinta y no se lo iba a decir para no estropear sus planes de viaje. Siento mucho tener que decírselo ahora pero creo que Usted querría saberlo.

No quise escuchar más. Le di las gracias, la abracé de nuevo y me fui hasta la camioneta donde me esperaban mis compañeros de viaje. Tenía los ojos llenos de lágrimas, pero ellos no preguntaron nada y salimos hacia San Genaro.

Dos días antes de mi partida programada hacia Kansas, Dervis llamó a Sambito en la noche para decirle que él se había enterado de que Melvis Beltrán, con todo y andar con una pierna amputada y un parche negro en su ojo izquierdo, había logrado que sacaran una orden de arresto en mi contra, con el cargo de estar involucrado en la desaparición física de Gisela Mejía, y que tenía pensado esperarme en el área de embarque de Pan American, poco antes de mi vuelo al mediodía desde Maracaibo a Houston, para proceder a detenerme ante todo el mundo. Precisamente desde ese día de la llamada habíamos notado que un Buick negro se la pasaba estacionado afuera en la calle con dos tipos adentro que lo que hacían era leer el periódico y comer empanadas, por lo que llegamos a la conclusión de que eran digepoles que estaban allí para asegurarse de que yo no fuera a ninguna parte.

Así que el jueves 6 de abril, día de mi partida, Sambito y yo nos levantamos muy temprano, montamos mi maleta y mi maletín nuevos en la camioneta y salimos para Maracaibo, rumbo a Grano de Oro. Una vez en el aeropuerto, con el Buick negro atrás, estacionamos la camioneta. Sambito tomó la maleta grande y yo me acomodé el maletín al hombro. Entramos al edificio principal como si en verdad yo me dispusiera a chequearme en Pan American. Hablamos un rato, haciendo la pantomima. Luego fui al baño con mi maletín y allí rápidamente me puse una chaqueta negra, unos lentes oscuros, una gorra del Rapiños y volví a salir, sólo que esta vez me dirigí hacia la calle, tratando de no llamar la atención. Afuera tomé el primer libre que vi y le dije al conductor que me llevara al terminal de autobuses. Al llegar allí de inmediato busqué y contraté a un carro que me llevara directo a San Antonio del Táchira, para luego, según mis planes, salir de allí para Cúcuta. En una hora, a eso de las 8:30, ya estaba cruzando el puente, vía San Cristóbal. Mi supuesto vuelo de Pan Am no salía sino hasta las 10:30. Desde el puente divisé entre las palmeras la torre de San Genaro, que aún brillaba con todas sus luces encendidas a esa hora de la mañana. Quizás fuese un olvido del que quitaba la conexión eléctrica, quién sabe, pero yo quise creer que me deseaba suerte, y que los tantos sueños que tejí en su imaginario telar nocturno se hicieran realidad muy pronto.

Una vez en Cúcuta, esa misma tarde tomé un vuelo de Avianca para Bogotá, donde pernoctaría esa noche para luego seguir rumbo a Dallas, y desde allí a Wichita. Si llegaba a salvo a Colombia de repente hasta llamaba a Sambito para que me echara el cuento de cómo lo habría tomado Melvis al darse cuenta de que me le había escabullido y su plan de humillarme esta vez había fracasado. Sólo me imaginaba su cara de frustración y su rabia al no poder detenerme.

Nunca había montado en avión y ciertamente fui presa de un gran nerviosismo al acomodarme en el asiento que me asignaron. De repente me di cuenta que incluso podría marearme y pasar por una serie de infortunios estomacales durante la travesía. Pero al final prevaleció el poder de convencimiento: Tenía que acostumbrarme si quería encontrar a mi padre, porque seguramente tendría que viajar largos trechos por avión en el futuro. Ese pensamiento, esa misión de vida borró todo temor y después de poco más de hora y media de viaje llegué tranquilamente a Bogotá.

Ya oscurecía y tendría que buscar alojamiento puesto que mi vuelo para Dallas sería el día siguiente a las 11 de la mañana. Me monté en un taxi y después de conversar un rato con el chofer, este me llevó a un hotel de cuatro estrellas en la misma zona del aeropuerto. Me registré, subí a ducharme y luego de descansar un rato, llamé a Sambito, pero me atendió Nereida quien obviamente ya había regresado de Tuñame, donde se había quedado después del bautizo de su hijo. Después de sorprenderse muchísimo de escuchar mi voz, llamó a Sambito, quien tampoco parecía creer que fuera yo. Le expliqué que estaba en Bogotá y que allí también había teléfonos, y que se podía llamar de otros países, algo que por supuesto él sabía, pero yo quería echarle bromas. Luego le pedí que me dijera lo que había ocurrido en el aeropuerto.

—Melvis casi se muere de la arrechera, compadre. De broma no le dio un infarto y peló cacho allí mismo. Ellos veían que yo estaba ahí sentado con la maleta y eran las 10 de la mañana y vos no te aparecíais. Luego el avión salió y los policías del Buick preguntaban en el mostrador si había otro vuelo y chequeaban y chequeaban. Yo nunca supe dónde molleja estaba Melvis escondido pa' que yo no lo viera, pero de repente se apareció con todo y muleta. Con la pistola metía en la cintura, casi echando espuma por la jeta se me paró enfrente a reclamarme que qué dónde coño estábais vos. Yo lo miré extrañado ¿Y qué voy a saber yo? —le dije—. Creo que se fue, pero no me dijo para donde. No me vengáis con cuentos chinos negro marico, me gritó, allí delante de todo el mundo, y yo le dije muchacho, más respeto, que hay niños escuchando. Y él entonces le dijo a uno de los policías, señalando a la maleta, ¡Abran esa verga! Y yo le dije ¿Y por qué la van abrir si esa es mi maleta?

Le interrumpí un minuto para tomarme un trago de agua. A pesar de que la comunicación telefónica no era muy buena, la voz de Sambito se oía clara y estrenduosa, gozando cada palabra de su historia.

—Esa no es tú maleta, que va a ser tu maleta si vos nunca has viajao por avión…a lo que yo le dije miraí pues, y la abrí. Ya vos sabéis que allí lo que había eran unos pantalones viejos míos de béisbol, unas camisas y franelas de la compañía, una mascota de quechar toda deshilachada, unas pelotas con teipe verde y unos espais del año e' la pera. El tipo se quedó loco. Yo le dije que eran para unos muchachos de un barrio cercano y que los estaba esperando para entregarles la donación. Afuera hace mucho calor y aquí hay aire acondicionado, vos sabéis. Total que el hombre salió furioso, su muleta retumbando en el piso como una ametralladora en cámara lenta.

Finalmente antes de que nos despidiéramos por los auriculares, Sambito me dijo que esa misma tarde había llevado los cuadros que le había encomendado a la galería de arte wayúu en Maracaibo y que la señora Cecilia se había alegrado mucho de mi partida. Me dijo que la señora lo llamaría en cuanto los cuadros se vendieran, pero yo le dije que con la plata que le pagaran le comprara un regalo de cumpleaños a mi ahijado de mi parte.

Después de oír tan alucinante historia, alegre de haberle ganado una buena a Melvis, casi que silbando, bajé a comer como a las ocho. Cené opíparamente y luego me acerqué hasta el bar a tomarme un trago. Me sentía tan libre y tan satisfecho de haber podido finalmente quitarme de encima el peso abrumador de mí pasado y poder enfrentar ahora mi futuro sin ningún tipo de obstáculos externos, que hasta sentía nostalgia por todo lo vivido en mis últimos cuatro años y medio, desde que recibí la carta de Yeici y se apareció Aimar. En ese vaivén mental me encontraba cuando una mujer muy elegante y atractiva, de unos 30 años, se me acercó. Me saludó y me preguntó que si era venezolano. ¿Cómo lo sabéis?, le pregunté después de tomar un sorbo de mi brandy Napoleón.

—Por su forma de vestir —me dijo en un tono de voz muy educado y al mismo tiempo medio hechizante. —Los bogotanos son un poco más conservadores y usualmente no andan en pantalones vaqueros y suéter a esta hora —continuó—, y menos en un bar de categoría como este. Ellos usualmente andan de palto y corbata, como habrá visto anda el resto de los caballeros que nos acompañan esta noche en el local.

Yo sonreí asintiendo con la cabeza al darme cuenta de lo acertado de su observación, y luego ella preguntó si le podía invitar un trago. De inmediato recordé aquella vergonzosa experiencia por la que había pasado cuando Sambito me llevó al prostíbulo en San Genaro, sin embargo sin ningún temor le dije con gusto, y así se inició una conversación muy placentera que eventualmente terminó en mi cuarto y la cual sólo me costó un montón de pesos colombianos. Diría que los 200 bolívares mejor gastados de mi vida ya que en ese trio de horas que duró la sesión no sólo terminó de sacarme todas las tensiones que aún quedaban en mí, sino que me dejó listo para un sueño placentero y sin pesadillas.

20

A las seis de la mañana del día siguiente, tal como yo había pedido, me llamaron de la recepción del hotel por lo que a las siete ya iba camino al aeropuerto. Todo el proceso de revisión se realizó normalmente y a las nueve pude ir a desayunar. Luego compré unas postales, y después de escribir los mensajes usuales envié una a Sambito y Nereida, a la Sra. Julia y Enmanuel, otra a la Sra. Hortensia y a la Sra. Rosa Inés, la mamá de Gisela, otra para la gorda Zoraida, y la última para Melvis Beltrán. Mi mensaje para mi envidioso ex vecino, dirigido a la oficina de la Digepol en Cabimas, lo llené del más fino sarcasmo:

—Estimado Melvis, desde Bogotá, saludos de las bellas aeromozas de Avianca. Ojala estuvieras aquí para que lo comprobaras. Tu gran amigo, Eriberto. P.D. Siento no haber podido verte en mi partida, pero fue algo apresurada.

Subiendo por las escaleras del DC-4 comencé a ponerme muy nervioso, pero no porque temiera marearme o por el miedo que uno siente naturalmente al montarse en un aparato donde va a estar a merced de la tecnología aérea por una parte, y por la otra de la pericia de unos hombres, los pilotos y copilotos, sin que tengamos otro recurso que seguir las instrucciones de las azafatas y del capitán antes y después de despegar. Los nervios venían más que todo del temor de enfrentar un futuro que si bien podía racionalizar, no dejaba de plantearme dudas de todo tipo. ¿Me acostumbraría? ¿Me recibiría bien mi abuela? ¿Podría realmente proseguir una carrera en una universidad estadounidense? Pensé tanto en Gisela, en cómo todas esas dudas y esos temores se desvanecerían si la tuviera a mi lado. Las tres horas y media que duró el vuelo hasta Dallas, la aduana de inmigración y luego el trasbordo al otro avión para seguir a Wichita las pasé cavilando sobre lo qué mi vida había sido y lo que sería ahora; repasando, tratando de que los recientes traumas me sirvieran de punto de partida para buscar fortalecerme y afrontar con entereza el porvenir inmediato. Tenía que causarle una buena impresión a Sheryl, a Cynthia, y sobre todo a mi abuela. Yo les había enviado un telegrama anunciándoles mi llegada y realmente no sabía si estarían esperándome.

Cuando bajaba por la escalerilla del avión en el aeropuerto, mi corazón comenzó a latir muy rápido, no por temor, como en otras ocasiones, sino por ansiedad, y ciertamente sentía como retumbaba debajo de mi pecho. Me aferré al maletín que colgaba de mi hombro, mi única posesión material en ese momento. Al caminar desde la pista hacia el andén de llegada, entre el grupo de personas que esperaban pude identificar sin ningún problema a Sheryl y a Cynthia; aun cuando ya habían transcurrido cinco años de su salida de Venezuela; y al lado de ellas estaba una dama mayor de porte muy señorial, esbelta, rostro de rasgos indígenas y de mirada serena. Sheryl y Cynthia me saludaban sonrientes, ya que por lo visto ellas también me habían reconocido. Bueno eso en realidad no era tan difícil considerando que yo era el único guajiro en bajar del jet, y que yo realmente no habría cambiado tanto físicamente. Quizás un poco más alto y más musculoso.

Al llegar a la terraza donde ellas me esperaban Sheryl enseguida se adelantó a abrazarme, luego lo hizo mi tía Cynthia, no obstante casi de mi misma edad, sólo un poco mayor realmente, quien me susurró quedamente al oído que yo le había hecho mucha falta. De inmediato Sheryl tomó a la dama a su lado por un brazo y la atrajo hacia mí, diciéndome:

—*Eri, this is your grandmother.*

La dama de largo cabello plateado con crinejas, mi abuela kiowa, con los ojos brillantes, me abrazó largamente y luego dijo con voz trémula por la emoción:

—*Oh my Jacoby, you are home, at last.*

www.ingramcontent.com/pod-product-compliance
Lightning Source LLC
Chambersburg PA
CBHW020306150626
46552CB00022B/1785